MW01710816

Idylle en Argentine

*

Un inconnu pour sauveur

ANNIE O'NEIL

Idylle en Argentine

Blanche

HARLEQUIN

Collection : Blanche

Cet ouvrage a été publié en langue anglaise
sous le titre :
ONE NIGHT, TWIN CONSEQUENCES

Traduction française de
BARBARA BRISTOL

HARLEQUIN®
est une marque déposée par le Groupe Harlequin
Blanche® est une marque déposée par Harlequin

Si vous achetez ce livre privé de tout ou partie de sa couverture, nous vous signalons qu'il est en vente irrégulière. Il est considéré comme « invendu » et l'éditeur comme l'auteur n'ont reçu aucun paiement pour ce livre « détérioré ».

Toute représentation ou reproduction, par quelque procédé que ce soit, constituerait une contrefaçon sanctionnée par les articles 425 et suivants du Code pénal.

© 2016, Annie O'Neil.
© 2016, Traduction française : Harlequin.

Tous droits réservés, y compris le droit de reproduction de tout ou partie de l'ouvrage, sous quelque forme que ce soit.

Ce livre est publié avec l'autorisation de HARLEQUIN BOOKS S.A.

Cette œuvre est une œuvre de fiction. Les noms propres, les personnages, les lieux, les intrigues, sont soit le fruit de l'imagination de l'auteur, soit utilisés dans le cadre d'une œuvre de fiction. Toute ressemblance avec des personnes réelles, vivantes ou décédées, des entreprises, des événements ou des lieux, serait une pure coïncidence.

HARLEQUIN, ainsi que H et le logo en forme de losange, appartiennent à Harlequin Enterprises Limited ou à ses filiales, et sont utilisés par d'autres sous licence.

Le visuel de couverture est reproduit avec l'autorisation de :

HARLEQUIN BOOKS S.A.

Tous droits réservés.

HARLEQUIN

83-85, boulevard Vincent-Auriol, 75646 PARIS CEDEX 13.
Service Lectrices — Tél. : 01 45 82 47 47

www.harlequin.fr

ISBN 978-2-2803-4411-1 — ISSN 0223-5056

1.

Harriet s'étrangla et laissa choir sur sa blouse d'infirmière bleu marine le biscuit au gingembre qu'elle venait de tremper dans son thé.

— Quoi ? C'est à moi que vous demandez ça ?

Rien ne pouvait la déstabiliser davantage qu'une telle demande. Surtout lors de sa sacro-sainte pause de l'après-midi où elle était censée reprendre des forces !

Le Dr Bailey lui tendit une serviette avec un sourire indulgent.

— Je vous demande juste de prendre la parole ce soir pour présenter le service, Harriet, c'est tout. Vous ne valorisez pas votre travail comme il le mérite. C'est l'occasion de présenter vos recherches personnelles devant une assemblée choisie. Là…

Mettant le comble à son embarras, il désignait les miettes de biscuit qui ornaient malencontreusement sa tenue.

Elle essuya les brisures de gâteau, mortifiée.

Normalement, cette tenue ajustée soulignait sa silhouette de façon flatteuse et gommait son petit côté garçon manqué. Avec des bribes de biscuit détrempé étalées sur le corsage, de quoi avait-elle l'air ? D'accord, dans un orphelinat, on est exposé à diverses catastrophes, et il est facilement excusable d'avoir une blouse maculée. Mais ce n'est pas agréable pour autant d'épousseter son uniforme face à l'un des grands patrons de l'hôpital.

Lâchement, elle se réfugia derrière le personnage qui

lui servait d'excuse en toutes circonstances. Celui de la sœur taillable et corvéable à merci.

— Ce soir, cela me sera difficile de me charger de cette présentation, commença-t-elle avec un rire forcé. Ma sœur a besoin de moi…

— Votre sœur vit à Los Angeles, si je ne me trompe. Il faut trouver autre chose, Harriet, fit le Dr Bailey en riant.

— Oui, mais elle va arriver…

— Ah bon ! Et quand donc ? demanda d'un air amusé le Dr Bailey, rompu à ses esquives quand il la poussait à se mettre en avant.

— Elle m'a appelée hier soir pour me le dire.

C'était presque vrai…

— Los Angeles n'est pas la banlieue de Londres, Harriet. C'est un vol longue distance. D'après mon expérience, quand quelqu'un vous dit le soir qu'il arrive le lendemain, il faut plutôt compter le jour d'après. Donc, vous êtes libre d'assurer cette présentation ce soir.

— Oui, mais ma sœur est enceinte de jumeaux ! s'exclama-t-elle, à bout d'arguments et consciente de s'enfoncer lamentablement.

En fait, sa sœur était vraiment enceinte de jumeaux, mais elle ne lui avait pas précisé quand elle arrivait, et il était peu probable qu'elle fasse irruption à Londres avant la naissance des bébés, c'est-à-dire dans trois mois au plus tôt. On ne prend pas l'avion quand on attend des jumeaux, cela n'échapperait pas au Dr Bailey. Encore que, avec sa sœur, allez savoir ! Quand cette diablesse avait une idée en tête, rien ne l'arrêtait.

Raison de plus pour s'en tenir à son personnage de sœur toujours serviable.

— Je ne peux pas faire faux bond à ma sœur. Et, en plus, vous savez que parler en public n'est pas mon fort, dit-elle.

Et c'était peu dire. Elle se rappelait avec terreur les jolies robes de fête de leur petite enfance, quand Claudia et elle sortaient avec leurs parents et que Claudia savait déjà capter l'attention par ses mimiques et ses drôleries, tandis qu'elle-même se cachait derrière sa sœur, espérant que personne ne la voie.

— Depuis quand vous dérobez-vous face à un challenge ? répliqua son patron, imperturbable.

— Depuis toujours, s'il s'agit de parler en public !

— Pourtant, beaucoup se damneraient pour faire le discours introductif à l'exposé du Dr Torres.

Retenant un soupir, elle serra les lèvres.

Le Dr Matteo Torres… A ce simple nom, il y avait de quoi se pâmer. Cet homme hantait ses rêves.

— Harriet, fit le Dr Bailey en fixant sur elle un regard pénétrant, auriez-vous quelque chose contre le Dr Torres ? Vous a-t-il d'une façon ou d'une autre offensée depuis une quinzaine qu'il travaille ici ?

— Non… Non, bien sûr.

A part être beau à tomber, un crack en obstétrique et inatteignable pour une femme comme elle plus timide qu'une violette, elle ne voyait rien à reprocher à Matteo Torres. Elle ne lui avait pas adressé la parole durant les quinze jours du séjour d'observation qu'il effectuait au St. Nick's Hospital. En sa présence, elle se sentait juste — que c'était difficile à admettre ! — embrasée de la tête aux pieds, comme n'importe quelle femme à plusieurs kilomètres à la ronde. Cet homme était de la lave en fusion. A sa vue, elle se sentait prise de vertige, comme au bord d'un brasier prêt à la happer. Qu'y pouvait-elle ?

Se rendre invisible, c'était sa tactique pour l'éviter. Tant qu'elle s'abstenait de poser les yeux sur le beau Dr Torres ou de lui parler, elle se sentait beaucoup plus en sécurité. C'était son plan, et elle s'y tiendrait, coûte que coûte.

— Cela intéresse beaucoup Matteo d'entendre votre exposé, reprit le Dr Bailey, insistant.

Le Dr Bailey n'avait pas l'habitude de la pousser ainsi dans ses retranchements. Qu'est-ce qui le motivait ?

Pour se rassurer, elle s'agrippa au comptoir de la cafétéria.

— Vous voulez dire *votre* exposé.

— Vous êtes trop modeste, Harriet. C'est pour vous une opportunité remarquable de briller face à notre hôte.

— A condition qu'il apprécie les orateurs qui bafouillent et bégaient, marmonna-t-elle.

Elle, prononcer tout un discours en présence de Matteo Torres ? Elle n'avait pas articulé une seule phrase face au Casanova sud-américain — le surnom que lui donnaient les infirmières avec des rires entendus. Rencontrer dans les couloirs du St. Nick's un obstétricien à l'accent langoureux, aux yeux de braise et au teint bronzé, ce n'était pas si fréquent.

— Harriet…, reprit le Dr Bailey.

Il s'exprimait à présent d'un ton docte. Un ton de père de famille, comme elle se plaisait à le penser.

— C'est une chance unique pour vous de présenter votre travail d'infirmière de recherche à l'élite de la profession pédiatrique. C'est-à-dire à des gens qui travaillent au quotidien avec les orphelins. La méthode que vous avez mise au point au St. Nick's est totalement novatrice. Cela pourrait changer le sort de centaines d'enfants à travers le monde. Ne serait-ce pas pour vous une grande satisfaction personnelle ?

— Non… Mais ce serait à mes yeux une grande satisfaction pour le St. Nick's, s'empressa-t-elle d'ajouter en voyant la consternation qui se peignait sur le visage du Dr Bailey.

Soudain, une idée lui vint, et elle s'illumina.

— Et si ma sœur faisait la présentation par vidéoconférence ? C'est une oratrice-née, et personne ne verrait la différence puisque nous sommes jumelles !

Des deux sœurs Monticello, elle avait toujours été la jumelle raisonnable et timide qui faisait tapisserie pendant que sa sœur multipliait les succès. Quand on évoquait les sœurs Monticello, Claudia lui semblait un lumineux rayon de soleil, tandis qu'elle-même avait l'impression d'être un triste ciel gris. Mais comment nier l'avantage qu'elle en retirait ? Face aux choix de l'existence, elle se réfugiait derrière sa sœur, et c'était terriblement pratique.

— Harriet Monticello, voyons ! fit le Dr Bailey qui semblait faire des efforts méritoires pour ne pas perdre patience. Vous savez très bien que votre sœur et vous n'êtes pas de vraies jumelles ! La seule chose que j'ai remarqué lors de son unique visite ici, c'est que, à part votre nom de famille, vous n'avez pas grand-chose en commun.

Comment ça ? Elle était casanière et même pantouflarde, alors que sa sœur était d'une volubilité quasi exotique. Mais étaient-elles pour autant si différentes ?

Son air outré avait dû attendrir le Dr Bailey, car il lui pressa amicalement le bras.

— A part l'amour que vous éprouvez l'une pour l'autre, bien entendu, fit-il. Harriet, je sais que vous préférez rester dans la coulisse, mais il est temps que vous preniez votre part de lumière.

— Docteur Bailey, c'est vous le porte-parole désigné de notre département. Quant à ma modeste contribution personnelle, je ne crois pas que le prestigieux Child Care Symposium soit réellement le lieu de...

— Tss, tss, tss... Cette présentation vous appartient autant qu'à moi. En outre, ma chère enfant, cela me rendrait un service inestimable. Ma femme m'en veut depuis l'année dernière d'avoir oublié notre anniversaire de mariage. Je ne rentrerai en grâce que lorsque je lui aurai mis ce soir une coupe de champagne dans une main et un bouquet de roses dans l'autre !

Il eut un rire complice, mais sa voix reprit aussitôt le ton grave et rassurant qui lui avait acquis la confiance de ses collègues et patients.

— Ce sont *vos* travaux de recherche qui nous ont valu une invitation à nous exprimer ce soir au Child Care Symposium, Harriet. C'est à vous d'en récolter les fruits.

D'un geste de la main, elle balaya ces mots élogieux. Mais pourquoi le Dr Bailey, en qui elle avait une confiance aveugle, ne la laissait-il pas en paix ?

— C'est grâce à vous que j'ai pu avancer, docteur Bailey. Parce que vous m'avez laissé le temps nécessaire pour mes recherches.

— Et c'est grâce à vous que nous avons tiré les conclusions de l'impact de la rotation des équipes sur les enfants, entre autres choses. Rendons à César ce qui est à César et acceptez la reconnaissance de votre travail. Franchement, Harriet, vous ne croyez pas qu'il serait temps de cesser de vous cacher dans l'ombre de votre sœur ?

— Je n'ai pas à rougir de l'ombre de ma sœur, merci ! répondit-elle, piquée et surtout déconcertée qu'il ait su une fois de plus si bien lire en elle.

— De nombreux orphelinats pourraient tirer profit de votre expérience. Je connais plus d'un professionnel de santé qui serait heureux de vous entendre. Y compris…

Du regard, le vieux médecin parcourut la salle comme s'il cherchait quelque chose ou quelqu'un. Il sembla s'illuminer lorsque la porte à deux battants s'ouvrit de façon spectaculaire, comme si quelqu'un n'attendait que cet instant pour faire une entrée théâtrale.

¡ Matteo Torres !

Grand, des cheveux d'ébène, une aisance naturelle… Non qu'il la joue dans le style star de cinéma, pas du tout. Plutôt le style cow-boy… ou pilote de chasse ? Pas d'affectation ni d'arrogance, au contraire : il inspirait la confiance, respirait l'assurance et la réussite. Ses cheveux juste un peu trop longs s'accordaient à merveille avec sa barbe naissante. Et que dire de la façon dont il était vêtu ? Cet homme mettait ses vêtements en valeur plus qu'il ne les portait… A moins que ce ne soient eux qui soulignent la perfection de son allure ? Un pantalon qui moulait de longues jambes, des hanches étroites, des épaules musclées bien prises dans une chemise à col ouvert… Quoi qu'il en soit, l'effet était au-delà de toute expression !

La première fois qu'elle l'avait observé — non sans s'être assurée qu'elle était à l'abri du rideau dans le box d'un patient —, elle n'en avait pas cru ses yeux. Et elle était loin de s'habituer à sa vue, il lui faisait toujours le même effet : une sensation inédite d'excitation et de désir à l'état pur.

Se cacher dès qu'elle l'apercevait était le seul moyen de se préserver. Comme lorsqu'elle avait cinq ans et qu'elle fuyait un danger. A présent qu'elle travaillait parmi des enfants, elle se rendait compte qu'elle avait conservé beaucoup de leurs manières. Etait-elle devenue moins adulte pour cela ?

Le nouvel arrivant avait d'incroyables yeux verts, qu'elle croisa bien malgré elle.

Une myriade d'étincelles explosa en elle.

Elle, Harriet Monticello, en proie à cette chaleur soudaine qui courait dans ses veines ? Impossible ! Que lui arrivait-il ?

Le beau Dr Torres s'approchait, et plus il s'approchait, plus son monde intérieur vacillait.

Malgré sa timidité, elle n'avait jamais manqué de petits amis empressés. Elle les avait tous quittés en termes amicaux. Inutile de les vexer en leur révélant qu'ils la laissaient de marbre. Mais était-ce une raison pour réagir de façon aussi animale face à un étranger ? Devenait-elle enfin une femme épanouie ? A près de trente ans, il serait temps. Etait-ce ce qu'on appelle le coup de foudre, ou n'était-ce qu'un désir obscur et indistinct sans objet précis ?

Il était beaucoup plus grand qu'elle, ce qui n'était pas difficile. Des jumelles, elle avait toujours été désignée comme « la petite », par comparaison avec sa sœur, qualifiée de « beauté sculpturale ».

Pourtant, elle ne put retenir un geste de séduction, rejetant les épaules en arrière et tendant la poitrine en avant — un exploit dans un uniforme strict, même si la coupe chinoise était plutôt moulante.

Elle sentit la pression de ses seins contre le coton de la blouse.

Que ressentirait-elle si d'aventure le beau Matteo laissait courir ses doigts sur le petit col étroitement fermé autour du cou et se mettait à en défaire un par un les boutons-pressions ? Aurait-il des mouvements impatients ou doux ? Oserait-il s'aventurer plus loin ? Lui murmurerait-il *mi corazon* ou toute autre expression qu'un médecin latin au sang chaud possède forcément dans son vocabulaire pour des instants pareils ? Et elle-même lui répondrait-elle ou s'abandonnerait-elle voluptueusement à ses caresses ?

Ah là là ! Ça ne lui valait rien de lire des romans à l'eau de rose pendant ses heures de garde.

— Matteo ! Enfin, vous nous avez trouvés, s'exclama le Dr Bailey, qui semblait n'attendre que lui, en tendant la main.

Matteo — elle s'autorisait à l'appeler par son prénom, du moins en pensée — répondit au digne médecin en tendant en retour une main énergique couverte d'un fin duvet blondi par le soleil. S'étant salué chaleureusement, les deux hommes se tournèrent vers elle.

Pourquoi diable Matteo la parcourait-il du regard de la tête aux pieds avec cet air étonné ?

Catastrophe ! Pendant qu'il se dirigeait vers eux, elle n'avait pas cessé de frotter les miettes du biscuit, à présent totalement désintégré sur son corsage… On ne pouvait rêver plus élégant. Ça lui apprendrait à prendre des poses de séductrice…

Rouge comme une pivoine, elle enfonça ses mains dans ses poches et ferma les yeux dans un effort désespéré pour recouvrer ses esprits.

Comme dans un brouillard, elle entendit la voix du Dr Bailey.

— C'est pour rencontrer cette jeune femme que vous êtes parti à notre recherche dans le St. Nick's, n'est-ce pas ?

Ces propos s'adressaient-ils par hasard à quelqu'un d'autre ?

Elle jeta un regard par-dessus son épaule droite, puis par-dessus son épaule gauche.

Non. Les conversations continuaient dans la cafétéria.

Elle était seule avec Matteo et le Dr Bailey, qui les observait d'un air particulièrement amusé.

— C'est donc vous la fameuse « sœur » Monticello ? demanda le Dr Torres avec un sourire complice.

C'était la première fois qu'il lui adressait la parole, et il avait un accent délicieux. Il était Argentin, c'est vrai ! A quoi s'attendait-elle ? A un pur accent britannique ?

Après tout, pourquoi n'aurait-elle pas le droit de rêver, juste un peu, pour une fois ?

La vie avec Matteo Torres devait être follement exotique. Elle qui était terrifiée à l'idée de quitter Londres, il lui venait une envie furieuse de s'échapper vers d'autres horizons, de s'enfoncer à cheval avec lui dans la pampa où il ferait cuire leurs steacks la nuit au-dessus d'un feu de bois, torse nu, vêtu seulement de son pantalon de daim, sa peau dorée éclairée par la lueur du feu et les étoiles…

Elle s'y croyait tellement que lorsque Matteo lui adressa un sourire chaleureux, elle eut un instant d'égarement.

— *Sœur* Monticello ! s'écria-t-il. J'ai tellement entendu les infirmières parler de vous comme d'une « sœur » que je m'attendais à me trouver face à une religieuse !

Il éclata de rire.

Désorientée, elle répondit par un rire forcé.

Rien n'indiquait qu'il n'aurait pas séduit même une nonne !

En lui tendant la main, il se pencha vers elle pour une accolade toute confraternelle, et elle fut soudain envahie par l'odeur épicée de sa peau.

— Je suis ravie de vous respir… Euh, de vous rencontrer, balbutia-t-elle.

Que lui arrivait-il ? Voilà un homme qu'elle ne connaissait pas, et elle tombait en morceaux face à lui ! D'accord, ça faisait quinze jours qu'elle l'observait à la dérobée. Mais le voir de loin était sans danger, tandis que là, ils étaient vraiment très, très près l'un de l'autre. Et son odeur était délicieuse. Si c'était une eau de Cologne, ça pourrait s'appeler *Eau d'Argentine*. Ou bien *Pour un homme, de*

Matteo. Avec lui sur les visuels, la campagne de pub serait un succès…

Si Claudia était là, elle saurait la tirer d'affaire. Pourquoi diable se trouvait-elle en ce moment à des milliers de miles ? Sa sœur avait le chic pour se sortir d'un mauvais pas sans sourciller… Mais c'était une vraie bombe. Même très enceinte de jumeaux, elle était à tomber, des photos le prouvaient. Si elle s'interposait entre elle et Matteo, attention danger…

Mais c'était quoi, ce nouvel instinct de possessivité ? D'ordinaire, elle trouvait normal qu'un bel homme jette ses regards sur Claudia avant même de s'apercevoir de sa propre présence. Là, c'était différent…

Du calme.

Nerveusement, elle ébouriffa ses cheveux coupés à la garçonne.

— Appelez-moi Harriet, balbutia-t-elle.

— Et moi Matteo, répondit-il. Ou Docteur Torres, si vous préférez. Je sais combien vous autres Britanniques êtes sensibles aux bonnes manières.

— Harriet, intervint le Dr Bailey, suave, ce serait bien que vous fassiez faire au Dr Torres le tour de l'hôpital.

Ce dernier semblait avoir une idée en tête. Qu'est-ce que ça cachait à la fin ?

— Je compte sur vous pour lui donner *votre* vision personnelle de notre fonctionnement, Harriet. Voilà quinze jours que le Dr Torres vous traque dans tout l'établissement. Pour Dieu sait quelle raison, il a été incapable de vous trouver jusqu'ici.

— Ah bon ? parvint-elle à articuler, horrifiée qu'on l'ait vue se cacher derrière les rideaux à la vue du bel Argentin.

— Il serait bon que vous fassiez plus ample connaissance étant donné que vous allez peut-être travailler ensemble dans le long terme, reprit le Dr Bailey, imperturbable.

— Quoi ?

Quelle mouche avait piqué le Dr Bailey, toujours si

paternel avec elle ? Un imposteur avait dû prendre ses traits pour la priver du recours qu'il lui offrait toujours !

— Le Dr Bailey ne vous a pas mise au courant ? fit Matteo, l'air étonné.

— Mais au courant de quoi ? répéta-t-elle.

— Eh bien, au courant des raisons de mon séjour d'information au St. Nick's.

Il la scrutait en parlant pour voir si elle réagissait, mais ses mots gardaient tout leur mystère, et elle resta bouche bée.

— Harriet, fit le Dr Bailey qui semblait soudain un peu gêné, j'attendais un moment propice pour vous parler, mais dans l'espoir que cela nous aide à lever des fonds…

— Il se pourrait que vous veniez à Buenos Aires avec moi, poursuivit rapidement Matteo.

Elle, se rendre à Buenos Aires ? Elle qui considérait comme une expédition exotique de s'aventurer hors des faubourgs de Londres ! Comment cela ? Qu'attendaient-ils d'elle ? Ils rêvaient !

Elle s'efforça de repasser dans sa tête la dernière phrase de Matteo, comme un film que l'on regarde à l'envers. Avaient-ils voulu dire que c'était d'*elle* que dépendait le succès de cette levée de fonds ? Qu'elle en était en quelque sorte l'appât ou la condition ?

— Vous voulez que j'aille à Buenos Aires ? risqua-t-elle enfin.

— N'en parlons plus, fit Matteo en écartant sa réponse d'un geste de déception. Vous ne vous attendiez pas à cette proposition, et en plus elle vous importune. Je comprends très bien ce que vous ressentez.

— Je ne savais même pas que j'étais invitée à me rendre où que ce soit, se récria-t-elle. Comment pouvez-vous dire que cette proposition m'importune ?

Il ne fallait pas non plus exagérer. Elle découvrait tout de cette affaire.

— D'ailleurs, votre venue à Buenos Aires n'était qu'une éventualité, poursuivit Matteo. Tout dépend de… Euh, de ce qui va se passer… A l'heure qu'il est, rien n'est gravé dans la pierre.

— Justement, j'aimerais bien qu'on me montre cette pierre, ou au moins un morceau, répondit-elle.

Se raccrocher à une image l'aiderait peut-être à y voir plus clair. On l'accusait de passer à côté d'une situation qui avait éventuellement — mais juste éventuellement — une chance de se produire et dont elle ne savait même pas qu'elle existait ! C'était dingue, non ?

Avant de répondre à cette femme surprenante, Matteo prit le temps de la dévisager.

Hormis le fait que cette jolie blonde présentait un aspect totalement différent de ce qu'il avait imaginé, elle lui plaisait : elle préférait visiblement les faits aux vaines spéculations. C'était quelqu'un avec qui il se sentirait en phase et avec qui, peut-être, il pourrait travailler.

— Mon projet concerne une possible expansion, expliqua-t-il. En fait, il est à mettre entièrement sur pied. Il s'agit d'une clinique dédiée aux adolescentes enceintes et aux enfants abandonnés. Hélas, ce genre d'établissement n'attire guère les donateurs.

Enfin, il vit une lueur d'intérêt s'allumer dans les yeux bleus de Harriet Monticello.

— Si les donateurs s'y intéressent, je suis sûre que la Casita Verde para ninos en sera la première bénéficiaire ! rétorqua-t-elle avec un accent de passion auquel il ne s'était pas attendu.

— Vous connaissez la Casita ? s'exclama-t-il, stupéfait.

La plupart des gens étaient incapables de nommer un orphelinat dans leur ville natale, alors un orphelinat du bout du monde…

— Bien sûr que je la connais, même si je ne sais pas prononcer correctement son nom, dit-elle en souriant.

Toute trace de tension s'était soudain effacée de son visage, laissant la place à un véritable enthousiasme.

Harriet Monticello était décidément très loin de la nonne sèche et cassante qu'il avait imaginée.

— Comment ne pas connaître la Casita Verde ? reprit-elle avec enthousiasme. Vous êtes quasiment le seul à ouvrir des foyers pour enfants dans l'Argentine du XXIe siècle.

— Eh bien ! dit-il, envahi d'un sentiment inhabituel de fierté, vous me surprenez. Les gens voient rarement ce que je fais en ce sens…

Ses parents, par exemple. Immergés jusqu'au cou dans le monde des affaires, brassant chaque jour plus d'argent qu'il n'en avait pour le budget annuel de la Casita. Ou comme les donateurs éventuels qui se détournaient du projet. « Un puits sans fond, cette Casita, et aucun retour économique », disaient-ils avec mépris.

L'enthousiasme de Harriet lui mettait du baume au cœur.

— Mon projet est très ciblé, commença-t-il à lui expliquer. Je veux créer dans ma clinique un lieu d'accueil pour les adolescentes enceintes afin qu'elles y trouvent le soutien que leurs parents leur refusent ou qu'elles ont peur de leur demander, car…

Il s'interrompit. Entraîné par sa conviction, il allait se lancer tout de suite dans la conférence qu'il devait faire le soir.

— En tout cas, fit-il, réprimant ses envolées lyriques, c'est agréable de rencontrer quelqu'un qui a une bonne opinion de la Casita Verde del parado Ninos.

Harriet lui adressa un sourire troublé, puis, détournant le regard, elle entraîna le Dr Bailey dans une vague histoire de rotations.

Un prétexte pour lui échapper, visiblement.

Il en profita pour l'examiner à la dérobée.

Pas étonnant qu'il ne l'ait pas remarquée au cours des quinze derniers jours. Elle ne ressemblait pas à la description que lui avait faite le Dr Bailey, à savoir une femme capable de faire affluer les donateurs.

Peut-être était-ce pour cela qu'on ne l'avait pas mise au courant du projet ? Si elle était si précieuse que cela, le conseil d'administration du St. Nicholas Hospital n'accepterait pas de s'en séparer, et il repartirait bredouille.

Il avait apprécié les deux semaines d'observation qu'il venait de passer dans le département d'obstétrique de cet établissement à la pointe du progrès, mais son but restait *sa* propre clinique...

Au pire, il usait de son charme pour arriver à ses fins. Dans les cercles fortunés d'Argentine, ça marchait plutôt bien. L'élite de Buenos Aires ne mettait pas la main à la poche de façon désintéressée. Quand il avait vraiment besoin d'argent, une avalanche de flatteries et de compliments, et l'assurance que sans leur secours il ne serait rien, c'était l'ultime solution. Mais, face à Harriet Monticello, il se trouvait démuni. Elle n'avait pas besoin que l'on flatte son ego. Pour la décider à l'accompagner à Buenos Aires, quelques propos badins autour d'un cocktail ne marcheraient pas, visiblement.

Elle était jolie mais sans apprêt. Un peu garçon manqué, même, avec ses cheveux d'un blond doré insolemment coupés de façon déstructurée, à la dernière mode *pixie-cut*. Une légère touche de mascara ombrait les longs cils de ses grands yeux bleus au regard brillant, et il n'avait pas été sans remarquer qu'elle avait rougi chaque fois qu'il la dévisageait... Une charmante fille, en fin de compte. Et à mille lieues des héritières de Buenos Aires apprêtées comme des poupées que lui présentaient ses parents.

— Vas-tu compter éternellement sur l'héritage de ton grand-père pour financer la Casita Verde ? le questionnaient-ils avec inquiétude.

Sa famille avait de l'argent, là n'était pas la question. Mais pour rien au monde il n'aurait accepté de l'argent de ses parents. Il avait ses raisons, hélas. De terribles raisons... Qui ne regardaient que lui. Pourtant, ses parents étaient sa seule famille. Certes, elle était loin d'être parfaite, mais c'était la sienne, et il n'en avait pas d'autre.

Et, d'ailleurs, il n'en aurait jamais d'autre...

L'aparté entre Harriet et le Dr Bailey semblait enfin toucher à sa fin.

— Parfait ! s'exclama celui-ci en se frottant les mains, de l'air satisfait de quelqu'un qui a réglé une affaire difficile. Eh bien, maintenant, je vous laisse tous les deux. Harriet, Matteo vous accompagnera dans votre tournée.

— Noooon ! s'écria Harriet.

C'était un tel cri du cœur que Matteo éclata de rire.

Apparemment, Harriet détestait qu'on lui dicte ce qu'elle devait faire. Une attitude qu'il comprenait très bien. Elle n'avait pas envie que quelqu'un colle à ses pas pour observer ses moindres gestes. De son côté, il détesterait qu'elle le suive à la trace dans les couloirs de la Casita Verde, l'air inquisiteur, pour savoir s'il était digne ou non d'être soutenu dans sa recherche de fonds et pour en informer le conseil d'administration du St. Nick's.

Hélas, à moins que de pauvres gosses démunies cessent de tomber enceintes à l'âge où d'autres jouent encore à la poupée, il n'allait pas se passer un seul jour sans que la Casita ait besoin d'argent. Faute de moyens, il allait devoir refuser son secours à davantage d'adolescentes en grande détresse.

Harriet adressa un regard implorant au Dr Bailey.

— Pouvez-vous quand même m'en dire un peu plus sur cette histoire d'Argentine, avant de disparaître pour votre dîner aux chandelles ? s'enquit-elle, fixant son patron comme si elle s'accrochait à une bouée de sauvetage.

Accoudé au comptoir, Matteo s'amusait prodigieusement. Si son propre sort n'avait pas été en jeu, il aurait ri de l'affolement de Harriet et de l'embarras du Dr Bailey.

— Le conseil d'administration du St. Nick's pense que ce serait bon que vous quittiez de temps en temps l'hôpital pour transmettre la méthode issue de vos recherches, mon petit. Vu les besoins du Dr Torres à la Casita, il nous a semblé que ce job vous conviendrait. Mais le conseil d'administration souhaite voir comment votre prestation se passera ce soir. Selon la façon dont vous allez présenter votre travail, nous…

— Vous aviez donc décidé que je devais prendre la parole en public ? s'écria-t-elle, ouvrant de grands yeux comme une enfant.

— Oui, fit son patron. Mais je ne voulais pas vous affoler, connaissant votre peur de parler devant un auditoire.

Il lui sourit avec indulgence.

— Si les choses se passent bien, le conseil d'administration souhaite vous envoyer à Buenos Aires quelques semaines ou même quelques mois afin d'étudier si votre méthode peut être mise en pratique à la Casita, et si votre avis est favorable à une aide de notre part. Si oui, le St. Nick's ouvrirait là-bas une clinique haut de gamme. En coopération avec Matteo, évidemment. Un partenariat, autrement dit.

— En somme, je serais une monnaie d'échange ? dit-elle, indignée.

— Disons que c'est donnant-donnant, Harriet, fit le Dr Bailey en souriant. Vous n'avez pratiquement jamais quitté l'hôpital, et encore moins la Grande-Bretagne. Mettre en oeuvre votre travail dans un environnement différent, cela pourrait…

Matteo se sentit bondir. Lui aussi se sentait instrumentalisé. Et ce n'était pas dans ses habitudes.

— Pardon, Dr Bailey, fit-il en s'avançant, mais je veux que les choses soient claires. Les talents de Mlle Monticello seront les bienvenus à la Casita verde. Mais l'introduction de changements éventuels ne dépendra que d'une seule personne : moi. Mon expérience m'a prouvé que les études théoriques restent souvent au niveau de la théorie.

— Je vous demande pardon, s'exclama Harriet qui semblait soudain s'être hérissée. Vous comprendrez mieux mes observations quand vous verrez les résultats. Ma pratique a un impact considérable sur le bien-être des enfants dans de *très* nombreux centres d'accueil, et en premier lieu ici au St. Nick's.

Relevant le menton comme pour accentuer son propos, elle ajouta :

— Ma méthode fonctionne, figurez-vous !

Il la dévisagea, stupéfait.

Sous ses airs timides, cette fille avait de la défense ! Décidément, elle lui plaisait de plus en plus.

Un problème, cependant. Si elle venait à Buenos Aires, il faudrait qu'elle s'endurcisse pour affronter ce qui était là-bas le quotidien. Au St. Nicks, il y avait des équipements de pointe, du confort, du personnel. Tandis que, à la Casita Verde, dans sa clinique dépourvue de moyens…

— Cette fois, je vous laisse pour la tournée des patients, déclara fermement le Dr Bailey qui trouvait sans doute que l'on avait assez tergiversé. A vous de briller, Harriet ! Vous êtes dans votre élément.

« Etre dans son élément » ne semblait pas ravir Harriet. Elle adressa à Matteo un sourire contraint et s'excusa de devoir relire ses dossiers avant la visite.

A l'évidence, elle avait besoin de se ressaisir après l'avalanche d'informations qui venait de lui tomber sur la tête. Pourvu qu'elle sorte sans dommage de cette affaire ! Après tout, elle n'était qu'un pion dans la négociation qui lierait peut-être le St. Nicholas Hospital et la Casita Verde.

Il l'observa.

Tout en compulsant les dossiers à l'autre extrémité de la salle, elle ajusta machinalement son uniforme.

L'étroite tenue taillée à la chinoise mettait admirablement en valeur sa silhouette et ses proportions… Peut-être cette histoire aurait-elle été plus facile si Harriet Monticello avait été une religieuse, comme l'étaient beaucoup d'infirmières dans son pays. Ça ne lui posait aucun problème. Contrairement à ses camarades d'enfance, il avait adoré l'école privée catholique où il avait été élevé. L'ambiance qui y régnait lui faisait du bien. Tout l'opposé de ses parents, qui avaient la bougeotte et couraient le monde à la vitesse d'une tornade. Il échangerait volontiers chaque mondaine de Buenos Aires contre une nuit de romance avec cette petite Harriet qui…

¿ Holà, que paso ?

La romance, ce n'était pas pour lui. La Casita Verde emplissait sa vie. Toute sa vie ! Sans parler de sa décision irrévocable de ne jamais avoir d'enfant. Cela avait fait fuir beaucoup de belles Argentines qui se voyaient déjà en ménage avec lui.

— Quel homme es-tu donc pour refuser d'avoir tes propres enfants ? s'offusquaient-elles chaque fois.

Facile de répondre, hélas : un homme qui avait vu sa sœur chérie mourir en couches. Un homme qui travaillait au quotidien avec des orphelins que personne ne voulait adopter. Un médecin qui consacrait sa vie au sort de ces malheureux enfants et aux pauvres gamines qui se retrouvaient enceintes. Ce n'étaient pas les enfants qui lui posaient un problème, mais les faits dramatiques qu'il avait sous les yeux. D'où son énergie à mettre en œuvre ses projets personnels pour y remédier. Alors, avoir des enfants lui-même, merci bien, jamais de la vie !

Harriet semblait toujours plongée dans ses dossiers, qu'elle empilait et désempilait. Apparemment, elle cherchait un prétexte pour l'éloigner d'elle le plus longtemps possible.

D'après ce qu'il avait entendu dire, elle passait autant de temps au St. Nick's que lui à la Casita. N'y avait-il pas un proverbe qui dit : « Qui se ressemble s'assemble » ?

Voyant qu'elle esquissait un sourire à la lecture de l'un des dossiers, il estima que le moment d'intervenir était venu.

— Si nous commencions la tournée des visites ? proposa-t-il en souriant pour détendre l'atmosphère. Vous verrez que, être suivie à la trace par un petit chien, ce n'est pas si terrible que cela…

— Malheureusement, les chiens ne sont pas admis dans l'hôpital, répliqua-t-elle vertement.

Eclatant de rire, il lui posa une main sur l'épaule.

Elle se rétracta avec une telle vivacité que sa main traça dans l'air une trajectoire inattendue et vint lui frôler la joue. L'espace d'un instant, il faillit lui caresser le visage, mais il se retint.

En Argentine, les relations sont très tactiles. Mais Harriet était habituée à une distance toute britannique.

— Et si nous y allions ? proposa-t-il de son ton le plus neutre.

2.

— Et maintenant, déclara Harriet en arrivant à la fin de la visite, nous nous dirigeons vers mon service préféré.

Un sourire éclairait son visage, mais elle augmenta l'espace entre eux.

Elle ne renonçait décidément pas à le tenir à distance.

— Je suis curieux de voir les changements que vous y avez introduits sans avoir besoin de recourir à des financements supplémentaires, s'exclama Matteo, ironique.

— Le monde entier manque d'argent, et nous ne faisons pas exception, répondit-elle vivement. Dans notre méthode, c'est la rotation des équipes qui a de l'impact. L'un des avantages est que cela ne coûte rien. Et, en outre, le travail ressemble moins à... A du travail.

— J'ai l'impression que votre travail est déjà plus que cela pour vous ?

Dans une équipe, il y a ceux qui accomplissent leur tâche, et ceux pour qui leur métier est une passion. Une vocation. Harriet évoluait comme un poisson dans l'eau dans les moindres recoins du St. Nick's. Il comprenait ça : du jour où sa sœur était morte, il avait su à quoi consacrer son énergie pour défouler sa rage. Mais, chez Harriet, il y avait autre chose... Peut-être tout simplement de la compassion ?

— Et voilà !

Arraché à ses pensées, il la vit ouvrir gaiement les bras en prenant la pose.

Des rangées de petits lits abritant de minuscules bouts de chou s'alignaient le long des murs.

Le département des tout-petits ! L'esprit trop occupé par les théories de Harriet, il ne s'était pas aperçu qu'ils y étaient arrivés.

— Voulez-vous entrer pour un câlin ? C'est ici que je viens chercher du réconfort quand je me sens un peu découragée. Câliner un bébé, c'est une excellente thérapie pour le bébé et pour le soignant.

Elle avait soudain les yeux brillants.

— C'est un monde nouveau qui s'ouvre à vous. Les petites mains, les petits pieds, des possibilités infinies…

Lui ? Faire un câlin à un bébé ? Il y avait de quoi rire !

— Si nous pressions le mouvement pour regagner votre bureau ? demanda-t-il, un peu agacé. Vous seriez enfin débarrassée de ma présence.

Comme si les câlineries, le cocooning et les caresses avaient du sens pour lui ! A la Casita Verde, il aidait des adolescentes perdues à affronter des grossesses non désirées. Il soignait les orphelins qu'elles lui abandonnaient. La seule aide qu'il pouvait apporter était de supporter le déchirement de la séparation entre la mère et l'enfant. Alors, les niaiseries sur les câlins, franchement, ce n'était pas sa tasse de thé.

— Il faut du courage pour faire votre travail, dit-il néanmoins pour briser un silence pesant. Vous avez choisi de vous dédier à des orphelins promis à la mort ou à un triste avenir, des enfants abandonnés qui…

— Des enfants, le reprit-elle sèchement.

— Oui, enfin, des enfants abandonnés quand même, ne put-il s'empêcher de rétorquer. Ça me surprend de votre part que vous essayiez d'atténuer la réalité par un langage politiquement correct. Ce n'est pas en leur faisant des mamours et en agitant des lapins en peluche sous leurs yeux que vous rendrez la vie plus douce à ces orphelins…

— Avant tout, docteur Torres, ce sont des enfants !

Dios, quel éclair de colère dans ses yeux ! Si elle l'avait pu, elle l'aurait descendu en flammes.

Harriet toisa Matteo Torres, furieuse.

— Des en-fants, reprit-elle en détachant le mot. C'est ainsi que je les vois et que nous les voyons ici. Ils savent que le monde n'est pas fait de familles heureuses et qu'ils ne sont pas ici pour un petit séjour d'agrément, merci pour eux. La plupart des enfants de mon service vont mourir, vous savez. Et ils le savent. Alors, leur rendre la vie plus douce avec des « mamours », comme vous dites, c'est *exactement* ce que nous faisons !

Heureusement, elle se retint avant d'aller trop loin.

Le choix des mots était primordial à ses yeux pour faire comprendre sa pratique, et quiconque s'avisait de la reprendre était mal venu.

— La vie « plus douce », vraiment ? fit Matteo qui semblait à mille lieux de la suivre, en haussant les sourcils.

Grands dieux ! Que s'était-il imaginé de la pratique qu'elle mettait en œuvre, fondée sur des choses simples mais fondamentales ? Ces Sud-Américains ont l'imagination bien fertile…

— C'est intéressant que vous posiez cette question, docteur Torres, répliqua-t-elle en évitant ostensiblement de l'appeler Matteo. La terminologie est justement l'un des points sur lesquels je voulais insister ce soir. La façon dont on nomme les choses peut tout changer pour les enfants que l'on traite ici…

Elle marqua un temps d'arrêt.

Il fallait qu'il remarque qu'elle avait dit « enfants ».

— De même que ce pourrait être le cas à la Casita Verde, reprit-elle. Mais je jugerai quand je serai sur place.

— J'en déduis donc que vous acceptez de prendre la parole ce soir ? demanda Matteo, un éclair d'amusement dans le regard.

— Comme si mon patron m'en laissait le choix, fit-elle avec un soupir.

— Avouez que si votre intervention se passe bien, vous serez plus que récompensée, fit-il avec un tel sourire qu'elle le regarda, circonspecte.

Que voulait-il dire ?

Leurs regards se croisèrent, et une image ridicule lui vint un instant à l'esprit : Matteo étendu torse nu, lui tendant la main pour qu'elle le rejoigne sous le drap…

Non, il ne parlait pas de lui comme d'une « récompense ». Il avait du toupet, mais tout de même pas à ce point ?

Difficile de lire une réponse dans ses yeux, si verts qu'ils semblaient impénétrables.

Elle tourna les talons pour regagner le couloir, évitant de peu une petite fille de six ans qui, bras étendus, imitait à grands bruits un avion.

— J'aimerais que vous m'en disiez plus sur les motifs de votre engagement au St. Nicholas Hospital, demanda Matteo qui, ayant contourné sans problème la petite fille, l'avait rejointe en quelques enjambées.

Apparemment, il avait la pratique pour éviter les enfants turbulents. Mais pourquoi lui répondre ? Pour s'exposer à des commentaires désobligeants sur la façon d'organiser sa vie ? Franchement, ce n'était pas la peine.

Amusé de voir que Harriet s'ingéniait à augmenter la distance entre eux, Matteo pressa le pas pour la suivre.

Etait-elle si timide que cela, ou le trouvait-elle carrément repoussant ? Ce n'était pas l'effet qu'il produisait en général sur les femmes.

Mais aujourd'hui semblait être pour lui la journée des premières fois.

— N'avez-vous jamais pensé à devenir médecin vous-même ? demanda-t-il.

— Grands dieux, non ! s'exclama-t-elle. J'aime mon métier, il me convient très bien.

Elle paraissait sincère, pourtant son expression trahissait un réflexe de défense.

— Quel mal y a-t-il à viser plus haut ? se risqua-t-il à demander.

— Et quel bien y a-t-il à vivre en marge de la société ? répliqua-t-elle, avec une expression qui lui déconseillait vivement d'attendre une autre réponse.

— Excellent argument…

Elle avait de grands yeux clairs, pleins de sincérité. Innocente mais pas naïve, c'est ainsi qu'il la voyait. En revanche, ce qui le surprenait, c'est qu'il avait envie d'en savoir plus sur elle. Et ça aussi, c'était une première.

— Est-il indiscret de vous demander si, avec un nom de famille comme Monticello, votre père était italien ?

— Je ne pensais pas être le sujet de la conversation, mais… Lui et ma mère qui était Irlandaise, dit-elle avec tristesse en désignant ses cheveux blonds, sont morts il y a déjà quelques années. Mon Dieu, dix ans déjà ! Juste au moment où je démarrais ici ma formation d'infirmière.

— Je suis désolé de l'apprendre, dit-il, envahi d'une compassion sincère.

La famille est un bien tellement précieux ! Lui-même aurait voulu avoir des relations plus profondes avec ses parents. La mort de sa sœur les avait un instant rapprochés, mais ça n'avait pas duré. Pourquoi ? Peut-être cela leur rappelait-il trop durement la disparition de leur fille ? Renonçant à comprendre leurs raisons, il avait fini par accepter la situation.

— Tôt ou tard on perd ses parents, fit-elle en détournant les yeux avec un intérêt démesuré vers une fenêtre qui donnait sur une cour ornée de fleurs.

Joli, mais rien à voir avec les fleurs luxuriantes d'Argentine…

Soudain, il se rendit compte qu'elle luttait contre les larmes.

En fait, le St. Nick's remplissait le vide de son existence. L'hôpital représentait pour elle la famille qu'elle n'avait plus.

Pour lui aussi, le travail jouait ce rôle. Et plus encore.

Serait-il un jour libéré de son passé ? Finirait-il par trouver la paix après le drame qu'il avait connu ?

Mais ces pensées étaient trop sombres. Il devait les chasser pour être convaincant ce soir. Il n'y aurait pas seulement ses pairs dans l'assemblée. Il y aurait aussi des donateurs potentiels. Dont certains carrément pleins aux as, pour parler vulgairement ! Sans compter cette jolie petite infirmière de recherche qui détenait peut-être la clé lui permettant d'ouvrir enfin sa clinique.

— Je suis impatient de vous entendre briller ce soir dans votre exposé, dit-il en regardant Harriet dans les yeux.

— Le ciel vous entende, murmura-t-elle.

Harriet se dit vaguement qu'elle avait tort de fixer Matteo ainsi, mais elle ne pouvait pas s'en empêcher. Il la regardait d'un air engageant, sa bouche bien dessinée relevée en un demi-sourire.

— Vous pourrez alors venir à Buenos Aires, reprit-il, et vous me montrerez sur place les effets de vos recherches.

— Présenté comme cela, comment pourrais-je résister ? fit-elle avant de détourner les yeux, gênée.

Des frémissements inconnus la parcouraient des orteils jusqu'à la pointe de ses cheveux courts.

Si Matteo Torres la mettait dans cet état d'un simple regard, que serait-ce à Buenos Aires si elle travaillait avec lui vingt-quatre heures sur vingt-quatre et sept jours sur sept ? N'allait-elle pas se conduire comme la fan enamourée d'une rock star ? Mettre en péril l'équilibre de sa famille ? Sa sœur était fantasque, brillante, imprévisible, mais elle-même avait du bon sens. Ce n'est pas par hasard si elle avait choisi une vie stable, équilibrée. C'est elle qui tenait la famille en ordre…

— Je pense que je dois vous donner quelques exemples de la vie dans mon pays, continua Matteo.

Il se conduisait comme si l'affaire était entendue et que, de toute façon, elle viendrait à Buenos Aires !

— Leçon n° 1 : en Argentine, on s'embrasse tout le temps. Tout, y compris la conclusion d'un accord, commence par des embrassades. Il faudra vous y habituer quand vous viendrez… Enfin, si vous venez, bien sûr !

Il n'avait pas l'air d'un homme qui flirte à tout bout de champ. Pourtant, n'était-ce pas un flirt qu'il amorçait ?

Ne sachant que penser, elle se contenta d'un petit rire distant.

Mais… N'était-il pas en train de se rapprocher ?

Etait-ce le baiser annoncé, ce genre de baiser où on s'effleure la joue sans se toucher ? Dans ce cas, devait-elle lui offrir la joue droite ou la gauche ?

Si seulement elle avait voyagé davantage, elle saurait comment on se conduit à l'étranger…

Déjà, Matteo posait ses mains sur ses épaules. Indécise, elle le regarda… Et le baiser se posa sur ses lèvres entrouvertes.

Ce n'était qu'un simple effleurement, mais elle sentit vibrer son corps tout entier, son sang courir plus vite dans ses veines.

Etait-ce lui qui faisait durer l'instant un peu plus longtemps que pour un baiser accidentel, ou elle-même l'y avait-elle incité ? Elle ne savait plus très bien. Dans sa tête, la réalité et la fiction filaient à la vitesse du vent. Se faisait-elle des idées ? Si les choses se passaient ainsi en Argentine, pas de doute, elle serait bien avisée de rester en Angleterre, où une poignée de main est une poignée de main et où un baiser sur la joue reste conforme à ce qui était annoncé !

Elle aurait voulu que cela dure encore, mais elle se força à s'écarter. Pour se donner une contenance, elle jeta un regard à sa montre — sans y lire l'heure — et fit un pas vers son bureau. Puis elle jeta un regard embarrassé vers son interlocuteur.

Matteo se frottait le menton d'un air perplexe, lui aussi.

S'écartant résolument, il fit un pas en arrière.

— Je crois que je vous ai pris assez de temps.

Quelle mouche l'avait donc piqué de donner à cette femme délicieuse une leçon sur la façon d'embrasser ?

Il se laissait rarement tourner la tête par une représentante du sexe opposé, mais ç'avait été une envie irrésistible. Il avait suffi qu'il parcoure l'hôpital avec Harriet pour sentir entre eux une connexion incroyable. Un échange secret qui se passait de mots entre le Matteo dont le cœur appartenait à la Casita Verde et celui de Harriet qui appartenait au St. Nick's.

Peut-être une part d'eux-mêmes était-elle en quête d'autre chose et ne savait où le trouver ?

Avec un rire nerveux, Harriet sembla vouloir se volatiliser dans son bureau.

— Je vous verrai tout à l'heure à la salle de conférences du Child Care Symposium ? dit-elle en dansant d'un pied sur l'autre.

Avec un sourire, il extirpa de sa poche un amas de feuilles qui ne ressemblaient plus à rien à force d'avoir été pliées et repliées dans tous les sens.

— Tous les détails de mon intervention sont là-dedans, dit-il en les lui montrant. Comment appelleriez-vous ça dans votre langue anglaise si châtiée ? Un torchon ?

Cela la fit sourire. Pour la première fois, il remarqua une petite fossette qui se creusait dans sa joue. Ça lui donnait un air attendrissant et vulnérable qui suscita en lui un élan protecteur. Il y avait très, très longtemps qu'il n'avait rien ressenti de tel pour une femme.

— Oui, un torchon, ça me semble le mot juste, fit-elle avec un sourire. Il faudra que vous m'appreniez les expressions équivalentes dans votre langue.

— En espagnol ? Pas de problème. Où dînez-vous après la conférence ?

— Tout dépend de la façon dont cela va se passer…

— Allons, vous savez que tout se passera bien ! Venez dîner avec moi, et nous lèverons nos verres au succès de votre intervention publique !

Il était curieux de savoir ce qu'elle allait répondre. Mais, au moment où elle ouvrait la bouche, une infirmière à l'air angoissé arriva en courant.

— Pouvez-vous venir, Harriet ? C'est à cause de Cora…

— Une nouvelle crise d'épilepsie qui s'annonce ? demanda Harriet qui se précipita, le bousculant du coup sans se soucier de lui plus que d'une guigne.

— Oui. Elle a eu mal au cœur en mangeant son goûter. Elle ne veut pas bouger tant que vous ne serez pas là.

Il suivit Harriet dans la direction d'où venait l'infirmière.

Des convulsions épileptiques partielles peuvent conduire à une attaque plus grave, touchant les deux hémisphères du cerveau. Et alors…

— A-t-elle déjà atteint le stade 2 de l'épilepsie ?

— Oui, répondit Harriet sans ralentir. Avec des crises d'absence, des mouvements convulsifs, pas de réponse aux stimulations verbales.

— Rien de violent malgré tout ? demanda-t-il en s'efforçant d'adapter son pas au sien.

— Non. Elle a eu des crises tonico-cloniques généralisées, mais elle répond bien aux médicaments.

— Le valproate de sodium, je suppose ?

— Oui, combiné avec la lamotrigine. Cela semble lui réussir. Nous voudrions éliminer le phenobarbiotal et la phénitoïne.

— A cause des effets secondaires sur le développement cognitif ?

D'un mouvement de tête, elle fit signe que oui.

Apparemment, ils avaient fait les mêmes constatations.

En parlant, ils étaient arrivés dans la salle de jeux auprès d'une petite fille maigrelette aux cheveux roux.

— Hello, Cora, fit Harriet d'une voix calme en se baissant pour être au niveau de la petite fille. Que dirais-tu si nous t'aidions à aller te coucher ?

— Non, je suis pas bien, marmonna la gamine, le regard fixé sur le mur.

— Je sais, mon cœur. C'est pour ça que je suis là. Tu ne veux pas aller te coucher ?

— Non. J'ai trop le vertige…

— Et si je posais un instant mes mains sur tes yeux pour que tu puisses penser à ton lit ?

Pas de réponse.

— Je vais le faire maintenant, Cora, déclara Harriet en se postant derrière la petite fille. Prête ?

— Voui…

La pauvre gosse parlait d'une voix faible et semblait terrifiée.

Ne perdant pas une miette de la scène, il admira le calme de Harriet. Plus le stress de la pauvre petite augmentait, plus une nouvelle crise risquait de se déclencher.

— Matteo, fit soudain Harriet en s'adressant à lui d'une voix qui était presque un murmure, pouvez-vous s'il vous plaît approcher cette chaise ?

En parlant, elle désignait d'un mouvement de tête une vieille bergère tellement usée que les bras en semblaient très élevés par rapport au siège très bas.

— Absolument, répondit-il en s'exécutant.

Obéissant aux injonctions muettes de Harriet qui couvrait de ses mains les yeux de la petite fille, il plaça le fauteuil face au mur de telle façon que, lorsque Cora ouvrirait les yeux, elle ait face à elle une ligne horizontale, ce qui pourrait l'aider à retrouver ses repères.

Si c'était là une manifestation de la technique de Harriet, il fallait reconnaître que c'était astucieux.

— Prête à t'asseoir, ma chérie ? demanda Harriet d'une voix douce. Christopher est là devant.

Christopher ? Qui était Christopher ?

Cherchant à comprendre, Matteo interrogea Harriet du regard.

Celle-ci lui désigna le siège du menton.

Apparemment, cette vieille bergère *était* Christopher.

Sa première réaction fut d'éclater de rire, mais il n'en fut plus question quand, avec Harriet, ils prirent Cora chacun par un bras pour la faire avancer lentement en direction du fauteuil.

La pauvre enfant était paniquée, elle n'aurait pu mettre un pied devant l'autre si Harriet ne lui avait bouché les yeux. Il était clair que le fameux Christopher était doté de pouvoirs rassurants et que, une fois installée entre ses bras, la petite Cora se sentirait mieux.

Qui pouvait avoir eu une idée aussi simple et ingénieuse ? Harriet Monticello, bien sûr !

Bientôt, la petite Cora fut douillettement installée, soutenue par quelques oreillers. D'ailleurs, au bout de quelques minutes, se sentant en sécurité, c'est elle-même qui demanda à Harriet de la conduire jusqu'à son lit pour qu'elle puisse se reposer.

Il avait été un peu prompt à classer Harriet parmi les férus de théorie. Quelle rapidité et quelle efficacité de sa part pour répondre à la détresse de Cora !

Un frisson d'excitation le parcourut à la pensée de ce qu'elle pourrait apporter à la Casita Verde. Non seulement implanter à la Casita une clinique serait une bénédiction, mais quel bien-être pour les enfants si Harriet y introduisait ses méthodes !

Porterait-elle à la Casita cette flatteuse tenue qui soulignait ses formes ?

Comme la question lui traversait insidieusement l'esprit, il la chassa aussitôt, honteux.

Il fallait qu'il reste concentré sur le speech de ce soir, et repenser la garde-robe de Harriet Monticello n'était pas le meilleur moyen d'y parvenir.

¡ Qué quilombo ! Bon sang, qu'est-ce qu'il lui prenait tout à coup ? Ne se flattait-il pas de rester au travail dans des limites strictement professionnelles ?

— Cora est-elle là depuis longtemps ? demanda-t-il tandis qu'il s'éloignait avec Harriet dans le couloir. Elle semble avoir une grande confiance en vous.

— Depuis deux mois seulement. Elle était auparavant dans une famille d'accueil. Les parents adoptifs n'étaient pas… Disons, pas tout à fait à la hauteur.

Elle serra les lèvres comme pour se défendre d'un jugement trop sévère.

Un bon point pour elle. Lui-même devenait beaucoup trop féroce quand un placement d'office se passait mal. S'occuper d'un enfant en détresse est un investissement total qui laisse peu de place pour le reste…

Harriet s'arrêta devant un grand panneau coloré où étaient tracés des noms et des horaires.

— Les enfants connaissent les équipes et peuvent appeler la personne de leur choix quand ils vont mal ou se sentent anxieux. Cora n'a pas encore choisi son soignant de référence. J'ai donc réagi en quelque sorte comme la personne de la situation par interim.

— Est-ce une part importante de votre méthode ? demanda-t-il, de nouveau poussé à réagir par l'ironie à une technique aussi pragmatique.

Mais elle ne sembla pas s'en formaliser.

— L'important, c'est que les enfants se sentent en confiance. La plupart du temps, comme vous le savez, ils n'ont guère l'occasion d'avoir confiance en quoi que ce soit.

Avant de continuer, elle ramena en arrière une mèche de ses courts cheveux blonds.

— Cora est allée d'un foyer d'accueil à l'autre comme la majorité des enfants que nous accueillons. Elle souffrait aussi d'un trouble mineur de déficit de l'attention qui s'est aggravé à chaque changement de famille. L'épilepsie s'est déclarée au fur et à mesure que son anxiété s'accroissait. Et plus l'épilepsie était prononcée…

Elle s'interrompit pour soupirer, mais il savait la suite.

— Plus il est difficile de la placer, termina-t-il à sa place.

Il connaissait ce terrible engrenage. Il le vivait chaque jour à la Casita Verde. Plus ces malheureux gosses étaient en mauvaise condition physique, plus il était difficile de les faire adopter. Tout au plus leur trouvait-on des familles d'accueil, et encore. Qui a envie d'ouvrir son cœur, son foyer et son portefeuille à un pauvre gosse qui apporte un nombre incalculable de soucis ?

— Vous avez tout compris, répondit-elle en le regardant avec un faible sourire.

A nouveau, il ressentit entre eux une entente instinctive.

— J'ai l'impression que nous avons beaucoup de choses en commun. Professionnellement parlant, j'entends, s'empressa-t-il d'ajouter.

Aussitôt, elle cessa de sourire.

Pourquoi diable avait-il dit ça ?

En fait, il le savait. Tout à coup, il s'était senti envahi par ses propres émotions. Et il avait éprouvé un terrible besoin de les enfouir dans son, euh… Son Christopher personnel. Mais, pour autant, ce n'était pas malin d'avoir supprimé le sourire de Harriet.

— Bien sûr, répondit-elle. Quant à moi, je dois aller travailler mon exposé. Je ne veux pas vous laisser tomber ce soir.

Elle sourit.

— Professionnellement parlant, j'entends ! ajouta-t-elle.

Le point était pour elle.

3.

— Vous m'avez fait peur ! s'exclama Harriet en bondissant du fauteuil où elle s'était terrée. Qu'est-ce que vous faites là ?

Où se réfugier après la désastreuse soirée du Child care Symposium, sinon dans son bureau ?

— Je viens chercher la personne que j'ai invitée à dîner.

— Quoi ?

— Dois-je vous rappeler que vous avez accepté de dîner avec moi ?

— Oui, balbutia-t-elle, mais c'était avant…

Avant que j'aie tout gâché par mon intervention lamentable, ratée, minable…

— Oui. Mais avant, vous m'avez dit que vous dîneriez *après*. Donc, je viens vous chercher.

Se trouver au St. Nick's l'aidait à retrouver son équilibre. Le soir tombant, les lumières tamisées, les infirmières bavardant à voix feutrée dans le couloir, une musique douce s'échappant de la chambre d'un enfant, c'était l'ambiance dont elle avait besoin après le véritable watergate de son allocution. Mais à présent, un médecin argentin aux yeux de braise se tenait face à elle, perturbant sa fragile assurance, l'obligeant à se cacher à son approche, la bousculant pour qu'elle accepte son invitation à dîner.

— Allons ! fit Matteo. Prenez votre manteau et venez.

— Je n'ai pas faim.

— Eh bien, vous me tiendrez compagnie ! C'est ma dernière soirée à Londres, montrez-moi ce qu'il y a à voir.

— Je crains de ne pas être un très bon guide…

— Pourquoi ? Vous êtes chez vous à Londres, non ? dit-il avec un large geste, comme si elle avait possédé la totalité de la ville.

— C'est surtout ici que je me sens chez moi, répondit-elle en désignant son bureau et le service.

— Raison de plus ! Allez vous habiller, et nous explorerons ensemble ce que ni vous ni moi ne connaissons. Je n'ai plus que quelques heures avant mon départ, ce serait dommage de ne pas en profiter pour faire quelque chose d'agréable !

S'amuser n'était pas un réflexe spontané chez elle. Ne le comprenait-il pas ? Cependant, il lui parlait gentiment. Il voulait la réconforter, et elle lui en était reconnaissante malgré elle.

Se détendant, elle esquissa un sourire.

Il lui tendit la main, une lueur d'imploration dans le regard.

Tout à coup, elle le trouva attendrissant. Comme un jeune homme qui arrive à son premier rendez-vous. Nerveux et bravache à la fois. Pour la première fois, elle se sentait à égalité avec lui. Deux collègues avec devant eux une seule nuit et une poignée d'heures. Avant qu'elle ait commencé sa garde le lendemain matin, Matteo se serait envolé pour l'Argentine. Qu'y aurait-il de mal à passer ces quelques heures avec lui ? Si Claudia était à sa place, elle aurait déjà dit oui. Elle serait même déjà à la porte, attendant ce bel homme, lui adressant son sourire le plus engageant…

Elle serra si fort ses mains pour se donner du courage qu'elle s'enfonça presque les ongles dans les paumes.

— Pourquoi pas ? dit-elle en saisissant le pashmina qu'elle avait abandonné sur une chaise et en le drapant autour de ses épaules à la manière de Claudia.

Si sa sœur avait assez de cran pour avoir des jumeaux seule, elle pouvait au moins accepter une invitation à dîner avec un homme qu'elle ne reverrait sans doute jamais. Pas de danger qu'elle se ridiculise davantage, elle l'avait fait suffisamment lors de son allocution. Elle verrait bien ce que lui réservait la soirée.

Elle mit sa main dans celle de Matteo, se sentit parcourue d'un délicieux frisson quand il la saisit et ne put se retenir de lui sourire.

Matteo regarda Harriet terminer la dernière bouchée d'un steack argentin dans le restaurant sud-américain où il l'avait entraînée.

— Merci de m'avoir fait goûter ici ce que je n'aurai malheureusement pas l'occasion de découvrir en Argentine, dit-elle.

Elle s'efforçait de parler sur un ton dégagé, mais son rire était forcé.

— Vous n'en avez qu'un aperçu, répondit-il modestement en désignant le plat où il ne restait que quelques miettes. C'est encore mieux chez nous.

Il prit une dernière bouchée rehaussée de la sauce chimichurri traditionnelle.

— Quant à *l'asado*, qui est une façon particulière de griller la viande, expliqua-t-il, je reconnais qu'il est à mourir. Je vous permets de dire qu'il est aussi bon que chez nous — je veux dire chez moi…

Levant les yeux, il vit avec consternation que Harriet le dévisageait, le front marqué de rides trahissant son désarroi.

— Comment ai-je pu être aussi nulle ce soir ! s'exclama-t-elle en repoussant son assiette et en laissant tomber sa tête entre ses mains, lui jetant un regard honteux à travers ses doigts.

Elle était tellement adorable qu'il dut se faire violence pour ne pas étendre la main et lui caresser les cheveux.

Au fil de la soirée, elle avait peu à peu cessé d'être sur la défensive, se laissant gagner comme lui par une même passion pour leur travail. Il aurait pu parler avec elle toute la nuit, ce qui ne lui était pas arrivé depuis longtemps.

¡ Dios ! Peut-être même que ça ne lui était jamais arrivé ?

Un sentiment inconnu croissait en lui. Du regret, peut-être, de ne pas pouvoir passer plus de temps avec elle ?

Pourtant, il avait l'impression de la connaître déjà, comme s'il avait face à lui un alter ego. Une âme sœur ?

S'adossant à la banquette, il tapota négligemment le bord de la table du bout des doigts.

— Peut-être que votre intervention ne s'est pas passée aussi mal que vous le pensez. En tout cas, je peux vous assurer que votre message a bien été reçu par la seule personne qui compte.

— Ce serait inespéré, fit-elle en le fixant de ses yeux bleus à travers ses doigts. Mais je me demande bien qui.

— Moi, précisa-t-il en se servant une dernière cuillerée de la délicieuse sauce chimichurri. Pensez-vous que j'aie l'habitude de passer quatre heures à table avec quelqu'un d'inintéressant ? Surtout quand j'ai un vol dans…

Il consulta sa montre.

— Dans six heures environ.

— Vraiment ? s'écria Harriet, comme à regret.

Il la regarda droit dans les yeux.

— *Si, correcto*. La vie est trop courte et trop précieuse pour la dilapider avec des gens qui ne croient pas à ce qu'ils font.

L'attraction qu'il éprouvait pour elle n'avait rien à voir avec l'attirance superficielle qu'il avait ressentie la première fois qu'il l'avait vue. C'était un élan violent qui le frappait au plexus avec une telle force, qu'il préféra détourner le regard.

— Je crois à ce que je fais, fit Harriet d'un ton désespéré, mon problème, c'est que je ne sais pas le communiquer. Si je pouvais surmonter la barrière du langage, je vous aurais bien davantage convaincu.

— Pensez-vous que vous auriez été plus convaincante en me montrant deux ou trois choses que vous savez faire ? ne put-il s'empêcher de demander, baissant la voix d'un ton provocant tout en se penchant vers elle.

— Oh ! mon Dieu, non ! s'exclama-t-elle en écarquillant les yeux, l'air choqué. Je voulais juste dire que…

— Voyons, Harriet ! s'exclama-t-il en riant, les Anglais ne sont pas les seuls à pratiquer un humour caustique, et j'ai très bien compris ce que vous vouliez dire. Ce que je me demande, c'est pourquoi il vous est si difficile de vous exprimer en public. Il doit y avoir une raison ?

— Oh ! ça…, fit-elle, les lèvres soudain serrées et le regard obstinément fixé sur la nappe.

— Qu'importe, *cara*. Ce que vous avez dit était merveilleux et m'a convaincu. Je serais ravi si vous veniez à la Casita Verde, même si…

— Même si quoi ? fit-elle avec un soupir désabusé. J'ai sabordé ma prestation face aux gens qui ont le pouvoir de m'envoyer à Buenos Aires.

— S'ils disaient oui, vous viendriez ?

— Oui, si cela pouvait être utile, répondit-elle avec un sourire triste. Mais à l'heure qu'il est, le conseil d'administration a mis mon nom aux oubliettes et cherche une candidate plus présentable.

En soupirant, elle saisit sa serviette et commença à la manipuler habilement entre ses doigts, puis, hochant la tête avec un sourire navré, lui tendit un cygne qu'elle avait adroitement façonné.

— C'est trop bête, fit-il en saisissant le cygne, admiratif de ses talents. J'aurais adoré travailler avec vous.

— Moi aussi. Malheureusement, trop de gens ne sont pas prêts à sortir des sentiers battus.

St.upéfait, il la regarda.

— Mais alors, qu'allez-vous faire si vous voulez promouvoir quelque chose de nouveau ? Rester assise sur votre chaise et attendre que d'autres décident pour vous ?

Avec un rire forcé, Harriet reprit la serviette et se mit machinalement à défaire le petit cygne.

— Ça, c'est le terrain de ma sœur, répondit-elle. Elle ne se laisse jamais faire. C'est elle, la star de la famille !

— Qui vous a mis ça dans la tête ? Récapitulons, fit-il

en comptant sur ses doigts. Vous êtes belle, intelligente, vous rendez la vie supportable à un grand nombre d'enfants en détresse…

Il la regarda avec étonnement.

— Il faut que votre sœur soit joliment extraordinaire pour vous faire de l'ombre !

— Elle l'est, répliqua-t-elle, les yeux brillants. Elle est *vraiment* extraordinaire !

Songeur, il la dévisagea.

Il n'y avait aucune jalousie dans ce que Harriet disait. Juste de l'admiration. De l'amour. Aucune attente.

En lui, il sentit quelque chose se briser.

Comme lui avec sa sœur…

Sous le regard insistant de Matteo, Harriet se sentait troublée. Soudain, elle avait envie de se trouver n'importe où mais loin de lui. Le tour que prenait la conversation l'oppressait.

— Je commence à avoir chaud, déclara-t-elle en s'éventant avec l'extrémité de son pashmina. J'ai besoin de marcher un peu.

Dehors, elle aspira une longue gorgée d'air frais.

Elle avait eu l'impression de suffoquer. Non pas à cause de Matteo, mais à cause des questions qu'il avait soulevées. Sans s'en rendre compte, il avait mis à mal le cocon confortable qu'elle s'était construit — et où elle avait été très heureuse jusqu'à présent ! Dans ses relations avec sa sœur, elle avait toujours été celle qui représentait la stabilité, qui ne changeait pas. C'était son rôle. Serait-elle capable de prendre des risques à son tour ?

La seule image d'elle-même qui s'imposa à son esprit fut celle que Matteo lui avait renvoyée : celle d'une femme trop timorée pour oser se mettre en danger.

— Harriet ! *¡ Chuchera !* fit-il en la rattrapant. Le temps que je paie l'addition, vous aviez disparu !

La saisissant aux épaules, il la força à se retourner.

— Vous vous sentez mieux, *chuchera* ?

Faisant oui de la tête, elle le regarda, incrédule.

C'était le type d'homme qu'elle avait toujours cru inaccessible. Pourtant, c'était bien lui qui était parti à sa recherche dans l'hôpital malgré son lamentable échec. Qui l'avait invitée à un délicieux dîner. Qui ne lui en voulait pas de l'avoir ensuite laissé choir dans le restaurant. Et qui, à présent, lui courait après pour être sûr qu'elle allait bien…

— Vous n'auriez pas dû payer l'addition, fit-elle, confuse, en cherchant son porte-monnaie dans son sac.

Mais Matteo fit glisser sa main de son épaule à son poignet pour interrompre son geste.

Le mouvement se répercuta en elle, faisant naître des myriades de décharges électriques dans son corps. Elle n'osait plus le regarder. Soudain, il devenait pour elle l'objet de tous les fantasmes.

Mais c'était facile d'idéaliser quelqu'un avec qui on n'avait passé que huit petites heures. Huit heures merveilleuses.

A la pensée que cela allait bientôt finir, elle se sentit pâlir.

Par un tour de force dont elle ne se serait pas crue capable, elle réussit à prendre la voix d'un véritable guide touristique.

— Que diriez-vous d'une petite promenade le long de la Tamise ? C'est encore plus joli la nuit. Je suis sûre que vous allez adorer la vue sur le palais de Westminster !

La « petite promenade » proposée par Harriet se déroula dans un silence absolu. Pour Matteo ce ne fut pas une surprise qu'ils aboutissent dans les couloirs du St. Nick's.

Que s'était-il passé entre eux à la fin du dîner ? Mystère. Depuis lors, Harriet n'avait pas desserré les dents.

Il observa la façon dont elle entrait dans chacune des chambres d'enfant, remontant un duvet par-ci, ramassant un ours en peluche par-là. Le St. Nick's était à l'évidence le lieu où elle se sentait chez elle et puisait du réconfort.

Difficile de l'en blâmer. Lui-même vivait quasiment à la Casita Verde. Le fait que la Casita ait été un monastère autrefois lui plaisait. Non que sa vie ressemble à celle des moines ! Il y avait des femmes dans son existence. Des femmes sans importance. Et mieux valait qu'elles ne cherchent rien d'autre qu'une aventure, parce qu'il ne promettait rien de plus. Quelle femme accepterait de vivre à la Casita Verde et de renoncer à avoir des enfants ? Aussi cette ambiance monacale lui convenait-elle très bien.

— Nous ne devons faire aucun bruit, lui signala Harriet à voix basse en posant un doigt sur ses lèvres. Le parquet craque, et j'ai promis aux infirmières de nuit de ne pas repasser ce soir.

— Pourquoi ? demanda-t-il en chuchotant lui aussi. Vous vous conduisez avec elles comme le grand méchant loup ?

— A leurs yeux, une infirmière de recherche qui n'a pas de vie à elle, c'est pire, dit-elle dans un souffle en faisant la moue.

Cette fois, il ne put s'empêcher de lui poser d'un air de reproche un doigt sur la bouche pour la faire taire.

Harriet avait une vie à elle ! Elle manquait de confiance en elle, c'est tout. Et il n'était pas normal qu'une femme comme elle n'ait pas confiance en elle.

Elle n'essaya pas de se soustraire à la pression de son doigt sur ses lèvres. Leurs regards se croisèrent, et l'air autour d'eux s'emplit aussitôt d'une tension contre laquelle il n'avait pas envie de lutter. L'électricité qui couvait entre eux depuis le moment où ils s'étaient rencontrés se matérialisait et occupait tout l'espace.

Sous son doigt, Matteo sentit le sang battre plus vite. Dans la lumière diffuse du corridor, les pupilles dilatées de Harriet éclipsaient l'éclat lumineux de ses prunelles claires. Il eut l'impression que leurs deux souffles se faisaient écho, et avant d'avoir pu s'en empêcher, il l'avait attirée à lui et l'embrassait avec fougue.

Ses mains couraient dans son dos, s'attardaient au creux de ses hanches, guettant la façon dont elle répondait à ses caresses, savourant comme la chose la plus naturelle du monde de tenir son corps souple et nerveux entre ses mains.

Après cette soirée, quelles chances avait-il de revoir un

jour Harriet Monticello ? Aucune. Pourtant, toutes ses fibres lui disaient que cette rencontre était importante pour lui. Sinon, pourquoi serait-il parti à sa recherche, inquiet pour elle après la conférence ? Pourquoi aurait-il insisté pour l'emmener dîner ? Pourquoi aurait-il passé des heures à bavarder et à se promener avec elle, au lieu de s'absorber dans quelque tâche urgente comme à la Casita ?

Lui qui fuyait les complications, qui redoutait l'amour, voilà qu'il embrassait à présent cette quasi-inconnue avec autant de fureur que si sa vie en dépendait…

— Nous ne devrions pas faire ça, murmura-t-elle d'une voix haletante en s'écartant, tandis qu'il lui dérobait un baiser et encore un autre, partout où sa bouche se posait.

— Pourquoi pas ?

— Les enfants…

Du pouce, il lui caressa doucement la joue et posa un baiser sur son cou, derrière la peau douce du lobe de l'oreille.

— Allons dans votre bureau, lui murmura-t-il tout bas.

Harriet sembla se cabrer dans ses bras. Puis, comme si elle se hâtait de se décider de peur de changer d'avis, elle l'entraîna avec elle.

Ces trente secondes étaient le plus grand effort de self-control que Harriet ait fait de toute sa vie. Sinon, elle se serait jetée sur Matteo tout de suite, dans le couloir. Jamais plus elle ne vivrait un moment pareil, jamais plus un homme n'embraserait son esprit et son corps comme le faisait celui-là !

Bientôt, sa sœur allait débarquer avec les jumeaux. Des mois de couches, de lessives, de repas à préparer l'attendaient — ou peut-être des années, allez savoir avec Claudia ! De nouveau, elle serait Harriet, la jumelle taillable et corvéable à merci. Alors ce soir, pour une fois, elle voulait être Harriet l'audacieuse. Harriet l'intrépide. Elle voulait être embrassée, caressée, désirée par cet homme qui lui donnait l'impression qu'elle pouvait croire en elle-même. C'était un risque qu'elle allait prendre. Juste une fois ! Elle se le devait. Pour savoir enfin ce que signifiait le mot *vivre*.

Courant presque, ils parcoururent les quelques mètres jusqu'à son bureau.

A peine la porte se fut-elle refermée sur eux que Matteo la plaqua contre le mur. D'une main, il lui retint les poignets au-dessus de la tête en un sexy corps-à-corps. De l'autre, il explora à loisir son décolleté alors qu'elle tendait la poitrine, l'implorant de la caresser.

L'urgence du désir qui circulait entre eux la rendait plus hardie qu'elle ne l'avait jamais été. Elle brûlait d'impatience sous ses vêtements.

Jamais, au grand jamais, de toute sa vie rangée, elle n'avait eu l'occasion de faire l'amour de façon débridée ou même inventive. Ce soir, elle ne voulait rien d'autre !

Pourtant, sous les caresses affolantes de Matteo, un reste de pruderie la travaillait.

— Vous êtes bien sûr que c'est ce que vous voulez ?

Cette voix rauque, était-ce bien elle ?

— Faut-il que je vous demande la permission ? dit sourdement Matteo.

Ciel, comment faisait-il pour la mettre dans cet état ?

En parlant, il lui caressait lentement le dos d'une façon qui ne laissait aucun doute sur ce qu'ils étaient en train de faire.

Ils ne se reverraient plus jamais après cela. Quoi qu'il se passe ce soir, ils redeviendraient des étrangers l'un pour l'autre. Tout au plus verraient-ils le nom de l'un ou de l'autre apparaître de loin en loin dans une revue médicale, et encore. Alors, ils étaient libres. Libres de se livrer à toutes les fantaisies…

Certes, partir pour l'Argentine, éblouir Matteo par son travail, ç'aurait été merveilleux. Mais aurait-elle échangé cette satisfaction toute professionnelle contre les baisers et les caresses dont il la couvrait ? Contre l'ardeur dont il enflammait son corps et ses sens ?

Non ! Qu'il l'embrasse, encore et encore, et qu'importe le reste !

Un cri faillit lui échapper quand, ayant plongé la main dans l'échancrure de sa robe portefeuille et dégrafé la fermeture frontale de son soutien-gorge, Matteo empauma un sein tendu et se pencha pour l'embrasser.

Le souffle court, elle sentit sa bouche courir sur un sein puis sur l'autre. Incapable de se maîtriser sous la violence du plaisir, elle haleta et gémit.

Si elle avait eu les mains libres, elle l'aurait attiré à elle et l'aurait couvert de baisers. Mais, les mains entravées par la prise solide de Matteo, elle connut la volupté de ressentir les ondes puissantes de la jouissance sans pouvoir y répondre.

D'un geste, il défit la ceinture et le bas de sa robe, laissant courir ses doigts et sa bouche sur son corps dénudé, jusqu'à ce que, n'en pouvant plus, elle le supplie.

— Maintenant, murmura-t-elle.

— Tu es bien sûre que c'est ce que tu veux ? susurra-t-il à son oreille, moqueur, contrefaisant ses dernières hésitations.

Oh oui, c'était cela qu'elle voulait ! Mais la panique vint se mêler à son désir, et ses réflexes d'infirmière se mirent à tourner à 100 à l'heure.

Elle n'avait jamais pensé à avoir un préservatif avec elle, mais elle avait donné des cours à des adolescents pour les sensibiliser aux rapports sexuels protégés, en leur montrant des préservatifs. Avait-elle encore ce paquet de protections dans son bureau ?

— Je ne suis pas sûre d'avoir une protection ici, dit-elle.

— Pourtant, il nous en faut une. Il faut prêcher par l'exemple, fit Matteo, un sourire aux lèvres.

— Bien sûr, répliqua-t-elle avec un rire nerveux.

Ce serait un beau scandale ! Une infirmière en charge d'enfants abandonnés enceinte d'un homme qu'elle ne reverrait jamais ! Tout le monde en ferait ses choux gras.

Et ensuite, elle serait seule pour affronter la suite et ses conséquences. Comme sa sœur…

Elle pensait trop ! C'est à force de penser qu'elle était devenue la jumelle raisonnable, celle qui ne prenait jamais de risque et ne sortait pas de son cocon.

Se dégageant de la prise de Matteo, elle s'approcha du bureau et se mit à fouiller les tiroirs à la recherche d'un préservatif, sa robe dégrafée lui pendant le long des jambes, des frissons sur sa peau nue.

Une situation digne du feuilleton le plus ridicule ! Pourtant, curieusement, elle ne se sentait ni gênée ni ridicule. Elle se sentait… Sexy !

Elle ouvrit en grand le tiroir qui ne contenait que les stylos-billes usagés, les crayons dénués de mine, les cartouches privées de stylo et les vieilles brochures médicales qu'elle ne lirait jamais. En elle, une seule urgence : mettre la main sur un préservatif !

Matteo accompagnait ses mouvements de caresses de plus en plus insistantes. Les objets qu'elle sortait des tiroirs s'échappaient de ses mains et jonchaient le sol. En un rien de temps, l'ordre légendaire qui régnait dans le bureau céda le pas à une pagaille sans précédent dans la fièvre du désir.

Mais où étaient passés ces damnés préservatifs ?

Enfin, elle trouva au fond d'un tiroir un papier d'aluminium à la forme familière.

Elle le brandit aussi triomphalement que si elle avait remporté un trophée !

Matteo s'empara du préservatif avec célérité.

En lui, le Latin au sang chaud n'en pouvait plus d'attendre. La peau douce de Harriet pressée contre son corps lui rendait chaque seconde insupportable. Il était temps de trouver cet accessoire indispensable. Renoncer maintenant à la posséder aurait été intolérable.

Il fallait qu'elle sache à quel point il avait envie d'elle.

— *Yo quiero que seas mio*, fit-il d'une voix rauque.

Harriet semblait elle aussi en proie à un désir incontrôlable. Elle commença à défaire fébrilement les boutons de sa chemise et n'eut besoin que de quelques secondes pour le débarrasser de ses vêtements et les envoyer valser aux quatre coins de la pièce.

Comment aurait-il pu discerner dans la jeune femme pétrifiée de timidité qu'il avait rencontrée quelques heures plus tôt cette véritable tigresse prête à rugir ? L'infirmière sage et classique était tout autre ce soir !

La pensée incongrue de Harriet en habit de nonne, comme il se l'était imaginée jusqu'à ce matin, lui traversa l'esprit, faisant battre son sang plus vite.

Il la tourna et la retourna face au mur puis face à lui pour embrasser et caresser chaque partie de son corps, guidé par les gémissements de plaisir qu'elle poussait.

Harriet était une personne authentique, incapable de dissimuler ses émotions et son plaisir. Il ne se lassait pas de ces instants d'extase partagée. Que ne pouvait-il emporter avec lui le grain de sa peau, son parfum, ses petits cris ! Pour les imprimer dans son esprit, il prit son temps. Mais il l'avait déjà conduite au seuil de l'orgasme, et lui-même avait encore de l'énergie à brûler.

La soulevant dans ses bras, il la laissa enrouler ses jambes autour de sa taille. Parcourant la pièce d'un coup d'œil, il débarrassa d'une main le bureau des différents objets qu'elle y avait amoncelés — au diable tout cela ! — et la déposa sur la surface libérée. Les yeux brillants, elle déchira elle-même le précieux préservatif de ses dents. A la lenteur avec laquelle elle défit le préservatif de son emballage, elle savourait à l'évidence le moment.

Ce qui allait suivre serait sans lendemain, mais, grands dieux, ce serait un moment mémorable… Comment avait-il pu la trouver timide et même coincée ? Harriet Monticello était une vraie séductrice…

Incapable d'attendre plus longtemps, il la prit. Doucement d'abord, puis avec une frénésie irrépressible, jusqu'à ce qu'ils ne soient qu'un seul souffle, un seul élan, se rejoignant dans la détente de leurs corps au moment du plaisir.

Quand leur souffle se fut apaisé, il resta encore un peu en elle, savourant la sensation de ses doigts qui lui caressaient le dos, les épaules.

Il avait senti les ongles et les dents de Harriet s'enfoncer dans sa chair, ses seins se presser contre son torse. Et dire qu'après ces instants, il ne la reverrait plus jamais…

Cette idée le transperça d'une douleur inconnue.

Mais y penser davantage aviverait sa souffrance. Il ne s'engageait jamais dans une relation sérieuse. Il se défendait même de tomber amoureux. A quoi cela le conduirait-il, sinon à la catastrophe ? Le travail, il n'y avait que cela de vrai. Sinon, comment aurait-il comblé le vide abyssal que le drame familial avait laissé dans son cœur ? Comment aurait-il trouvé le moyen de continuer à vivre ?

Mais Harriet ne semblait rien attendre, rien demander. Elle semblait juste habitée du moment d'intimité qu'ils partageaient, et lui-même devait lutter contre le sentiment de plénitude qui l'envahissait.

Il la saisit plus étroitement contre lui, et ils s'étendirent doucement sur le sol. Elle garda les jambes enlacées autour de sa taille, comme pour le retenir.

Fermant les yeux, il respira son parfum.

Peut-être, elle aussi, comprenait-elle qu'ils allaient se quitter et faisait-elle tout son possible pour le garder encore ?

Jamais il ne s'était senti aussi en danger de perdre la bataille contre lui-même. Un pressentiment l'envahit : si quelqu'un était en mesure d'harmoniser les hauts et les bas de sa vie, ce serait Harriet. Et des hauts et des bas, Dieu sait qu'il y en avait dans son existence ! Des hauts vertigineux, mais aussi des bas qui le hantaient chaque jour et l'entraînaient vers le pire…

Serait-elle capable de comprendre qui il était vraiment ? La lumière et l'ombre à la fois ? Quelqu'un qui, plus que personne, aurait besoin d'une compagne aimante, attentive et dévouée pour l'aider à se stabiliser ? Quelqu'un qui s'épuisait dans de vains efforts pour que la mort de sa sœur ait un sens ? Quelqu'un qui *refusait* de toutes ses fibres de mettre un enfant au monde ?

Non, Harriet méritait mieux que cela. Elle était digne d'avoir ce que son cœur désirait. Lui-même avait trop d'œillères pour lui offrir un chemin vers le bonheur.

Le moment inévitable de la séparation était venu.

— *Amorcito*, lui dit-il avec une infinie tendresse en dénouant doucement les jambes qu'elle gardait obstinément nouées dans son dos.

Lâchement, il posa un baiser sur son front, ce qui lui évita d'affronter son regard au moment de la phrase fatidique.

— Je dois partir, dit-il en l'embrassant.

4.

— Harriet ?

Ciel...

Se tenant la tête, Harriet émergea de sous son bureau sous le regard interloqué du Dr Bailey.

Ce n'était pas une mince affaire de remettre de l'ordre dans le saccage de la nuit précédente.

— Grands dieux, Harriet, je n'avais pas l'intention de vous surprendre ! Vous êtes sûre que vous allez bien ?

Incapable de dire un mot, elle s'efforça de sourire en secouant la tête.

Le Dr Bailey avait l'air particulièrement jovial pour un matin de si bonne heure. Qu'est-ce que ça signifiait ?

— Vous me rassurez, Harriet, vous semblez resplendissante ! déclara-t-il d'un ton encourageant.

Resplendissante, elle, ce matin ? Il fallait le dire vite ! C'était pire que si elle avait à gérer une gueule de bois.

Elle n'avait pas pour habitude de noyer ses chagrins dans l'alcool. Mais elle n'avait pas pour habitude non plus de se livrer à des excès de nuit dans son bureau. Ailleurs non plus, du reste...

Quand Matteo l'avait quittée quelques heures auparavant, elle avait senti son énergie la quitter avec lui. Rentrer chez elle était au-dessus de ses forces. Elle avait pris une douche en catimini dans la salle de repos des infirmières et avait enfilé une nouvelle tenue avant de se laisser choir sur un canapé en attendant le lever du jour.

Hélas, la journée qui s'annonçait était loin de revêtir des couleurs enchanteresses.

Pour la première fois depuis que sa sœur était partie, il y avait des années de cela, elle s'était réveillée atrocement seule. Quelque chose lui manquait. Pire que cela, *quelqu'un* lui manquait… Ce qu'elle avait vécu la nuit dernière était la chose la plus ensorceleuse qu'elle ait vécue de sa vie, et peut-être hélas le début d'un inconsolable chagrin d'amour. Pourrait-elle jamais revenir à sa vie d'avant, après cette nuit magique dans les bras de Matteo ?

Matteo… Ce nom seul suffisait à la faire vibrer de la tête aux pieds.

— C'est un peu tard pour un nettoyage de printemps, vous ne croyez pas, Harriet ? poursuivit le Dr Bailey, d'un ton enjoué qui ne laissa pas de l'inquiéter. Nous sommes en juillet, il me semble ?

— Euh… en effet… je vous demande pardon, docteur Bailey, balbutia-t-elle en jetant un coup d'œil consterné autour d'eux.

Le bureau ressemblait à une scène de cyclone. Son agrafeuse, de vieilles revues médicales, des crayons jonchaient encore le sol.

— Eh bien, Harriet, c'est une bonne chose que vous rangiez votre bureau. La personne qui va vous remplacer aura besoin de tout trouver en ordre de marche.

Elle regarda son supérieur, atterrée.

Quoi ? Etait elle congédiée ? Le Dr Bailey savait-il ce qui s'était passé ici même, la nuit dernière ? Pourtant, il n'y avait pas de caméras dans les bureaux…

— Je vous demande pardon ? parvint-elle à articuler.

— Vous serez bientôt partie pour Buenos Aires, Harriet.

Elle en eut le souffle coupé.

Boire quelque chose, vite…

— Vou… Voulez-vous une tasse de thé, docteur Bailey ? prononça-t-elle d'une voix blanche.

— Une tasse de maté, vous voulez dire ! s'exclama celui-ci. Il faut vous mettre à l'heure espagnole, ma chère !

— Mais… Mon intervention a été catastrophique !

— Ma foi, fit le Dr Bailey en toussant, cela aurait pu être plus brillant. Mais nous avons reçu ce matin un e-mail du Dr Torres disant que vous avez eu tous les deux une conversation intéressante après le débat et que son impression était très favorable.

Oh…

— Par ailleurs, c'est votre travail qui intéresse le conseil d'administration, non votre habileté à parler en public, poursuivit le Dr Bailey, qui ne semblait pas se rendre compte de l'énormité de ce qu'il venait de proférer. Si l'attrait de la nouveauté vous tente, vous allez pouvoir les exercer dans un autre cadre.

— Magnifique, dit-elle en avalant précipitamment une gorgée d'un vieux thé de la veille qui avait par miracle échappé à la tornade de la nuit.

— Cela fonctionne bien entre vous et le Dr Torres, n'est-ce pas, Harriet ?

— Pardon ? fit-elle en avalant son thé de travers.

— Vous ne voyez pas d'inconvénient à travailler avec lui ? reprit le Dr Bailey avec sollicitude.

Etait-ce un fait exprès ? A ce moment précis, elle accrocha du regard la cravate de Matteo qui pendait d'un tiroir du classeur.

Opérant une rapide rotation, elle vint se placer entre le classeur et le Dr Bailey et lui adressa son sourire le plus épanoui.

— Oh non ! Pas du tout ! Ce sera parfait. Juste parfait…

— Eh bien, Harriet, c'est fantastique, répliqua celui-ci en répondant à son sourire. Quelque chose me disait que vous deviez vous entendre. Vous avez beaucoup de choses en commun, vous savez, lui et vous.

La passion brûlante qu'ils avaient partagée la nuit précédente, par exemple, persuadés que tout leur était permis puisqu'ils ne se reverraient jamais…

Avec un sourire chaleureux, il se tourna vers le calendrier suspendu au mur, ce dont elle profita pour attraper la cravate de Matteo et la fourrer dans sa poche.

— Le conseil d'administration souhaite que vous gagniez la Casita Verde dans une quinzaine environ, en gros à la fin du mois. Ce sera suffisant pour mettre votre remplaçante au courant et prendre quelques leçons élémentaires d'espagnol… Et surtout, ne vous tracassez pas, Harriet, reprit le Dr Bailey. Nous veillerons sur vos patients avec autant de soin que vous-même.

Elle retint son souffle, assaillie par le sentiment que le monde s'écroulait.

Le St. Nick's était le centre de son existence. Et voilà que le Dr Bailey prétendait que tout se passerait aussi bien sans elle ?

— Vous oubliez ma sœur, elle a besoin de moi ! s'exclama-t-elle.

— Quand arrive-t-elle ?

Que faire, sinon répondre honnêtement ?

— Euh, dans quelques mois. Mais j'ai beaucoup à faire d'ici là dans la maison. Je dois tout aménager pour accueillir les bébés…

Le Dr Bailey lui entoura paternellement les épaules de son bras.

— D'ici là, ma chère enfant, vous avez le temps d'aller à Buenos Aires, d'y accomplir votre mission et de revenir. Vous allez nous manquer, bien sûr, mais le changement fait parfois beaucoup de bien, vous verrez.

— Si vous le dites, répondit-elle avec un soupir.

Franchement, elle ne savait plus où elle en était.

Harriet ne pensait pas que la Casita Verde était aussi gigantesque. Et elle-même toute petite, sa valise à la main.

En voyant devant elle la Casita Verde, elle avait la sensation d'être Maria von Trapp, l'héroïne de *La Mélodie du bonheur*, démunie face à la demeure où l'attendaient tant d'aventures inconnues. Mais, à la différence de la brillante héroïne, elle n'avait ni musique ni possibilité de fabriquer des robes dans des draperies pour maîtriser la situation. Il lui faudrait s'en sortir par ses propres moyens… Ou courir après le taxi pour l'implorer de la ramener à l'aéroport ?

Mais il était déjà loin.

L'édifice était grandiose, orné d'un décor de mosaïque représentant des arbres, des fleurs et des formes pleines de couleur et de fantaisie, entourant une impressionnante porte d'entrée peinte d'un vert profond.

Vert comme les yeux de Matteo Torres…

Elle sentit son cœur chavirer.

Si elle avait eu un talent de chanteuse comme Maria von Trapp, elle se serait lancée dans l'interprétation de quelque chanson pour se donner du courage.

Quelle sottise d'avoir accepté de relever ce défi ! Elle avait tant à faire chez elle, à Londres, pour aménager la maison afin d'accueillir sa sœur et ses jumeaux ! Elle allait devenir incessamment la tante de deux chérubins, et elle était là à danser d'un pied sur l'autre au pays du tango et du bœuf argentin — *et de Matteo.*

Elle se secoua.

Allons, elle serait de retour dans quatre semaines et pourrait apporter la dernière main à ses aménagements. Il suffisait de prendre son souffle et de sonner à la porte.

Tout changeait si vite dans sa vie ! Comment avait-elle pu faire l'amour de façon déchaînée dans son bureau avec l'homme le plus séduisant que la terre ait porté ?

A ce souvenir, son corps frissonna.

Pourtant, elle n'avait pas eu la moindre nouvelle de Matteo depuis qu'il avait disparu cette nuit-là.

Non qu'elle ait attendu de lui le moindre signe. Sinon, comment aurait-elle pu se montrer si audacieuse durant cette nuit enchantée ? D'ailleurs, elle se demandait, le rouge au front, si ce n'était pas *elle* qui avait été la plus hardie cette nuit-là.

Ce n'était pas Matteo qui l'avait invitée à venir travailler à la Casita Verde, mais le Dr Bailey. Au premier abord, son cœur avait bondi. Matteo voulait donc la revoir ! Et puis, plus rien. Le St. Nick's avait reçu un formulaire d'engagement au format PDF transmis par un administrateur anonyme de la Casita. Pas le moindre ajout personnel, si ce n'est le rappel que c'était l'hiver en Argentine. Mais le temps, précisait le document, était variable. Aussi s'était-elle munie d'un manteau chaud ainsi que de vêtements d'été.

Du moins cet « administrateur » se souciait-il qu'elle ne prenne pas froid dans leurs contrées.

En proie à l'angoisse, elle n'avait pas pu s'empêcher de se confier au chauffeur de taxi qui l'amenait de l'aéroport — lequel ne parlait pas l'anglais et dont la voiture était noyée sous un flot de tango argentin. Cherchant ses yeux compatissants dans le rétroviseur, elle s'était lancée, bien qu'il ne lui adressât qu'un regard distrait, accaparé par la musique qu'il fredonnait au rythme de la radio.

— Vous vous rendez compte, je ne sais même pas s'ils sont au courant à la Casita de mon arrivée aujourd'hui !

Mais deux semaines de cours intensif d'espagnol n'avaient pas suffi à la mettre au niveau d'une conversation usuelle, d'autant plus que le parler local différait sensiblement du castillan classique. L'homme n'avait rien dû comprendre. La voiture avait fait une embardée alors qu'un camion lui coupait la route, et le chauffeur avait lâché une bordée d'amabilités probablement hautes en couleur.

Avec un soupir, elle avait regardé par la vitre.

Elle était à mille lieues d'imaginer tous ces sons et ces images ! Y compris les belles Argentines à la ligne impeccable et aux cheveux de jais, aussi sexy et séduisantes qu'elle-même se sentait défraîchie et désorientée par le décalage horaire.

Des larmes lui étaient montées aux yeux.

Trop de choses inconnues l'attendaient. Qu'y pouvait-elle si elle était attachée à ses habitudes ? Ou, plus exactement, si elle était attachée au St. Nick's ? C'était là qu'était toute sa vie.

« La vie peut vous offrir tellement plus que ce que

vous trouvez au St. Nick's, Harriet ! », s'était exclamé le Dr Bailey pour vaincre ses dernières réticences.

Elle avait considéré cela comme une trahison de sa part. De plus, il lui aurait fallu plus d'un mois pour mettre l'équipe au courant avant de partir, et on lui avait laissé en tout et pour tout trois semaines.

Trois semaines pour transmettre des années d'expérience !

Et qu'est-ce que le Dr Bailey avait trouvé à lui répondre quand elle avait protesté ?

« Ma chère enfant, allez donc vous acheter des vêtements mieux adaptés au climat argentin. »

Comme si elle avait une idée de ce que l'on porte en Argentine !

Quand, affolée à l'idée de se rendre à Buenos Aires, elle s'était plainte à Claudia, celle-ci l'avait rembarrée.

— Travailler un mois entier à Buenos Aires avec un *latin lover* argentin ? Tu serais archifolle de refuser ! s'était-elle écriée.

— Et la maison ? Et mon travail ? Et les jumeaux ? s'était lamentée Harriet.

— Et alors ? avait rétorqué sa sœur. Je n'accoucherai pas avant des semaines, et je n'ai pas l'intention d'emmener les bébés en direct de la maternité à l'aéroport. Pour une fois, Harriet, sois raisonnable !

Entendre Claudia vanter ce qu'elle considérait comme « raisonnable » était toujours une source d'étonnement. Pour celle-ci, la disparition de leurs parents avait été la porte ouverte à une vie d'amusements, de passions et de flirts, qu'elle avait saisie à pleines dents. A moins que sa sœur ne se soit fatiguée des mirages de la Californie ?

Pourtant, ce fut la voix de Claudia qui résonna dans son esprit tandis qu'elle considérait le bouton de la sonnette.

« Agis selon ton cœur, Harriet… Laisse un peu au repos ton cerveau si raisonnable »…

Mais pourquoi s'acharner à penser à Claudia ? Il était temps d'oublier sa sœur et de vivre par elle-même. Elle n'avait pas fait vingt heures d'un voyage exténuant pour repartir piteusement. Et les heures passées avec Matteo n'avaient-elles pas été les plus jubilatoires de toute sa vie ?

Résolument, elle leva la main vers la sonnette.

Quand la lourde porte s'ouvrit, le décor changea de façon stupéfiante.

Ici, c'était la république des enfants. Ils couraient partout, semant un tohu-bohu infernal sur leur passage, et elle se trouva livrée à un essaim d'enfants qui se précipitait vers elle à une vitesse stupéfiante.

— *¡ Cuidado !* s'écrièrent-ils en chœur dans un vacarme épouvantable.

Pas besoin de posséder l'espagnol pour comprendre qu'on lui intimait de libérer le passage, et plus vite que ça !

Elle fit précipitamment un pas de côté, mais son pied glissa sur des feuilles humides, ses bras se balancèrent en ailes de moulin, ses genoux heurtèrent sa valise, et tout en basculant par-dessus sa masse volumineuse, elle se dit qu'elle n'aurait pas le dessus dans cette bataille avec la gravité.

— Waouh ! s'exclama-t-elle.

Son vol plané se termina par un atterrissage très peu contrôlé, ses mains heurtant le sol et son genou ressentant la brûlure du gravier enfoncé dans sa chair.

Mauvaise idée que cette jupe qu'elle avait choisie pour faire bonne impression. C'est d'une pince à épiler qu'elle aurait besoin dans les prochaines heures ! Elle s'était attendue à tout, mais pas à cet atterrissage apocalyptique, le visage couvert de poussière, les genoux emplis de gravillons et… Oh ! comme c'était étonnant ! Ce n'était pas du gravier, mais des éclats de céramique d'un bleu ravissant…

Le nez dans le sol, encerclée par une nuée d'enfants qui parlaient entre eux à la vitesse d'un tir de mitraillette, elle s'assura qu'elle n'avait rien de cassé et respira un grand coup. Puis elle s'assit pour leur faire face.

Au-dessus d'eux, se détachant à contre-jour sur un éclatant ciel bleu, se tenait…

Etait-ce possible ?

Matteo Torres.

— Je vois que tu as rencontré les enfants, Harriet, fit-il, plus distant que le capitaine von Trapp.

Elle tenta d'essuyer la poussière qui lui couvrait le visage et se hâta de tirer sur l'ourlet de sa jupe tandis qu'il lui tendait la main pour l'aider à se relever.

— Merci... *Gracias*, ajouta-t-elle aussitôt, faisant appel à sa récente acquisition de la langue espagnole en lui tendant sa main écorchée par les gravillons.

— Ravi de voir que tu maîtrises notre langue, répondit-il sans paraître particulièrement impressionné.

— *Bueno verte tambien*, docteur Torres, fit-elle en retirant sa main.

Durant le voyage, elle avait visionné des films espagnols non sous-titrés. Piochant au hasard, elle utilisa une phrase du film mexicain *Y Tu Mama Tambien*, incertaine de ce que cela voulait dire.

Matteo ne réagit pas. Sans un regard pour elle, il mit un terme au vacarme des enfants, leur distribuant des tâches d'une voix sans réplique et chargeant les plus grands de porter ses bagages.

Avançant à leur suite, elle resta frappée de stupeur devant le spectacle qui s'offrait à elle.

C'était le cloître le plus étonnant qu'elle ait vu de sa vie. Ses dimensions étaient monumentales, mais on s'y sentait à l'aise. Un enchantement. Une galerie fermée, dallée de terre cuite d'un beau rouge cuivré, faisait le tour d'une grande cour intérieure. Celle-ci était ornée de ce qu'elle prit d'abord pour des arbres fruitiers portant des fruits aux couleurs éclatantes, mais chacun d'entre eux était décoré de mosaïques multicolores faites d'un mélange de débris de céramique.

Le cloître entier était meublé de créations qui se succédaient : des tables, des bancs, des balançoires, mais aussi des sculptures. Des panneaux faits de bois de récupération, d'éclats de miroirs, de poteries et de galets étaient exposés le long des murs du cloître, montrant des scènes naïves ou fantastiques.

C'était génial ! Etait-ce les enfants qui avaient fait cela ? Si oui, c'était magnifique ! Quelle idée extraordinaire ! Si on l'adaptait au St. Nick's, il y aurait certes de la casse à profusion, mais quelle bonne idée d'en appeler à l'art pour aider les enfants !

Elle frissonna légèrement.

Ici, pourtant l'air était doux. Etait-ce que l'on appelle l'hiver austral ? *¿ El veranito de San Juan ?* D'après ce qu'elle avait appris dans le guide touristique, le climat argentin était un climat subtropical humide, le mois de juillet étant le mois le plus froid de l'année et janvier le plus chaud. Dans l'avion, elle avait failli enlever sa jupe hivernale pour passer un pantalon léger. Ça lui aurait évité d'avoir des jambes égratignées et maculées.

Elle continua son inspection du cloître.

Malgré son manque d'opulence, il donnait une impression de réconfort. Des portes de bois peintes en vert ouvraient sur le cloître, délimitant sans doute les chambres et les bureaux.

Matteo s'approcha, assez pour qu'elle puisse distinguer les cernes de fatigue sous ses yeux.

D'un geste du menton, il lui désigna le cloître.

— Cela te plaît-il ?

Une envie folle la saisit de caresser ses joues envahies par une barbe naissante et de lui crier que, oui, il lui plaisait beaucoup avec ses cheveux sombres en désordre. Mais c'était sur la Casita qu'il lui demandait son avis, pas sur lui.

— Superbe, murmura-t-elle.

— Viens par là, dit-il en l'entraînant vers une porte barrée d'une large croix rouge.

L'infirmerie. Parfait. A des milliers de kilomètres de chez elle, elle était en terrain de connaissance. La médecine et les soins à dispenser aux malades, elle connaissait.

— Tu voudrais que je commence à travailler dès maintenant ? demanda-t-elle, surprise de ne recevoir aucune parole de bienvenue.

Tout ici était simple mais agréable. Elle était un peu fatiguée pour se mettre tout de suite à la tâche, mais prête à se relever les manches s'il le fallait.

— Mais non, voyons, fit Matteo en haussant les épaules. Il faut d'abord que j'examine tes égratignures.

Ouvrant une armoire à pharmacie, il en sortit des pansements et des désinfectants.

— Que fais-tu ? protesta-t-elle. Ce ne sont qu'une main égratignée et quelques cailloux dans le genou.

— Je fais ce qu'il faut, dit-il d'un ton dur.

Cette fois, il y avait de quoi bouillir.

— C'est ça que tu appelles « faire ce qu'il faut » ? explosa-t-elle, incapable de se contenir plus longtemps. Se conduire *normalement*, qu'est-ce que ça signifie pour toi ? Ce serait peut-être une façon d'accueillir les gens.

— J'essaie juste de…

— Tu essayes *quoi* ? Pendant que tu y es, cria-t-elle, hors de ses gonds, pourquoi ne pas me mener à la baguette avec un sifflet et un règlement à respecter ? Ainsi, tu pourrais vivre ta vie et moi la mienne, sans que nous nous gênions.

Ah, que c'était bon d'exploser ! Elle, la petite Harriet plus discrète et effacée qu'une souris, donnait enfin libre cours aux sentiments refoulés.

Sans un mot ni un regard, Matteo s'affaira sur la tablette où il avait déposé une pince, des antiseptiques et divers instruments.

Consternée, elle le regarda.

A présent, il lui était impossible de l'ignorer : Matteo Torres n'avait aucune envie de la voir ici.

Elle refoula les larmes qui lui montaient aux yeux.

Ses tentatives de sortir de sa coquille prenaient l'eau dans cette ville inconnue. Elle avait essayé de se montrer plus brave qu'elle n'était. C'était raté, tant pis. Elle leva la tête pour ravaler ses larmes.

Heureusement, Matteo ne la regardait pas.

Allons, dans toute chose négative, il y a quelque chose de positif. A elle de faire appel à ses vieilles réactions de défense. Comme toujours.

Matteo serrait les dents, tâchant de se concentrer sur sa tâche.

Bon sang, où étaient les compresses ? Quel gâchis s'apprêtait-il à perpétrer !

J'ai cédé à l'impulsion de vous inviter, mais j'ai eu tort, voilà, ce qu'il allait devoir avouer à cette femme qui venait de parcourir la moitié du monde pour le rejoindre. Autant qu'elle sache la vérité. Il allait tout lui dire, et tout de suite. Elle ne devait pas céder à une illusion.

L'aveu serait dur… Tant pis.

Il se retourna pour faire face à Harriet. Et fut saisi de plein fouet par sa beauté.

Pourtant, avec son visage maculé de poussière, ses mains et ses genoux écorchés, elle semblait aussi amochée que l'un des enfants après leurs bagarres.

Malgré lui, il éclata d'un rire nerveux et libérateur.

— Qu'est-ce que j'ai ? demanda Harriet qui se dirigea vers un miroir. Oh ! J'aurai un beau cocard sur l'œil avant la fin de la journée. Tu aurais pu me le dire…

— C'est que, avec tes yeux bleus candides et tes cheveux blonds, tu ressembles à un de ces angelots espiègles que l'on voit sur les peintures. Les enfants vont s'imaginer que tu descends du ciel !

De l'autre côté de la porte, les cris et les rires des enfants résonnaient dans le cloître ensoleillé, les bruits de la vie continuaient. Pourtant, l'espace d'un instant, ils furent seuls au monde, les yeux rivés l'un à l'autre.

Ç'aurait été si facile de la prendre dans ses bras et d'embrasser sa bouche fraîche comme un bouton de rose…

Mais il se ressaisit vite et revint à ses instruments.

— Il faut que je nettoie tes genoux, dit-il d'un ton sec

en montrant la table d'examen comme il l'aurait fait pour n'importe quel gamin de la Casita.

Il saisit une pince et se concentra pour extirper les cailloux de son genou le plus amoché.

Mais les détails de leur nuit dans son bureau lui revenaient, image après image. Face à cette peau fine et délicate, qu'il avait couverte de baisers passionnés, les gestes les plus élémentaires lui semblaient impossibles à accomplir.

— Un genou écorché, ce n'est pas contagieux, tu sais, dit Harriet.

L'impatience perçait dans sa voix, et il vit qu'elle lui jetait un regard chargé de reproches.

Lui aussi, il se sentait terrassé par l'émotion. Mais elle avait raison, hélas. Il l'avait invitée à venir à Buenos Aires, écoutant pour une fois son cœur, et maintenant qu'elle était là, il faisait tout pour la garder à distance.

Par sa présence, Harriet remettait en cause l'univers qu'il avait si solidement bâti après la mort de sa sœur. Or, il *ne voulait pas* que les choses changent.

— Harriet, je… Je veux que tu saches que la nuit que nous avons passée ensemble n'était pas dans mes habitudes.

— Quoi ? fit-elle en bondissant de la table d'examen. Parce que tu penses que c'est dans *mes* habitudes à moi de me conduire ainsi ?

— Non… Non, pas du tout.

Ce qu'il s'était passé entre eux avait été extraordinaire. Unique. Mais le dire haut et fort ouvrirait la porte à d'autres possibilités, et c'était ce qu'il refusait de toutes ses forces.

— Tu sais quoi ? dit-elle en secouant son casque de cheveux blonds dans la lumière, je n'attends aucune explication de ta part.

— Tu ne sais même pas ce que…

— Si, je sais, dit-elle en l'interrompant, la main levée. Pour toi, ce qu'il s'est passé entre nous, ce n'est rien ! Nada ! Zéro ! J'ai compris…

Admiratif, il la regarda.

Elle avait plus de courage que lui. C'était ce qu'il voulait lui dire depuis le début, mais il n'aurait jamais eu le cran de le faire. Il eut honte de lui-même. Harriet ne méritait pas d'être traitée ainsi.

— Je ne peux pas t'offrir ce que tu veux, Harriet, fit-il d'un ton désolé.

— Comment oses-tu dire que tu sais ce que je veux ?

Il haussa les épaules, confus.

Elle n'était pas quelqu'un qui a des aventures. Lui si. C'est pourquoi il devait tout de suite poser les limites. Pour que leurs vies respectives restent en ordre.

D'un geste énergique, il brandit sa pince.

— Allons, Harriet Monticello, dit-il du ton le plus enjoué qu'il put, dépêchons-nous d'enlever ces graviers afin que tu puisses aller rencontrer les enfants.

C'est ce qu'il aurait dû lui dire dès le début.

Elle le regarda, et il vit qu'elle se forçait à sourire.

— Absolument, dit-elle. C'est pour les enfants que je suis là. Sinon, pour quelle autre raison serais-je venue, docteur Torres ?

5.

Harriet composa le numéro de Claudia sur son mobile.

A son retour à Londres, sa note de téléphone serait salée, mais tant pis. Pour y voir clair, elle avait besoin de sa dose de Claudia. De l'intrépidité de Claudia.

Pendant que la sonnerie retentissait, elle frictionna son genou bandé.

Matteo avait extirpé de sa chair les morceaux de gravier sans manifester plus de réaction que si elle avait été un gamin turbulent de cinq ans. Cela avait été un test décisif.

Elle jeta un coup d'œil à sa montre.

Il était encore très tôt à Buenos Aires, et l'Argentine n'était pas très loin de Los Angeles. Inutile d'ajouter ses tracas personnels aux soucis d'une femme enceinte. Claudia devait en avoir par-dessus la tête de calmer ses angoisses. D'ailleurs qui avait dit qu'elle était angoissée ? Elle était juste un peu dépassée par la nouveauté, c'est tout !

Elle raccrocha.

Claudia, elle, était une spécialiste de la nouveauté. Quand ses jumeaux seraient nés, ils pourraient compter sur une mère fantasque et imprévisible, tandis qu'elle-même, Harriet, jouerait le rôle de la tante sur qui on peut compter.

A cette pensée, un sourire lui vint aux lèvres.

Plus que six semaines, deux jours et quelques heures avant qu'elle ne soit la tante de deux amours de petits garçons qui seraient forcément aussi magnifiques que leur maman !

D'ici là, il fallait qu'elle se débrouille toute seule dans

cette satanée ville de Buenos Aires, privée de l'aide de Claudia pour résoudre les problèmes posés par l'attitude ridicule et stupide de ce médecin immature !

En soupirant, elle s'adossa au magnifique banc ouvragé qu'elle avait choisi dans un coin du cloître.

Il était urgent qu'elle chasse de son esprit le souvenir de la nuit magique de Londres. Fantasmer sur le passé n'arrangerait rien pour le présent, au contraire. Se laisser aller à la romance avec Matteo les empêcherait de consacrer toute leur énergie aux enfants.

Pour le St. Nick's, elle représentait un investissement. Son travail aussi. Si sa mission à Buenos Aires était couronnée de succès, la Casita Verde aurait une nouvelle clinique, et elle pourrait rentrer à Londres le cœur tranquille et retrouver la routine qui l'avait rendue heureuse…

Soudain, avec des cris et des clameurs mêlés d'angoisse et d'appels au secours, une nuée d'enfants envahit le cloître, ouvrant la voie à une très jeune femme qui se mouvait avec peine et qui…

Oh ! mon Dieu ! Etait-ce possible…

Se précipitant, Harriet écarta les enfants et rejoignit la jeune femme enceinte qu'ils entouraient.

A peine quinze ans. Seize tout au plus. Son corps et son expression affolée exprimaient une vive douleur. Ses bras, ses jambes, son visage, tout était gonflé au-delà du possible.

Sans aucun doute, un cas de pré-éclampsie, fréquent chez les très jeunes femmes enceintes. La seule façon d'empêcher l'hypertension artérielle de causer la mort de la malheureuse était de provoquer immédiatement l'accouchement.

Attrapant la jeune fille par le bras, elle l'extirpa de la nuée d'enfants et l'entraîna vers l'infirmerie.

— *¿ Como te llamas ?* lui demanda-t-elle.

— Carlita, murmura la jeune fille.

— Carlita, c'est un joli prénom. *¿ Hablas inglés ?*

Son espagnol était trop rudimentaire pour qu'elle affronte seule une urgence comme celle-ci. Où était Matteo ?

Elle scruta le cloître, qui lui sembla soudain plus grand qu'un hall d'aéroport.

Ici, des enfants couraient partout. Il y en avait toujours un ou plusieurs qui suivaient vos pas. Avisant deux jeunes garçons, elle les chargea dans son espagnol hésitant d'aller chercher Matteo, puis elle s'assura que la jeune fille parlait un peu d'anglais.

— Je l'ai appris à l'école, répondit celle-ci d'une voix blanche.

— Je te conduis à l'infirmerie. A quel mois de grossesse en es-tu ?

— Peut-être trente-six semaines… je ne sais pas.

A l'évidence, Carlita n'avait subi aucun examen de contrôle. Trente-six semaines, c'était juste pour provoquer un accouchement mais pas risqué, sinon l'enfant aurait été confronté à de graves problèmes de santé.

— Depuis combien de temps as-tu des contractions ?

Une voix grave retentit.

— Amène-la ici.

La silhouette de Matteo se dessina dans l'encadrement de la porte de l'infirmerie. Au grand étonnement de Harriet, il posait sur Carlita un regard tellement sombre qu'elle en eut le cœur serré. A l'évidence, cela suscitait en lui quelque chose de très personnel.

Mais quoi ?

Il les fit entrer dans une pièce dont Harriet ne soupçonnait pas l'existence et qu'elle découvrit avec étonnement.

— Tu me réservais cette découverte pour plus tard ? demanda-t-elle.

— Je réserve surtout cette pièce aux jeunes femmes qui sont sur le point d'accoucher, répondit-il d'un ton sec.

C'était un cabinet d'obstétrique impeccablement tenu. Il manquait certes des derniers raffinements de la technique, mais il comportait les équipements nécessaires pour traiter les situations de base.

— J'ai un appel urgent à passer, dit Matteo en coinçant son portable entre son menton et son épaule. Peux-tu lui faire un examen d'urine et préparer la table, s'il te plaît ? Et ensuite te charger d'une injection intramusculaire ?

— Bien sûr, répondit-elle, essayant de ne pas s'offusquer de sa façon de lui donner des ordres.

C'était un cas d'urgence. Ce n'était pas le moment de se quereller sur ce qu'elle devait faire ou ne pas faire.

— Du sulfate de magnésium ? demanda-t-elle tandis qu'il se mettait à parler à un rythme précipité dans le téléphone.

Il lui tendit une seringue, murmurant, entre deux explications avec son interlocuteur :

— Quatre grammes en intraveineuse.

Ayant raccroché, il se dirigea vers l'armoire à pharmacie.

— Les gants sont ici, indiqua-t-il.

Elle en saisit une paire et se tourna en souriant vers l'adolescente.

— Carlita, as-tu fait un test pour le VIH ?

— Oui. Je suis saine.

— Bien !

Un problème de moins. Pas besoin de traiter l'addiction d'un nouveau-né.

— Je viens d'appeler un collègue — un ami plutôt — d'un hôpital voisin. Il arrive. Les bonnes volontés ne sont pas de trop dans un cas comme celui-ci.

Acquiesçant, Harriet nettoya avec un tampon le bras de Carlita après avoir approché la perfusion.

Cela ne te fera pas mal, dit-elle avec un sourire rassurant en injectant le sulfate de magnésium dans la perfusion. D'ici cinq à dix minutes, cela préviendra les convulsions. C'est essentiel si on décide de déclencher l'accouchement.

— Quels sont les résultats de l'examen d'urine ? demanda Matteo.

— Il n'est pas encore fait… Carlita vient juste d'arriver, et je ne sais pas où sont les sticks, se rebiffa-t-elle.

Pourquoi Matteo était-il si tendu ? Elle ne pouvait se défaire de l'impression que la situation évoquait en lui une angoisse personnelle. Mais lors d'un accouchement en urgence, ce n'était pas le moment d'interroger les ego. Seule la concentration payait dans ces cas-là.

— As-tu déjà eu une crise d'épilepsie ? demanda Matteo à la jeune fille.

— Oui, une. C'est pour ça que je suis venue.

— Le travail avait-il déjà commencé ?

— Je ne sais pas, fit l'adolescente dont les yeux étaient agrandis par l'angoisse.

— Des migraines ? Des vertiges ? Depuis quand tes chevilles sont-elles enflées ?

Matteo pressait la malheureuse de questions auxquelles elle avait parfois du mal à répondre.

Harriet suivait fébrilement, autant que le lui permettait son peu d'espagnol. En même temps, elle s'activait avec lui à la préparation de l'accouchement.

Il fallait que la pression sanguine descende encore, mais pas trop rapidement, sinon le risque était grand de voir le placenta privé d'apport en sang et en oxygène.

Plus il avançait dans ses questions, plus le visage de Matteo semblait sinistre.

Il se tourna vers Harriet.

— Peux-tu lui enlever ses vêtements, s'il te plaît. Je veux voir où en est le bébé.

— Bien sûr, docteur.

Il lui jeta un regard sombre.

Comment aurait-elle dû l'appeler ? « don Juan » ? « Casanova » ? Les circonstances ne s'y prêtaient pas.

Quelqu'un frappa à la porte. Un homme entre deux âges, déjà vêtu de vêtements de bloc, entra sans attendre la réponse.

— Matteo, fit-il en lui donnant une rapide accolade avant de jeter un regard interrogatif vers elle.

— Harriet, voici le Dr Morales, un obstétricien de l'hôpital de los Portenos. Il va nous aider pour l'accouchement… Carlita, comment ça va ? demanda-t-il en reportant son attention sur la jeune fille.

Les yeux de la malheureuse roulèrent soudain sous les paupières.

— Elle fait une crise d'épilepsie, s'écria Harriet.

Mais dans l'urgence qui suivit, les mots ne furent pas utiles pour résorber la crise.

— Attendons maintenant, dit enfin le Dr Morales. Le travail a peut-être suffisamment commencé pour que nous puissions procéder à l'accouchement.

— Elle est dilatée à huit centimètres, répondit Matteo. Faut-il attendre jusqu'à dix ?

— Pas sûr, pour la sécurité de l'enfant. Episiotomie ? suggéra le Dr Morales.

Plus vite l'enfant viendrait au monde, plus vite la vie de la mère et du bébé serait sauvée. Avec les analgésiques, Calita ne sentirait pas l'incision. Voyant les yeux de l'adolescente s'emplir d'angoisse à ce mot inconnu, Harriet lui prit la main et la serra entre les siennes.

Où était la famille de Carlita ? Pourquoi était-elle seule dans cette terrible circonstance ? Cela devait être terrifiant.

Matteo et le Dr Morales travaillaient ensemble comme une machine bien huilée. Leurs échanges étaient brefs et précis. Harriet observa l'obstétricien tandis qu'ils préparaient Carlita pour la délivrance, prenant soin de lui expliquer leurs gestes pour la rassurer. A présent, Matteo avait perdu son regard sombre. Il était redevenu le médecin calme et sécurisant dont la renommée avait traversé les mers. Celui qui offrait aux adolescentes en difficulté un refuge et l'aide dont elles avaient besoin dans les moments difficiles.

— Tout va bien, dit-il en se penchant avec un sourire vers le visage de Carlita. Vous êtes en de bonnes mains.

Harriet le regarda. Pendant un bref instant, elle eut l'impression de le retrouver.

— Notre bébé est là ! s'écria triomphalement Matteo en débarrassant la petite fille des traces de sang et de mucus avant de l'emmailloter dans une jolie couverture verte qui ne laissait voir que ses yeux, comme on le faisait ici.

Quelle joie pour lui quand une mère et son enfant avaient échappé au pire ! Mais, cette fois, son regard le trahit. Au lieu de regarder Carlita, ce fut Harriet qu'il regarda.

En entendant ces mots, Harriet cessa de sourire et ferma un instant les yeux comme pour se ressaisir. Et lui-même, au moment de se séparer de l'enfant qu'il tenait dans ses bras, ressentit une souffrance à laquelle il ne s'attendait pas.

Mais son serment envers lui-même le liait. Jamais il n'aurait d'enfant. Comment chasser de sa mémoire le fait que sa sœur et son bébé nouveau-né étaient morts de pré-éclampsie ?

Trop effrayée par sa grossesse, sa sœur l'avait dissimulée et n'avait effectué aucun contrôle prénatal. Carlita était dans la même situation. C'est pour cela qu'il avait voulu que la Casita Verde existe. Pour que d'autres adolescentes ne viennent pas aggraver les statistiques.

— Je vous le passe ? demanda-t-il à Harriet, dont les yeux s'illuminèrent lorsqu'il lui tendit le bébé.

Au moment où Harriet se saisit du minuscule paquet gigotant, dont on ne voyait que la petite tête couronnée d'une épaisse chevelure brune, quelque chose fondit en lui. Leurs mains se réunirent un instant autour de l'enfant. Entre eux vibra une émotion palpable, une communion intime plus forte qu'un simple contact physique.

Aujourd'hui, Harriet l'impressionnait plus que jamais.

A la fin d'un voyage long et épuisant, elle s'était trouvée dans ce que l'on voyait de pire à la Casita. Sans doute se demandait-elle où était passé l'homme qui lui avait fait l'amour avec passion. Et qui l'avait invitée à Buenos Aires. Cet homme lui avait réservé un accueil aussi froid que s'il la rejetait. Pourtant, elle était là, s'associant de tout son cœur à ce qui se passait, entourant Carlita comme si elle était la première mère de la création. Quelle générosité !

Il la regarda, ému, tandis qu'elle berçait l'enfant.

— Voulez-vous faire la connaissance de votre fille ? demanda Harriet d'une voix douce à Carlita.

— Je peux ? demanda l'adolescente d'une voix faible.

— Carlita, fit-il depuis l'autre côté du lit, ici tu n'as pas à demander « je peux ». Mais je pense que ce serait une bonne idée de prendre ton bébé dans tes bras.

— Pourquoi ? murmura l'adolescente en se détournant ostensiblement du bébé.

Sans cesser de bercer le bébé, Harriet ne le quittait pas des yeux, attentive.

— Parce que tu as beaucoup, beaucoup de chance, Carlita. Tu as failli mourir aujourd'hui. C'est ta petite fille qui nous a donné le signal de la vie.

— Ma petite fille aura une bonne maison où on s'occupera d'elle, rétorqua Carlita, qui semblait reprendre des forces, mais ne s'occupait toujours pas du bébé. Je n'ai pas besoin de la tenir dans mes bras.

— Une bonne maison ? Quelle maison ? demanda-t-il.

Soudain, la voix de Matteo tonnait, forte et autoritaire.

— C'est ce que vous faites, n'est-ce pas ? Vous allez trouver une famille pour mon bébé, comme ça mes parents ne sauront jamais ?

L'effet de l'anesthésique s'atténuait. Prête à partir, Carlita se redressa.

— Non, tu ne peux pas partir maintenant, fit Matteo fermement. Il faut contrôler ta pression sanguine, ton état général. Comment le faire si tu pars ?

— Tu vas rester quelques jours ici, fit d'un ton sans réplique le Dr Morales qui était resté jusqu'à présent en dehors de la scène.

— Ah bon…, fit Carlita qui ne semblait plus savoir où elle en était.

— Nous allons te transférer dans une chambre plus confortable où tu pourras te reposer durant les prochains jours, et nous garderons un œil sur toi, déclara Matteo.

Il la fixa avec détermination, pour bien lui faire entrer dans la tête ce qu'il avait à lui dire.

— En ce qui concerne ton bébé, Carlita, sache qu'il n'y a pas une maison magique qui l'attend à la sortie, ni de parents faisant la queue à la porte de la Casita pour se charger d'un nouveau-né.

Les yeux de Harriet se remplirent de larmes. Tenant toujours le bébé contre elle, elle aussi comprenait la gravité de l'enjeu.

Il lui fit discrètement signe de tendre le bébé en direction de la jeune maman.

— Maintenant, Carlita, dit-il, tu as le temps de remercier ta fille de t'avoir sauvé la vie.

— Mais c'est moi qui suis venue ici, protesta Carlita, les yeux écarquillés.

— Parce que le travail avait commencé. Sinon…

Il laissa la question en suspens, d'un geste de la main.

Regardant pour la première fois le bébé que lui tendait Harriet, Carlita leva les bras comme pour la saisir, mais elle les laissa aussitôt retomber.

— Qui va s'occuper d'elle aujourd'hui ? demanda-t-elle d'un ton désespéré.

— *Aiie, guapita…* Vas-y, prends-la dans tes bras et dis merci à *la chiquita*. Si tu es assez grande pour faire un bébé, tu l'es aussi pour la remercier de t'avoir sauvé la vie.

Il lui parlait rudement, mais avec le sourire aux lèvres.

Carlita n'avait que seize ans, elle était à la fois trop jeune et trop au fait des vilenies de la vie. C'était là le moment clé de la méthode qu'il appliquait. Le plus beau, et aussi pour lui l'un des plus pénibles. Cela lui rappelait l'aide que sa sœur n'avait pas reçue de leurs parents. Comment trouver le bon moyen de traiter chaque naissance chez des adolescentes ? Comment trouver un équilibre parfait entre la fermeté, l'amour, la compréhension ?

Carlita regarda sa fille bercée dans les bras de Harriet qui souriait, et peu à peu son expression méfiante se teinta d'émerveillement.

C'était exactement pour cela qu'il se battait : pour cet émerveillement soudain qui permettait à ces jeunes mères, qui avaient encore un pied dans l'enfance, d'apprendre la vie et de progresser.

— Ensuite, reprit-il, nous discuterons de la façon d'appeler tes parents.

— *¿ Qué ?*

Un profond désarroi se peignait à présent sur le visage de Carlita.

— Il le faudra, Carlita. L'adoption ne peut pas avoir lieu sans l'intervention d'un juge, et tu auras besoin de tes parents. Je t'aiderai, mais ta famille compte aussi.

Il sourit.

— Mais, avant ça, occupons-nous de ce qui est important. Que penses-tu de cette petite beauté, hein ? Jolie chevelure sur cette petite tête, non ?

— Oh oui, docteur, fit Carlita avec un sourire timide.

Tournant les bras vers Harriet, elle les ouvrit pour recevoir le bébé.

— Et maintenant, que va-t-il leur arriver ? demanda Harriet, essoufflée, en courant après Matteo dans le cloître, une fois que Carlita et le bébé eurent été installés dans une chambre.

Dans la salle d'accouchement, le beau docteur n'avait montré que l'aspect lumineux de sa personnalité. A présent, elle voyait un homme torturé. Cherchait-il son équilibre dans un monde auquel il n'arrivait pas à donner du sens ? La question la taraudait.

— Le cas de Carlita est-il monnaie courante ici ? demanda-t-elle, essayant d'adapter son pas à sa longue foulée.

— Chaque cas est différent. Celui-ci n'est pas le pire. Carlita va sans doute accepter le fait d'avoir un enfant. Mais sinon, il faut batailler longtemps avec les tribunaux pour rendre ces enfants adoptables. Cela prend du temps. Il faut de la patience. Beaucoup de patience.

Encourageant ! Elle qui était là pour voir comment les

choses marchaient à la Casita, s'il fallait tant de patience, elle n'aurait pas vu grand-chose en moins d'un mois.

— Puis-je te laisser, maintenant que j'ai participé à ta bonne action de la journée ? demanda-t-elle.

Où avait-elle pris cette audace ?

Peut-être grâce au médaillon pendu à son cou. Il contenait les photos de sa sœur et de ses parents. Une source inépuisable de courage. Ils auraient été impressionnés de la voir si pleine de bon sens et de repartie.

Pourtant, Matteo restait renfrogné et ne respectait guère avec elle les règles de la courtoisie la plus élémentaire. Il aurait pu lui proposer de faire le tour de la Casita Verde, comme elle l'avait fait lors de sa venue au St. Nick's !

Sauf que, soyons honnête, elle s'était tout de même cachée pendant quinze jours pour l'éviter.

Au souvenir de cette attitude puérile, elle ne put s'empêcher de pouffer de rire.

— Tu trouves ça amusant ? demanda Matteo en s'arrêtant pour la dévisager, son regard vert lançant des éclairs.

Les bras de Harriet retombèrent, et son courage aussi.

— Non, pas du tout, répondit-elle, déconcertée.

Matteo se passa la main dans les cheveux en regardant le ciel bleu au-dessus de leurs têtes, puis il la fixa au fond des yeux.

— J'ai une façon particulière d'aborder le problème des malheureuses adolescentes qui viennent accoucher à l'insu de tous. Tu verras ici beaucoup de situations qui ne ressemblent pas à ce que tu connais.

— C'est la raison de ma venue. Elargir mon horizon et proposer éventuellement de nouvelles pratiques.

Et puisqu'elle était en veine d'impertinence, autant continuer.

— D'ailleurs, qu'y a-t-il de si différent dans les méthodes que tu appliques ? reprit-elle. J'ai vu un médecin qui a sauvé une adolescente de la mort après l'avoir accouchée en évitant les problèmes. Puis, tu l'as mise face à la réalité de la situation. Quoi d'étonnant à cela ?

Il lui lança un regard incendiaire.

— Je n'ai pas l'habitude d'être observé !

— Quoi ? Mais c'est absurde ! Je fais juste ce qui était convenu !

— Peut-être, mais tu étais là.

— Franchement, je ne comprends pas. Ai-je fait quelque chose de mal ?

— Tu n'as rien fait, *dulce.* C'est moi. Et je n'ai pas l'habitude d'être jugé.

Tournant les talons, il s'apprêta à partir.

Mais ça n'allait pas se passer comme ça !

— Tu penses que j'ai quitté mon cher hôpital londonien pour venir te juger, c'est ça ?

Hésitant, Matteo la regarda.

— Viens avec moi, et tu verras.

Elle hésita à le suivre.

Le Dr Torres avait la fâcheuse habitude de faire alterner le chaud et le froid. A la Casita, il faisait plus que mettre la main à la pâte. Il faisait son travail de médecin, faisait rentrer les fonds et se montrait plus impliqué que ce que la plupart de ses bailleurs de fonds auraient pu rêver. Certainement, avait-il été en butte à de nombreux contrôles administratifs, de visites d'inspecteurs en tous genres et de bienfaiteurs soucieux de voir comment leur argent avait été utilisé. Mais y avait-il jamais eu quelqu'un comme elle qui cherche à savoir comment il travaillait ? Qui soit là pour relever ses manches et apporter une bonne vieille aide à l'ancienne ?

Marchant derrière lui sans savoir où il l'emmenait, elle regarda son dos.

Un dos terriblement séduisant, avec de larges épaules, emplissant une chemise de lin bleu qui semblait avoir été coupée pour lui.

Une chance que ses épaules soient si agréables à regarder. Sinon, elle aurait filé à l'aéroport sans tarder pour retourner à Londres.

Ou à Los Angeles, maintenant qu'elle avait pris l'habitude de voyager. Sa sœur avait peut-être besoin d'elle là-bas…

Jetant un coup d'œil par-dessus son épaule, Matteo vérifia que Harriet le suivait.

Si elle avait tourné les talons, il aurait compris. C'était elle qui avait raison, et lui qui posait un problème. Beaucoup de donateurs potentiels étaient venus visiter la Casita Verde. Ils voulaient bien donner mais voulaient « voir avant ». Avec ceux-là, il ne se mettait pas en frais. S'ils donnaient, tant mieux. Sinon, tant pis, il continuerait sans leur aide.

Harriet aussi représentait un donateur, mais c'était elle qui était différente. Quand il l'avait vue prendre et bercer dans ses bras le nouveau-né, comme s'il avait été le sien, un bonheur authentique avait illuminé son visage.

Les questions qui le torturaient, depuis le drame familial qu'il avait vécu, étaient revenues au grand galop : que se serait-il passé si sa sœur avait pu consulter un médecin ? Si elle avait été avertie des dangers qu'elle courait ?

A présent, Harriet était là, et elle allait découvrir une part de lui-même qu'il s'évertuait à cacher. Pourtant, il avait envie qu'elle admire ce qu'il avait accompli à la Casita Verde. Qu'elle l'admire, lui.

L'histoire de la petite Carlita et de son bébé se terminerait bien, selon toute vraisemblance. Mais tant d'autres cas se présentaient à la Casita ! Il avait le souci de protéger Harriet, mais celle-ci devait prendre conscience que le scénario n'était hélas guère optimiste pour la plupart des enfants nés ici, sans parler de leurs jeunes mères.

Ayant atteint sans dire un mot l'extrémité de l'enceinte, il resta un instant silencieux devant une lourde porte de bois qui ouvrait sur l'extérieur.

Qu'allait-il faire ? L'ouvrir ou non ?

Un grand nombre des *villas miserias* de Buenos Aires s'était étendu jusque-là, rampant sur les faubourgs, gagnant du terrain à une vitesse effrayante, jusqu'aux portes du monastère historique de la Casita Verde. Même en laissant grandes ouvertes les portes de la Casita, combien d'entre eux pourrait-il aider ? Une quantité négligeable. C'est pourquoi il se concentrait sur les jeunes mères encore adolescentes. Et c'est pourquoi il avait intérêt à garder la distance : laisser Harriet prendre trop de place dans son cœur ne l'aiderait pas.

La décision qu'elle prendrait dépendait de ce qu'elle allait voir. Mais, si elle voulait comprendre ce qui entretenait sa passion et le rendait parfois si excessif, il fallait qu'elle voie ça.

D'un geste brusque, il ouvrit la porte.

Les yeux de Harriet s'écarquillèrent.

De l'autre côté de la porte, le calme du monastère avait disparu. Du bruit et des odeurs montaient. Des gosses au T-shirt en lambeaux, au pantalon déchiré, couraient partout avec des cris assourdissants. Là, dans des cabanes, des appentis de toute sorte et même à ciel ouvert, s'entassait toute une population misérable recourant à de malheureux expédients pour survivre. Sur des feux de bois, les mères faisaient cuire les *empanadas*, la nourriture locale, dont elles avaient pétri la pâte avec des éléments trouvés Dieu sait où.

Harriet ouvrait des yeux immenses.

— Nous résolvons un problème par jour, dit Matteo. Mais il y en a beaucoup plus ici.

Sans ciller, elle fixa sur lui le regard limpide de ses yeux bleus.

— Eh bien, dit-elle calmement, nous ferions bien de nous mettre au travail.

6.

Harriet réussit à éviter de justesse un jeu du chat et de la souris endiablé sous le portique du cloître. L'école était finie, et les enfants en âge scolaire hébergés à la Casita dépensaient leur trop-plein d'énergie. Leur vue lui arracha un sourire. Matteo ne passait rien à cette troupe bruyante, mais il savait créer une atmosphère chaleureuse.

Si elle avait vaillamment vaincu le jet-lag, elle se sentait toujours en terrain dangereusement inconnu. Au cours de la semaine écoulée, Matteo l'avait tenue à l'écart de lui et de la clinique. Il lui avait dit d'aller partout dans la Casita pour comprendre comment les choses fonctionnaient, que ce soit à la cuisine, à la blanchisserie, dans les salles d'accueil ou dans les chambres des enfants. Apparemment, il la trouvait plus utile hors de la clinique…

Mais sa patience finirait bien par être récompensée ?

Elle fit de nouveau un écart, menacée par une paire de tresses soyeuses qui battait joyeusement dans le dos de Camila, une petite diablesse de huit ans.

— Attention ! lui cria-t-elle.

Trop tard. La gamine heurta de plein fouet une des colonnes du cloître et éclata en sanglots.

— Viens me montrer ça, ma chérie, fit Harriet en lui essuyant le visage avec un mouchoir pour arrêter le saignement.

Rien de grave. Camila en serait quitte pour une lèvre enflée, un nez qui saigne et un bon vieil œil au beurre noir.

— Je crois que toi et moi, Camila, nous allons avoir quelque chose en commun, déclara Harriet en lui souriant.

— Quoi ? fit la petite en reniflant.

— Quelque chose comme ça, répondit Harriet en désignant son propre œil qui commençait à dégonfler.

La regardant avec étonnement, Camila porta sa main à son visage. Ses yeux s'agrandirent en constatant qu'elle était couverte de sang.

— Ce n'est pas grave, Camila. Pince-toi le nez avec tes doigts et viens avec moi à l'infirmerie.

Maintenant le visage de Camila en l'air pour l'empêcher de saigner, elle aida la petite fille à gravir les larges dalles de pierre menant à l'infirmerie.

— Ce n'est rien, dit-elle à l'intention de Matteo. Un nez qui saigne et un beau coquard qui s'annonce.

Matteo n'était pas seul. Une jeune femme très maigre, mais visiblement enceinte était assise sur l'unique chaise de la salle d'examen, tenant le tensiomètre avec sa main.

Un check-up, sans doute.

— Excusez-moi un instant, dit Matteo à sa patiente en voyant entrer Harriet et la petite.

Aussitôt, la jeune femme se leva pour céder sa place.

— Non, restez assise, lui intima Matteo en lui posant la main sur l'épaule.

Rapidement, il saisit sur un support une longueur de serviette bleue qu'il tendit avec un spray antiseptique à Harriet, agenouillée devant la petite pour éponger le sang qui coulait de son nez endolori.

Le caractère rudimentaire de l'infirmerie, réduit à cette petite pièce outre la salle d'accouchement, la frappa.

Une clinique plus importante et d'autres salles d'examen ne seraient pas du luxe à la Casita. D'ailleurs, elle l'aurait compris plus vite si Matteo l'avait jugée digne de travailler avec lui au cours de la semaine précédente.

— J'emmène ma patiente à côté pour l'examiner, fit Matteo en la regardant en coin. Pas de problème pour soigner ça ? ajouta-t-il en désignant Camila.

— Je pense qu'un nez qui saigne est à ma portée, répliqua-t-elle sèchement.

La moutarde lui montait au nez. Outre sa mission, elle était ici pour aider, quand s'en rendrait-il compte ?

Mais il y avait des patients à soigner. L'ego n'avait pas sa place ici.

— Suivez-moi, s'il vous plaît, demanda Matteo à sa patiente.

La jeune femme s'aida de ses mains pour se lever, elle semblait souffrir. Quand elle commença à marcher, elle se dandinait de façon curieuse pour une femme qui, à vue de nez, devait en être à son cinquième mois de grossesse.

Intriguée, Harriet ne put s'empêcher de l'examiner avec curiosité, passant rapidement en revue dans sa tête un catalogue de symptômes.

Ne serait-ce pas par hasard de l'ostéomalacie ? Elle n'avait encore jamais vu ce cas de ramollissement des os chez une femme enceinte. C'était rare mais possible. Et si c'était le cas…

Mais non, elle s'emballait. Voilà le résultat de vouloir prouver à tout prix à Matteo Torres qu'elle pouvait être plus utile *dans* la clinique qu'au-dehors…

L'espace était si exigu que Matteo la frôla au passage. Durant un instant, leurs regards se croisèrent, et ce fut assez pour qu'elle sente renaître en elle la profonde connexion qui rendait le reste du monde pâle et sans couleurs.

Matteo touchait en elle une corde sensible. Jamais elle n'aurait cru que les émotions du corps avaient des racines si profondes.

Et lui, ressentait-il aussi la même chose ?

Une chose était sûre en tout cas : jamais il n'accepterait de faire passer ses sentiments personnels avant son travail. Et elle-même fonctionnait de la même manière. Elle ne pourrait pas effectuer sa tâche sans y mettre tout son cœur. Pourtant, ça la dépassait que Matteo reste aussi réservé…

Camila la tira par la manche.

— *Arriet !* implora-t-elle.

Se ressaisissant, Harriet sourit à sa petite protégée.

— Allons, Camila, dit-elle, voyons comment va ton nez !

— Votre pression sanguine et vos fondamentaux sont bons, déclara Matteo à sa patiente. Ce qui m'inquiète, c'est votre douleur. Dans les hanches, principalement, me dites-vous ?

— *Si*. Et aujourd'hui, j'ai ressenti des picotements dans mes mains et dans mes pieds. C'est pour ça que je suis venue.

Il s'abstint de lui faire son discours habituel sur le fait qu'elle aurait dû venir en consultation dès qu'elle avait su qu'elle était enceinte. Il lui aurait prescrit des vitamines et des compléments alimentaires, l'aurait informée sur le déroulement de sa grossesse et mis en œuvre la lourde machine administrative pour que l'enfant soit adopté si c'était cela qu'elle voulait. Pour ces malheureuses adolescentes, la porte de la Casita était ouverte à tout moment...

Un fantasme lui traversa l'esprit, plus lumineux qu'un ciel d'été : Harriet, debout à la porte de la Casita, ouvrant grand ses bras dans le soleil avec un geste de bienvenue, de la lumière dans ses yeux bleus.

Bon sang, il ferait mieux de se concentrer sur ce qu'il faisait !

Un coup léger à la porte attira son attention, et les cheveux blonds de Harriet parurent dans l'encadrement.

— *¿ Si ?* Qu'y a-t-il ? demanda-t-il, agacé.

— Désolée, docteur Torres, puis-je vous dire un mot ?

— Cela peut attendre, non ?

— Justement, non.

Il n'y avait pas l'ombre d'une hésitation dans sa voix.

Harriet était une infirmière expérimentée, elle ne l'aurait pas interrompu sans une raison sérieuse.

S'excusant auprès de Teresa, il la rejoignit dans la pièce voisine.

Les problèmes ne pouvaient pas venir de la petite

Camila qui était étendue sur la table d'examen, un paquet de glace sur son œil tuméfié et serrant contre elle une petite couverture blanche que Harriet avait façonnée en forme de… De caniche ! Comment diable savait-elle faire ce genre de choses ?

— Désolée de vous interrompre, dit Harriet à voix basse, vous avez sans doute déjà fait votre diagnostic pour votre patiente. Mais je me demandais si elle ne montrerait pas par hasard des signes d'ostéomalacie ?

Elle le scruta du regard, semblant attendre sa réponse.

Son premier mouvement fut de repousser sa suggestion, mais il s'arrêta.

Les fourmillements dans les jambes, la démarche hésitante, cela pouvait traduire une atteinte du système osseux. La peau très pâle indiquait une absence de vitamine D. Tout cela était caractéristique de l'ostéomalacie. Comment n'avait-il pas pensé à rassembler ces éléments ?

Regardant Harriet, il lui adressa un signe de tête appréciatif.

— Je vais l'accompagner à l'hôpital pour les examens et les radios, si vous voulez, proposa-t-elle d'un ton ferme.

Aussitôt, le mâle dominant piaffa en lui.

Harriet était bien gentille, mais il était capable de suivre lui-même ses patients, merci ! Pas besoin de lui dire quand il fallait ou non envoyer un patient à l'hôpital. Il n'était pas prêt à abandonner cette prérogative à qui que ce soit, quelle que soit la générosité des donateurs. La Casita était *son* œuvre. *Son* bébé. Sa façon de faire la paix avec le passé.

Dire qu'il avait fait l'amour à cette femme il y avait quelques semaines à peine. Et avec quelle passion ! Cela lui semblait incroyable, à présent. Un moment de faiblesse, sans aucun doute.

Pourtant, cela faisait aussi partie de la mission de Harriet : accompagner les patients à l'hôpital, apprécier ce qui manquait à l'édification d'une nouvelle clinique.

— Ce serait bien…, grommela-t-il, de mauvaise humeur.

Il lui fallut un instant avant d'ajouter, bien obligé :

— Merci.

Avant de retourner dans la salle d'accouchement, il se rendit compte qu'elle le considérait d'un air perplexe.

Il faudrait qu'il cesse de se conduire d'une façon aussi nulle. Mais en était-il capable…

Le problème, c'était que cette conduite était profondément ancrée en lui. Et dans quelques semaines, Harriet ne serait plus là. De retour dans sa chère Angleterre, son cher St. Nick's…

¡ Dios !

Avoir ici Harriet Monticello ne lui facilitait pas les choses, mais la savoir au loin serait encore pire.

Quand Harriet revint de l'hôpital, Matteo leva le nez de ses papiers.

— Alors ? demanda-t-il sans autre préambule.

Elle soupira.

L'après-midi avait été interminable. S'exprimer avec le peu de mots d'espagnol qu'elle connaissait ou par l'intermédiaire d'un dictionnaire avait été un exploit. Elle était épuisée. Un accueil souriant de Matteo et une bonne tasse de thé auraient été bienvenus.

— Nous n'aurons pas les résultats des examens avant demain. Ou plutôt après-demain.

— Et Teresa ? Où est-elle ?

— Elle est repartie à la cité universitaire.

— A la cité universitaire ?

— Oui. Teresa est étudiante. Evidemment, ses parents ne sont pas au courant de son état. J'ai son numéro de mobile, et je lui ai arraché la promesse qu'elle me téléphonerait pour connaître les résultats et le traitement à suivre.

Voyant que Matteo allait l'interrompre, elle leva la main avec malice pour continuer avant d'être bombardée de questions.

Voilà ce qui arrive quand on donne sa chance à une femme, cher docteur Torres…

— En outre, reprit-elle, je l'ai accompagnée à la cité universitaire. Ainsi, si elle ne donne pas signe de vie, nous saurons où la trouver. Par ailleurs, le médecin de l'hôpital m'a promis de nous téléphoner, ici à la Casita, le résultat des examens. Teresa m'a dit qu'elle préférait venir ici qu'à l'hôpital. Oh ! Dernière chose, je lui ai acheté des vitamines adaptées à son état.

— C'est tout ? fit Matteo, l'air piqué.

Il ouvrit un tiroir de son bureau et fourragea jusqu'à ce qu'il en extirpe un petit étui carré de couleur jaune.

— Puisque tu es là et pendant que j'y pense, dit-il, je te dois un remboursement pour le préservatif que j'ai utilisé dans ton bureau.

Ne sachant comment le prendre, elle esquissa en souriant un geste de dénégation.

— Tu ne me dois rien. Cela faisait partie de mon matériel, et je ne suis encore sortie avec personne depuis mon arrivée ici, que je sache.

— Aurais-tu le projet de, euh… Faire des expériences touristiques ? demanda-t-il en se renversant sur sa chaise pour la scruter.

Déconcertée, elle resta coite.

Que voulait-il dire ? Cet homme avait le génie de la déstabiliser ! Finalement, elle le connaissait moins bien qu'elle ne le pensait, alors que lui savait exacerber en elle des émotions qui lui étaient jusque-là étrangères.

— Non, répondit-elle sans relever l'offre implicite. Comme je te l'ai dit dès le premier jour, je suis ici pour travailler. Aussi, tu voudras bien m'excuser…

Saisie d'une brusque envie de pleurer — depuis quelques jours, ça la prenait souvent —, elle tourna les talons et quitta la pièce sans attendre de réponse.

Il ne manquerait plus qu'il la voie pleurer !

Elle avait hâte de retrouver la chambrette minuscule qu'on lui avait attribuée, aménagée de façon gaie et avenante, où elle puisait le réconfort dont elle avait besoin ces derniers jours pour s'adapter à son nouvel environnement.

Cette nouvelle langue, ce nouveau Matteo…

Heureusement, elle parvint à fermer sa porte à temps avant de se jeter sur son lit en sanglotant.

La tête enfouie dans l'oreiller, elle laissa le silence du cloître apaiser le tumulte d'émotions qui secouait sa poitrine. Un peu plus calme, elle se tourna sur le dos et laissa ses yeux errer dans l'obscurité qui envahissait la pièce.

Professionnellement, elle formait avec Matteo Torres une équipe magnifique. Mais elle était là pour le compte du St. Nick's, et il ne supportait pas l'évaluation qu'elle devrait faire au Dr Bailey sur le fonctionnement de sa chère Casita.

Tiens, voilà une semaine entière qu'elle n'avait pas pensé une seule fois au Dr Bailey ni au St. Nick's !

Depuis qu'elle était ici, son monde ancien s'était évanoui. Pas besoin d'être sorcier pour deviner qui lui avait révélé que l'univers était plus grand que ce qu'elle en connaissait.

S'étirant sur la courtepointe aux couleurs vives, elle ferma les yeux et se mit en demeure de passer en revue tout ce qu'elle avait appris en si peu de temps…

Sans doute s'était-elle endormie pendant que ses pensées vagabondaient, car il faisait à présent tout à fait nuit. La nuit était douce et tiède, et sa petite fenêtre entrouverte laissait entrer un frais parfum de feuillages.

Dans quelques heures, il faudrait qu'elle soit debout, prête à affronter une nouvelle journée de travail. Une journée où Matteo et elle auraient à se conduire avec un respect professionnel mutuel et rien de plus.

Se conduire comme si tout était parfait, même dévastée par un roman d'amour qui resterait à jamais un rêve… Elle pouvait rendre hommage au stoïcisme britannique !

Elle se défit de sa blouse et de sa jupe qu'elle laissa tomber sur le sol contrairement à ses habitudes, et elle se blottit sous les draps, goûtant la sensation du coton frais sur sa peau nue. Les jambes étendues, il lui sembla que cette douce caresse venait des mains de Matteo, et elle sentit une chaleur brûlante se répandre en elle.

Posant ses doigts sur son ventre, elle fut surprise de lui trouver une forme plus pleine qu'à l'habitude.

Elle n'avait pourtant pas fait d'excès de table, même si à la Casita la nourriture locale était délicieuse…

Le doute la saisit.

Son corps avait-il changé, ou se faisait-elle des idées ?

L'esprit en alerte, elle palpa sa poitrine.

Les petites veines bleues qu'elle avait ignorées ce matin en s'habillant étaient bien là, gonflant sa poitrine.

Plus question de dormir !

Sautant précipitamment du lit, elle enfila à la hâte un T-shirt et une jupe et, pieds nus, descendit vers l'infirmerie en faisant le moins de bruit possible.

Ayant ouvert la porte avec précaution, elle alluma l'électricité et regarda la pendule.

3 heures du matin.

Parfait. Elle avait les lieux pour elle et le temps de faire ce qu'elle voulait.

Se mouvant toujours sur la pointe des pieds, elle ouvrit l'armoire à pharmacie et en sortit un stick de grossesse, enveloppé de son emballage protecteur.

Le cœur battant, des images incontrôlables se pressant à son esprit, elle procéda au test et attendit fébrilement.

Au moment où le résultat allait s'afficher, la porte du cabinet s'ouvrit, rompant le silence de la nuit.

— *¿ Que paso ?* Qu'arrive-t-il ? demanda la voix de Matteo.

Elle sentit son cœur s'arrêter de battre et sa peau se couvrir de chair de poule devant ses yeux verts plus sombres que les forêts et le large pli qui lui barrait le front.

— Harriet ? s'exclama-t-il, surpris.

Il avisa le test posé sur le comptoir devant elle et se figea.

— Harriet ? demanda-t-il de nouveau d'une voix où perçait l'inquiétude. Tout va bien ?

Elle leva le test vers lui de façon à ce qu'il puisse le lire.

Ils restèrent muets un instant. Enfin, elle prononça les mots qu'ils attendaient tous deux.

— Je suis enceinte.

Dans les oreilles de Matteo, les mots résonnaient.

Des mots qu'il pensait ne jamais entendre.

Et non seulement il les avait entendus, mais il avait *vu* la preuve !

Les mots de réconfort qu'il répétait sans relâche aux adolescentes lui revinrent à l'esprit. Pour la première fois, il comprenait leur affolement.

Pourtant, ils avaient usé d'une protection. Mais un accident pouvait toujours arriver. Même à lui.

Cet enfant était *son* enfant. Le petit être qui grandissait dans le ventre de Harriet était le sien.

Elle tenait ses mains serrées sur son ventre, en un geste instinctif de protection maternelle.

— Ne t'en fais pas, dit-elle, j'ai compris que tu ne voulais pas d'enfant.

— Et comment as-tu compris ça ?

— Je ne suis pas aveugle, il suffit de t'observer.

— C'est-à-dire ? demanda-t-il, déconcerté.

— Tu gardes les enfants à distance. Ce n'est pas que tu ne sois pas gentil avec eux, mais tu es incapable de les caresser, de les câliner.

— Et alors ? Qu'est-ce que ça prouve ?

— Tu fuis leur contact. Franchement, quelle sorte de pédiatre es-tu si tu n'aimes pas le contact des bébés ?

Ces mots le laissèrent sans voix. Avait-il été à ce point transparent ?

— Je vais retourner très vite en Angleterre. Personne ici ne sera au courant de ta paternité.

— Harriet, nous ne pouvons rien décider cette nuit. Donne-moi juste un peu de temps. Le temps de…

— Le temps de comprendre que tu désires cet enfant encore moins que tu ne le penses maintenant ?

Désemparé, il secoua la tête.

C'était terrible que Harriet apprenne qu'elle était enceinte dans ces circonstances. Mais il s'était juré sur la tombe de sa sœur de ne jamais avoir d'enfant. Face à cette possibilité, son cœur était verrouillé, fermé à double tour.

— Laisse-moi réfléchir, Harriet. Du diable si je m'attendais à ça ! Je suis descendu parce que j'ai vu de la lumière dans le cabinet, et j'ai pensé que...

— Que c'était un voleur, c'est ça ?

— Euh... Oui, c'est ça... J'ai vu de la lumière et...

Il s'interrompit.

Décidément, il s'enferrait. Trouver des arguments pour gagner du temps avec une femme qui vient juste de s'apercevoir qu'elle porte votre enfant dont vous ne voulez pas... Impossible !

— Je pense que je vais regagner ma chambre, dit Harriet.

— Nous pouvons en parler plus tranquillement, *mi amor*.

« *Mi amor* ».

Le mot lui était venu tout naturellement, il traduisait des sentiments réels. Lui-même était frappé de voir à quel point il se souciait de Harriet.

Mais à peine avait-elle débarqué de l'avion en provenance de Londres qu'il lui avait dit sans ambages qu'il n'y avait rien entre eux. Et que faisait-il à présent, sinon le lui prouver ?

— Non, dit-elle. Je ne vois pas l'utilité d'en parler. C'est à moi de décider ce que je vais faire de mon bébé. Seule.

Quel affreux crève-cœur de la voir marcher vers la porte, sa jupe virevoltant autour d'elle, pieds nus.

Il se précipita vers elle, espérant...

Espérant quoi d'ailleurs ? Un moment de répit ? Un court instant pour absorber l'énormité de la situation ?

Harriet s'adossa au mur, les mains levées pour l'arrêter, comme elle l'avait fait lors de leur nuit magique, il y avait combien de temps déjà ?

— Le mieux est que je regagne ma chambre, déclara-t-elle avec fermeté.

Des larmes brillaient dans ses yeux.

Il mourait d'envie de la consoler. Mais l'idée d'être père n'arrivait pas à faire son chemin dans sa tête. Depuis la mort de sa sœur, c'était pour lui une certitude, il ne voulait pas d'enfant. Il se l'était répété comme un mantra des années durant.

— Tu n'as pas à affronter ce problème seule, dit-il, conscient en même temps de ce que ces mots avaient de dérisoire.

— Tu as raison. Je ne suis pas seule, j'ai ma sœur, répondit-elle avec un sourire amer, avant de refermer la porte derrière elle.

Les mots furent pour lui comme un coup de poignard en plein cœur.

Lui aussi, il avait eu une sœur, autrefois.

Comment Harriet aurait-elle pu deviner la cruauté de ces mots pour lui ? S'il avait été plus attentif à sa sœur, s'il avait su lui prouver son amour, peut-être serait-elle encore là aujourd'hui. Et alors, peut-être que ce que Harriet venait de lui annoncer serait une bonne nouvelle…

Ah, que ne s'était-il inspiré de l'abstinence des moines ! Qu'avait-il à offrir à Harriet ? Rien…

Au moins, elle ne serait pas seule. Elle avait une famille. Une sœur avec deux bébés qui seraient nés dans quelques semaines. La famille de Harriet serait un peu chaotique, mais ce serait une famille aimante, toujours là pour elle, présente et réconfortante.

Une famille comme lui-même n'en aurait jamais.

S'appuyant contre le mur, il se laissa glisser au sol et enfouit la tête dans ses mains tandis qu'un chagrin sans nom s'emparait de lui.

7.

Abasourdie, Harriet regarda le téléphone qu'elle venait de raccrocher.

Quelle nuit ! Et quelle matinée… Plus perturbante encore si possible !

Après le coup de fil qu'elle venait de recevoir, devait-elle se sentir en état de choc ? Folle de joie ? Un peu des deux ?

Il fallait qu'elle rappelle Claudia. Toujours exubérante, sa sœur s'était exprimée comme un moulin à paroles et avait laissé des millions de questions sans réponse.

Après une nuit abominable où elle n'avait pas pu trouver le sommeil, elle avait entendu par la fenêtre Matteo dire à la lingère qu'il s'absentait pour la matinée. Elle était descendue donner un coup de main. Espérant que l'air frais du matin apporte un peu d'ordre dans ses idées, elle s'était réfugiée sous le grand arbre en fleur avec une corbeille de linge à plier.

A peine venait-elle de s'asseoir sur son banc préféré que son téléphone s'était mis à sonner. Les nouvelles de sa sœur avaient explosé comme un torrent, sans qu'elle puisse placer un mot, et s'étaient terminées abruptement, comme si Claudia avait raccroché subitement.

L'arbre la cachait du bruit et de l'agitation du cloître. Parfait. Ce calme et ce parfum enchanteur étaient tout ce dont elle avait besoin pour se remémorer le coup de fil de sa sœur.

Elle composa ensuite le numéro pour en savoir plus.

— Harriet ? s'exclama Claudia sur un ton inquiet,

avant même la fin de la première sonnerie. Quelque chose ne va pas ?

— Ce serait plutôt à moi de te poser la question, Claudia. Veux-tu que je saute dans un avion ? Je peux multiplier par deux mes dons pour changer les couches.

En entendant l'éclat de rire de Claudia, elle sentit la tension s'envoler de ses épaules. Claudia lui avait toujours donné de sa force. Sa passion, son audace et son inaltérable joie de vivre étaient sans égales.

— Ne sois pas stupide, Harriet ! Je t'ai dit que j'étais en de bonnes mains.

Cette fois, le ton joyeux de Claudia la blessa. Elles avaient toujours été là l'une pour l'autre. Etait-il possible que, cette fois, sa sœur n'ait pas besoin d'elle ?

— Je sais, dit-elle en s'efforçant d'avoir un ton joyeux. Néanmoins, Claudia, euh… J'ai besoin que tu me récapitules la situation.

— Par où veux-tu que je commence ? demanda Claudia, qui, sans attendre sa réponse, s'exclama avec enthousiasme. *— Oooh ! Ma-gni-fi-ques !*

— Pardon ?

— Désolée, Harriet. Une infirmière vient de m'apporter le beau bouquet de fleurs qu'il m'a envoyé.

— Qui ça, « il » ? cria Harriet, qui n'en pouvait plus d'être dans le brouillard.

— Le Dr Spencer, voyons, répondit Claudia, dont la voix se fit enjôleuse pour ajouter : Patrick.

— Patrick, Patrick… Mais enfin, qui est ce Patrick ?

— Voyons, Harriet, tu pourrais m'écouter ! Je te l'ai déjà dit : l'obstétricien de l'ascenseur.

— L'ascenseur où tu as accouché en catastrophe ?

— Voilà ! Ma parole, tu n'as pas écouté ce que je t'ai raconté ?

— Si, si…

Les nouvelles de sa sœur étaient tellement incroyables. Et elle était elle-même si bouleversée par l'annonce du bébé qu'elle portait. Elle en perdait la tête.

— Je suis tatie, murmura-t-elle, les larmes aux yeux.

— Harri, demanda Claudia, la voix soudain inquiète, es-tu sûre que tout va bien ?

Même au bout du monde, elle lisait dans ses pensées comme à livre ouvert.

— Bien sûr, Claudia, je suis juste…

… enceinte de l'homme que j'aime, mais il ne veut pas de moi ni du bébé.

— Epouvantée que tu aies dû vivre des choses aussi terribles, dit-elle, incapable de lui annoncer la vérité.

— Je dois dire que j'ai préféré être inconsciente quand il a fallu procéder à l'hystérectomie d'urgence. A mon avis, Patrick a été plus traumatisé que moi par l'accouchement qu'il a effectué dans des conditions abominables. Tu ne peux pas savoir comme je lui suis reconnaissante de ce qu'il a fait pour moi et mes deux petits garçons.

— Bien sûr. Il a l'air…

— Adorable ! s'exclama Claudia avec ravissement.

Ce n'était pas le mot que Harriet aurait choisi d'après sa propre expérience, mais maintenant elle comprenait ce que sa sœur ressentait pour son beau médecin. Une double naissance dans un ascenseur, suivie d'une hystérectomie qui lui avait sauvé la vie, il n'y avait que Claudia pour vivre des choses pareilles !

Hélas, cela signifiait aussi que sa sœur ne pourrait plus avoir d'enfant.

Instinctivement, elle porta la main à son ventre, et un immense élan de gratitude la saisit pour la vie minuscule qui se développait en elle.

— Eh bien, dit-elle, je vais envoyer à ce beau docteur une carte de remerciements pour avoir sauvé la vie de ma sœur !

— Et toi, Harriet, est-ce que tu vis toujours des moments fantastiques en Argentine ? s'enquit Claudia.

Si elle savait !

Incapable de répondre, Harriet laissa des larmes rouler sur ses joues.

— Harri ? Es-tu vraiment sûre que tout va bien ?

— Mais oui, Claudia, ne t'en fais pas. Je regrette seulement de ne pas être là pour m'occuper de toi.

— Ne t'inquiète pas, petite sœur. Nous serons bientôt réunies à Londres. En attendant, oublie-moi et prends du bon temps à Buenos Aires avec le médecin de ton cœur !

— Je ne t'ai jamais dit qu'il était le médecin de mon cœur, protesta-t-elle.

— C'était inutile, s'exclama Claudia avec un éclat de rire. Euh… Maintenant, je dois te quitter. Ne t'en fais pas pour moi, je suis entre de bonnes mains. Je t'aime, ma petite sœur.

Un subtil changement dans le ton de Claudia indiqua à Harriet qu'un certain Dr Spencer venait d'entrer dans la pièce, et une curieuse sensation l'envahit.

Elle était réconfortée, certes. Mais surtout terriblement désorientée. Sa sœur avait-elle trouvé un autre confident ? Jusqu'à présent, ce rôle lui était dévolu. A elle et à elle seule.

— Tu n'es mon aînée que d'une minute, protesta-t-elle.

— Ce qui me rend beaucoup plus vieille et plus avisée que toi, rétorqua Claudia. Maintenant, Harriet, mange un bon steack à ma santé et danse le tango sous les étoiles. Vis, Harriet, vis ! s'exclama-t-elle avant d'interrompre la communication.

Songeuse, Harriet commença à jouer avec son médaillon.

Pendant des années, ce médaillon n'avait contenu qu'une photo de ses parents et de Claudia. A présent, il y aurait ses deux petits bonshommes, et peut-être un Patrick auprès d'eux ?

Le moment était-il venu pour elle de cesser de vivre par procuration ? D'avoir un enfant ? Une famille ?

Planifié ou pas, le bébé était déjà là. Quant à l'homme idéal…

L'image de Matteo s'imposa à son esprit. Mince, sexy, rieur… Et séduisant quand il le voulait bien uniquement.

Mais elle attendait un enfant de cet homme, et il la rejetait.

Elle soupira et se remit à plier le linge.

Une tante, une mère…

Elle s'était imaginé devenir tante. Mais une mère, jamais. Il allait lui falloir du temps pour s'habituer à l'idée et pour l'annoncer à sa sœur…

— Tu parais en bonne forme, fit la voix de Matteo.

Il arrivait comme toujours à grandes enjambées, une flopée d'enfants bruyants dans son sillage.

— Si j'avais su que le soin du linge te rendrait aussi souriante, dit-il en s'arrêtant près d'elle, je t'aurais mise à la lingerie dès le premier jour.

— En effet, c'est la première chose que j'ai apprise pendant mes études d'infirmière de recherche, ironisa-t-elle.

Etait-ce le ton que Matteo voulait à présent donner à leurs relations ? Un ton badin et innocent, alors qu'un bébé était déjà là ? C'était dur à accepter. Dans son imagination, leur bébé occupait le cloître entier !

Mais elle n'était pas anglaise pour rien, et elle rendit de nouveau hommage au self-control dont elle était nourrie.

Un bien inestimable de l'éducation britannique !

Cela lui serait utile quand elle s'envolerait pour l'Union Jack, portant en elle le bébé Monticello.

Ou le bébé Torres ? Ou le bébé Monticello-Torres ?

Secouant la tête, elle s'efforça de sourire.

— En fait, si je souriais, c'est que je viens de recevoir de très bonnes nouvelles.

— Ah ! De bonnes nouvelles ! Voilà quelque chose que nous aimons à la Casita, fit Matteo avec un sourire qui lui fendit le cœur.

Gagner le cœur de Matteo Torres comme il avait conquis le sien ? Un zéro pointé, voilà ce que méritait cette chimère.

— *¡ Eh, bribones ! Vamonos*, cria-t-il en chassant à grands gestes la troupe d'enfants qui démarrait une partie de football entre ses jambes. Oust ! Au réfectoire pour le déjeuner. Essayez de nourrir vos corps et vos cerveaux avant de retourner en classe, *ai* ?

Elle ne put retenir un sourire d'indulgence.

C'était réconfortant de voir que les enfants recevaient ici l'affection dont ils avaient besoin. Matteo n'était pas câlin, pourtant, que d'amour il avait pour ces gosses !

Alors, qu'est-ce qui l'empêchait d'aimer les bébés ? *Leur* bébé ?

— Eh bien, reprit Matteo en s'asseyant à côté d'elle et en prenant une pile de linge dans le sac pour commencer à le plier. Quelles sont ces fameuses nouvelles ?

Par quoi commencer ? La naissance de ses neveux ? L'ascenseur ? Le médecin ? L'hystérectomie ?

Mais le pire n'était pas là. Claudia ne voulait pas qu'elle se précipite dans un avion pour l'aider. Elle, sa supportrice n° 1, elle était désormais remplacée !

Des larmes coulèrent sur ses joues.

— Hé ! Que se passe-t-il ? fit Matteo en s'agenouillant devant elle.

— C'est ma sœur, dit-elle en refoulant ses larmes.

— Que lui est-il arrivé ?

— Ses jumeaux sont nés…

— *¡ Amor !* C'est extraordinaire ! Félicitations à toute la famille ! s'exclama-t-il avec une véritable explosion de joie.

L'ayant empoignée avec enthousiasme, il lui posa des baisers alternativement sur une joue puis l'autre, ses lèvres frôlant les siennes sans égard pour le frémissement qui la parcourait.

La tenant solidement aux épaules, il l'écarta pour la regarder.

— Alors, ce sont des larmes de bonheur ? demanda-t-il.

— Bien sûr, dit-elle en essuyant ses pleurs d'un revers de main. C'est juste que…

Tôt ce matin, elle avait envoyé un mail au Dr Bailey, disant que la Casita Verde lui semblait d'ores et déjà digne d'un investissement du St. Nick's pour construire un nouvel hôpital. Ainsi, sa mission était terminée et elle pouvait rentrer à Londres. Hélas, le Dr Bailey avait aussitôt répondu, lui intimant de rester jusqu'à la fin du séjour prévu.

Charmante torture…

Pour l'instant, elle avait désespérément besoin d'avoir un ami auprès d'elle. A part Matteo, qui pourrait jouer ce rôle ? Assis à côté d'elle, il lui tenait la main, attendant qu'elle se ressaisisse, lui caressant de son pouce le dos de la main. Elle avait trop besoin de réconfort, et la vue de ce pouce emporta sa décision.

— Ça n'a pas été une naissance facile…

Les mots se bousculaient dans sa bouche. Elle raconta l'ascenseur, le médecin, l'hystérectomie…

— Que la décision ait été sans son accord, cela a dû être terrible pour ta sœur, fit Matteo en hochant la tête avec compassion.

— Oui. J'ai du mal à imaginer que l'on n'ait pas le choix d'avoir ou non des enfants. Et puis, elle m'a ! Je lui ai dit que je pouvais sauter dans un avion dès ce soir si elle le voulait.

— Tu aurais voulu être avec ta sœur quand les enfants sont nés, c'est ça ? dit-il vivement.

Pourquoi semblait-il soudain sur la défensive ? Le sujet le touchait de façon douloureuse, c'était clair. Mais pourquoi ?

— Ta sœur a beaucoup de chance de t'avoir, ajouta-t-il d'un air absent.

— Oui, fit-elle, la gorge contractée. Mais le problème est qu'elle ne veut pas me voir…

— Vraiment ? s'exclama Matteo, les sourcils levés. N'est-ce pas une chance merveilleuse pour elle d'avoir une sœur aussi attentionnée que toi ?

En fait, Claudia voulait qu'elle vive sa propre vie, et pas uniquement dans l'ombre de la sienne.

Respirant de son mieux, Harriet parvint à endiguer un nouveau flot de larmes.

— Je veux dire que c'est toujours moi qui ai été là pour elle… Que c'est toujours sur moi qu'elle a pu compter…

Pour un peu, elle aurait sangloté. Et tout ça pourquoi ?

Uniquement parce que les choses ne se passaient pas comme elles l'avaient toujours fait. Quelle sotte !

Matteo offrit son mouchoir à Harriet et, s'étant rassis sur le banc, la regarda avec perplexité.

— Je comprends que tu veuilles être avec ta sœur, c'est bien naturel. Elle est ta seule famille, *si* ?

— Oui, répondit-elle en s'essuyant les yeux. Si je dois aller la rejoindre, rien ne m'en empêchera. Il n'y a rien de tel que la famille.

Ces mots le firent tressaillir.

Lui aussi, il pourrait avoir une famille. Avec Harriet. Mais il lui avait assené que ce n'était pas possible.

— Le problème, reprit Harriet, c'est que c'est elle qui m'a dit de ne pas venir.

— Sa santé est-elle menacée ?

— Oh non, elle est entre de bonnes mains, m'a-t-elle dit. Mais j'aurais tant envie de sauter dans un avion.

— Je comprends ça, fit-il.

Avant de poursuivre, il hésita un instant.

Ce n'était pas dans ses habitudes de quémander l'aide de ses parents. Là, pourtant, il sentait que c'était important. Ce voyage éviterait peut-être à Harriet de se sentir coupable comme il l'était toujours à l'égard de sa sœur.

— Mes parents font sans cesse l'aller-retour avec les Etats-Unis. Ils possèdent un jet privé. Si tu le souhaites, tu peux faire l'aller-retour avec eux. Tu n'as qu'un mot à dire.

— Ce n'est pas la question, fit Harriet, qui mit dans sa poche le mouchoir qu'il lui avait tendu et recommença à plier le linge.

— Mais alors, où est la question ?

— Ecoute, s'écria-t-elle, l'air soudain exaspéré, tu ne peux pas comprendre ! Ce n'est pas toi qui as pour jumelle la sœur la plus merveilleuse au monde.

— Harriet Monticello, tu m'as pourtant dit que ta sœur

était la plus imprévisible des deux. Ce ne serait pas elle la sœur aînée, par hasard ?

— Uniquement de quelques secondes, mais elle ne me l'a jamais laissé oublier.

— Et pourquoi donc ta sœur aînée si merveilleuse voudrait-elle t'empêcher de voir tes neveux ? s'enquit-il, tout compte fait amusé de ses contradictions.

Des piles de dossiers l'attendaient dans son bureau, mais il était là, assis à l'ombre d'un arbre qui embaumait, à plier du linge avec Harriet. Il était de plus en plus attiré par elle. Pourtant, il les rejetait, elle et son enfant… Non, *leur* enfant.

Qu'est-ce qui clochait chez lui ?

— De toute façon, reprit Harriet, nous nous retrouverons dans quelques semaines à Londres, chez nous, dans la maison que nos parents nous ont laissée.

— Mais, encore une fois, où est le problème ?

— Le problème, c'est que…

Son visage se contracta, et des larmes roulèrent de nouveau sur ses joues.

— C'est que Claudia n'a pas *besoin* de moi ! Elle veut que je sois heureuse, mais je ne suis heureuse que si elle a besoin de moi !

— Laisse-moi comprendre, Harriet, dit-il patiemment. Ta sœur ne veut pas que tu te rendes à Los Angeles, ce qui te rendrait heureuse, mais pour être heureuse, il faudrait qu'elle ait besoin de toi. C'est ça ?

— Ça semble ridicule, énoncé ainsi. Pourtant, c'est bien ça. Jusqu'à présent, le fait que l'on ait besoin de moi m'a toujours semblé la preuve que j'étais digne d'être aimée…

— Bien sûr que tu es digne d'être aimée ! s'écria-t-il. Tu es la personne la plus digne d'être aimée que j'aie rencontrée !

Sous le choc de ce qu'il venait de dire, il se figea.

Grands dieux ! Si quelqu'un aimait Harriet et avait besoin d'elle dans sa vie, c'était lui. Mais tant qu'il n'aurait pas terrassé les fantômes du passé, il ne pourrait pas lui offrir l'amour qu'elle méritait.

Il s'efforça de retrouver son raisonnement de clinicien, c'est-à-dire d'aborder le problème sans charge émotive.

— Si ta sœur te connaît aussi bien que tu le dis, elle devrait savoir ce qui est bien pour toi ?

Harriet secoua la tête, semblant considérer la question.

— Claudia sait comment vivre sa vie, elle, dit-elle.

— Et toi ?

— Moi ? dit-elle comme si elle prenait conscience de quelque chose de stupéfiant. Moi, c'est comme si je n'avais jamais vécu…

Elle le regarda, hésitante.

— Mais à présent, je veux vivre ma vie.

— J'ai l'impression, dit-il, que ta sœur n'a besoin de personne pour veiller sur elle. Je me trompe ?

— Non, dit-elle, moitié reniflant, moitié riant.

Il avait estimé depuis longtemps que, dans son travail, deux mouchoirs par jour étaient absolument nécessaires. Il lui tendit l'autre mouchoir.

— Combien de fois as-tu été là pour ta sœur ?

— Mais toujours, voyons !

— Et combien de fois as-tu fait passer tes besoins, tes envies, tes désirs avant ceux des autres ?

Sans répondre, Harriet s'agita sur le banc.

La réponse était évidente, mais elle ne semblait pas prête à l'admettre.

— Ma vie au St. Nick's me rend très heureuse, répliqua-t-elle, sur la défensive.

— Bien sûr, je n'ai jamais dit le contraire. Mais y a-t-il quelque chose en toi — ici ou ailleurs, *amorcita* — qui te permettrait de casser le rôle que tu t'es imposé ?

— Je ne me suis jamais imposé un rôle ! Ma famille avait besoin…

Elle s'interrompit.

— En fait, j'ai accepté ce rôle. Ils m'aimaient comme ça. Pour moi, c'était l'essentiel.

« Une famille ». Lui, une femme, des enfants riant ensemble, partageant un repas…

Il chassa cette image.

C'est de Harrriet et de sa sœur qu'ils parlaient, pas d'un scénario familial fantaisiste qui n'existerait jamais.

— Ma sœur était en extase quand elle a entendu parler de toi… Je veux dire, quand elle a appris que j'allais travailler ici, reprit Harriet en rougissant.

— Et toi ? demanda-t-il, la voix voilée. As-tu envie de venir ici et d'y rester ?

Tout à coup, ce n'était plus de sa sœur qu'ils parlaient. C'était d'eux. Il le savait, et Harriet le savait aussi.

Harriet se força à regarder Matteo dans les yeux.

Y trouverait-elle une réponse à ce qu'elle était venue chercher ici ?

Elle était arrivée à Buenos Aires à la rencontre de cet homme avec tous les pores de sa peau. Mais à présent, les décisions à prendre concernaient aussi un bébé. Elle aimait Matteo, elle voulait son enfant, mais l'homme qu'elle épouserait devrait l'aimer et aimer les enfants ! Or, Matteo Torres était trop solitaire, trop renfermé pour être cet homme-là.

Avec son enfant, elle ne se conduirait plus comme la jumelle corvéable qui panique face à une décision à prendre. Fini. Le ramener à la maison, dans sa vie douillette et tranquille, pourquoi pas ? Mais elle était libre de rester ici si elle le voulait. Elle apprendrait à connaître Matteo, et plus tard elle pourrait parler de lui à leur enfant. La vie lui jouait de sacrés tours, mais celui-là, elle saurait l'accueillir avec le sourire.

Elle regarda la pile de linge. Machinalement, elle se dit que trouver un code couleur pour la mettre en ordre serait une bonne idée, puis elle promena son regard autour du cloître.

Etre une infirmière de recherche, c'était merveilleux,

ça signifiait observer, scruter, noter. Depuis une semaine qu'elle était arrivée, elle appréciait la façon que chacun avait de mettre la main à la pâte ici. Sans les équipements du St. Nick's, il n'y avait d'autres ressources que de donner un coup de main, et elle adorait ça. S'occuper d'étendre le linge, de soigner des gosses en détresse, d'aider des adolescentes à enfanter et peut-être à aimer leur enfant, tout cela faisait appel à des ressources personnelles qu'elle n'avait pas mises en œuvre depuis longtemps, peut-être même jamais.

Dans le cloître, les couleurs semblaient plus lumineuses, les arômes la surprenaient chaque jour. Bien que ce soit l'hiver, un parfum d'agrumes flottait, loin des brumes de Londres.

Un sourire lui vint aux lèvres tandis qu'elle frappait du plat de la main une dernière pile de linge fraîchement pliée.

— Merci, Matteo. Tu m'as aidée à croire en moi.

— J'ai manqué quelque chose dans ton raisonnement, rétorqua-t-il en souriant. Faut-il te conduire dare-dare au prochain avion pour Los Angeles ou pour Londres ?

— Rien de tout cela ! Je vais encore rester ici un bout de temps. Si tu es d'accord.

Matteo la regarda avec un sourire complice.

— Tu es la bienvenue à la Casita aussi longtemps que vous le voudrez… Enfin, « si tu es absolument sûre que c'est ce que *tu* veux » !

— Tout à fait sûre. A une condition.

— Laquelle ?

— Que tu me traites comme les autres membres de l'équipe, dit-elle avec une assurance nouvelle dont elle se sentit fière.

— Je ferai de mon mieux, répondit Matteo.

— C'est ce que chacun ici essaie de faire, je crois.

8.

— Désolée de t'interrompre, dit Harriet en passant la tête dans le bureau de Matteo.

— *¿ Si ?* demanda-t-il, une ride profonde sur le front, en émergeant d'une pile de dossiers.

Il s'étira longuement.

— Ça n'a rien d'amusant d'essayer d'équilibrer un budget.

— En effet, fit Harriet avec sympathie.

Matteo lui sourit et cela lui donna de telles sensations qu'elle dut s'adosser au chambranle.

Au cours des quinze derniers jours, ils avaient été sur les genoux. Des naissances, des césariennes, des enfants à faire admettre à l'hôpital, sans oublier le train-train quotidien avec des enfants de l'orphelinat.

Dès qu'un trou se manifestait dans l'emploi du temps, elle se proposait pour le boucher : coloriage avec les tout-petits, soins des malades, préparation du petit déjeuner, du déjeuner ou du dîner. Puis de nouveau l'infirmerie. Contrôles de grossesse, genoux écorchés, prises de sang…

A présent, elle avait une vision complète de la façon dont on travaillait à la Casita Verde.

Quant aux moments passés avec Matteo, ils étaient aussi rares que furtifs. C'était la première fois qu'elle entrait dans son bureau. Son sanctuaire privé ! Peu de gens s'y aventuraient, ou ils restaient à la porte, attendant qu'il leur dise d'entrer.

Le bureau était plus qu'austère, une véritable cellule de moine. Elle ne s'attendait pas à quelque chose de luxueux, mais tout de même, ces murs nus, ce lit étroit… Matteo n'avait-il pas mentionné l'aisance de ses parents, des gens qui parcouraient le monde en jet privé ?

— Que puis-je faire pour toi ? demanda-t-il.

— Les enfants devaient aller au zoo aujourd'hui, et on manque d'accompagnateurs, dit-elle en rajustant sa blouse alors que ça ne s'imposait pas. J'ai envie de me joindre à eux, qu'en penses-tu ?

— Tu as envie d'aller au zoo ? demanda-t-il.

— Oui. Je n'ai pas vu grand-chose de Buenos Aires, et ce serait une bonne façon d'être avec les enfants.

— Et tu as vraiment envie d'aller au zoo ? répéta-t-il.

Ma parole, avait-il quelque chose contre les zoos ?

— Il paraît qu'il y a au zoo des capybaras, fit-elle sans brider son enthousiasme. Les plus gros rongeurs du monde. Ils mesurent entre un mètre et un mètre trente. On peut les nourrir !

Elle se sentait encore plus curieuse que les enfants à la pensée de les voir.

— Mais tu sais, dit-elle d'un ton piqué devant l'absence de réaction de Matteo, si ça t'ennuie, je peux très bien ne pas y aller. Il y a de quoi s'occuper ici.

Face à lui, son corps brûlait toujours de la même fièvre. Mais ils avaient conclu un pacte. Etre amis, rien de plus. Ce n'est pas parce qu'elle attendait un enfant de lui qu'elle devait espérer recevoir des marques de tendresse. Mieux valait chasser ces idées.

— Alors, tu n'as pas *vraiment* envie d'y aller ? dit-il, toujours du même ton neutre.

Faisait-il allusion à leur récente conversation sur ses propres envies par rapport à celles que lui imposait sa famille ?

— Désolé, dit-il comme s'il se reprenait, j'ai la tête dans les chiffres. Des chiffres, des chiffres, toujours des chiffres. Pour qu'un enfant puisse recevoir notre aide, pour qu'on puisse le soigner, lui acheter des livres…

Il lui sourit comme pour faire oublier son propos pessimiste.

— Bref, rien que tu ne saches déjà.

Oh ! ce sourire digne d'un séducteur !

— Matteo…

— Oui, Harriet ?

Il avait prononcé son nom d'une façon cérémonieuse digne de l'Angleterre edwardienne, et elle pouffa de rire.

Au diable les contraintes ! Pour une fois, si elle se laissait aller, et lui aussi ?

— Et si tu venais au zoo, toi aussi ?

Finalement, admit Matteo en voyant la joie des enfants, il avait eu raison de se laisser tenter.

— Combien de seaux de nourriture avons-nous déjà donné à ces charmantes petites bêtes ? demanda-t-il à Harriet.

— Au moins trois. A présent, les enfants sont captivés par les ours. Mais je suis sûre qu'ils en ont encore en réserve, répondit-elle en clignant les yeux dans le soleil de midi.

— Et toi, combien de seaux leur as-tu donnés ? fit-il en riant, cédant à l'envie de la taquiner.

— Voyons, fit-elle, l'air appliqué, j'en ai donné un au début au petit faon, ensuite au…

Il n'écoutait plus, fasciné par sa bouche.

Comme lors de leur première rencontre à Londres. La rencontre d'une nuit. Lors de son arrivée, il avait tout fait pour la tenir à distance. A présent, il faisait tout pour qu'elle reste à Buenos Aires et ne s'envole pas pour Los Angeles au chevet de sa sœur.

Une jumelle accouchant de jumeaux…

Ses yeux glissèrent vers le ventre de Harriet, et il laissa son esprit s'envoler.

Etait-il possible qu'elle aussi porte deux bébés ?

— Quatre, fit Harriet en comptant sur ses doigts.

Des quadruplés ? *¡ Hijole !* Des idées absurdes lui trottaient dans la tête ! Pourtant, Harriet était là, à portée de main, et il se sentait incapable de lui proposer quoi que ce soit…

— Quatre seaux, ce n'est pas beaucoup, non ? fit Harriet.

— Tu es encore plus gamine que ces gosses, dit-il, attendri.

Quelle riche idée elle avait eue de l'inviter à cette balade au zoo ! Il y avait longtemps qu'il n'avait pas passé un aussi bon moment. Elle savait faire renaître en lui le goût de la gaieté. Depuis longtemps, pour Matteo, tout cela était mort.

— A Londres, reprit Harriet, on ne peut pas nourrir les animaux comme ici. C'est une bonne thérapie de nourrir ces petites bêtes. On dirait qu'ils n'attendent que nous !

Lui passant un bras autour des épaules, il la serra contre lui.

— *Ai*, tu m'amuses, *amorcita*, ajouta-t-il en lui posant un baiser sur le front.

Un geste qu'il pourrait faire tous les jours s'il le voulait…

Une vague d'émotion le submergea.

Il la tenait blottie contre son bras comme un oiseau délicat. Il pourrait l'embrasser à perdre haleine, jusqu'à ce que le reste du monde s'évanouisse.

Etait-ce cela l'amour ? Mais pourrait-il lui donner l'amour qu'elle méritait ?

Partager ses craintes avec elle l'aiderait peut-être à mieux le comprendre…

— Attention, voilà les enfants ! s'écria Harriet.

Une mêlée d'enfants approchait à grande vitesse. Harriet et lui étaient apparemment le but de leur course folle.

Instinctivement, ils se séparèrent.

Tico, le plus jeune, un petit diable de sept ans à peine, émergea du groupe, un air de triomphe sur sa frimousse. Les enfants n'étaient plus qu'à quelques mètres, et il surpassait les plus grands. Il allait gagner… Mais au moment où il touchait au but, il trébucha et fit un vol plané.

— Oh non ! eut le temps de s'écrier Harriet.

Puis tous deux s'effondrèrent dans la poussière.

Interdit, Matteo ne sut vers lequel se précipiter.

Tico ? Harriet ? Le bébé avait-il souffert de la chute ?

Harriet dut voir son expression inquiète, car elle lui fit signe que tout allait bien.

Tico se redressa, le sang ruisselant de son nez.

— *¿ Me gano ?* demanda-t-il d'une voix angoissée.

L'adrénaline de la course circulait encore en lui, lui faisant ignorer la douleur qu'il n'allait pas tarder à ressentir.

— Quelle était la ligne d'arrivée ? demanda Harriet.

— Toi ! clama le gamin.

— Dans ce cas, dit-elle en sortant en souriant des mouchoirs en papier de son sac, tu es le vainqueur.

— *¡ Gane !* clama le gamin en mettant ses mains en porte-voix pour que la troupe des enfants l'entende. Puis, aussitôt, il pressa son poignet sur sa poitrine comme si une vive douleur le terrassait.

— Fais-moi voir, dit Matteo en se penchant sur lui. J'ai l'impression, Tico, qu'une visite à l'hôpital s'impose.

Levant les yeux, il vit le groupe des enfants bruyamment agglutiné autour d'eux.

— Quant à vous autres, c'est l'heure de retourner à l'école, *eh* ? fit-il d'une voix sans réplique.

— Je vais emmener Tico à l'hôpital, dit Harriet, qui s'efforçait d'arrêter le sang sur le visage du gamin.

Une femme enceinte faisant une queue interminable dans un hôpital bondé, elle ne méritait pas ça. L'hôpital, c'était pire que le zoo. Ah, s'il avait sa propre clinique !

Le petit garçon commença à gémir, la douleur et l'angoisse remplaçant la joie de la victoire. Un gros trou dans ses dents de lait apparut dans sa mâchoire. Quand le pauvre gamin comprit que deux dents lui manquaient, ses yeux s'écarquillèrent tandis que ses larmes affluaient.

Matteo se sentit envahi par la honte.

C'était le gosse qui importait. Le reste ne concernait que ses fantasmes. Des fantasmes qui avaient peu de chance de se réaliser un jour. Dès que Harriet serait partie, il se ressaisirait. Il le devait. Pour le bien des enfants innombrables qui attendaient son aide.

Celle-ci poursuivait ses soins au petit garçon sans se laisser distraire, toute à sa tâche.

Il écrivit le nom d'un médecin de sa connaissance sur une feuille de son calepin qu'il détacha et lui tendit.

— Je connais bien ce médecin. Il pourra t'aider à franchir la file d'attente. Je vais l'appeler, de toute façon.

— C'est bon, je me débrouillerai, dit-elle sans cesser d'observer le terrain poussiéreux à la recherche des deux dents manquantes. Viens, Tico, allons voir à l'hôpital les conséquences de ton but…

S'éloignant avec le petit garçon, elle se retourna brièvement et lui adressa un sourire imperceptible.

Juste pour lui. Pour le rassurer.

Ah, quelle paire ils formeraient tous les deux s'il ne la laissait pas partir !

9.

En entendant la cloche, Matteo allongea le pas pour aller ouvrir la lourde porte de la Casita à Harriet et son petit compagnon.

Cela faisait plusieurs heures qu'ils étaient partis. Il avait eu le temps de se ressaisir, de redevenir professionnel comme d'habitude — encore qu'ouvrir la porte ne fasse pas partie de ses attributions purement professionnelles. Et que le mot *habitude* soit à bannir depuis l'arrivée de Harriet.

— Qu'a dit l'orthopédiste ?

— Que les buts marqués par des as du foot se terminent souvent en fracture du poignet, fit Harriet en ébouriffant la tête du petit garçon. Sans oublier, bien sûr, la perte de nos dents de devant et une corne de licorne sur le front !

Découvrant sa petite bouche édentée, le gamin sourit fièrement.

— C'était un but très spectaculaire, *chiquito*, ajouta-t-elle. De quoi impressionner les autres enfants en attendant que tes nouvelles dents remplacent tes dents de lait.

Elle passait du peu d'espagnol qu'elle savait à l'anglais. Une sorte de *spanglish* en somme. Les enfants lui parlaient en espagnol, elle leur répondait en anglais, et tout le monde semblait trouver cela très naturel.

— Je vais aller mettre Tico au lit, l'heure de son coucher est passée depuis longtemps. Ensuite, nous avons des dossiers à étudier pour présenter le projet d'hôpital de la Casita Verde au conseil d'administration du St. Nick's, fit-elle, étouffant un bâillement.

— A condition que tu ne tombes pas de sommeil.

— Pas du tout, protesta-t-elle, l'air contrarié qu'il ait remarqué sa fatigue. Il m'arrive juste d'être un peu à la masse quand je n'ai pas fait ma sieste.

— « A la masse » ? demanda-t-il, sans comprendre.

— Pardon. C'est de l'argot, pour dire qu'on est dépassé par les événements et qu'on n'y voit plus clair.

— Eteint comme la lumière ? demanda Tico, qui ouvrait de grands yeux.

— Oui. *Dormido.* Sommeil, fit-elle en mimant le sommeil avec un sourire à Tico, en étouffant un autre bâillement.

Elle semblait tellement épuisée que Matteo fut sur le point d'aller demander à la cuisine qu'on lui prépare une infusion de maté. Tous les Argentins ont de l'*yerba maté* dans leurs veines, mais cela contient de la caféine, et ce n'était pas indiqué pour Harriet. Un thé à la menthe serait peut-être plus approprié ?

Elle s'éloigna, serrant contre elle d'un bras protecteur le visage du petit bonhomme encore groggy de ses aventures.

C'était attendrissant de voir sa tête blonde penchée vers les cheveux noirs du petit garçon. Que lui murmurait-elle pour le faire rire ainsi ?

Quelle mère admirable elle serait ! Quand elle partirait — *si* elle partait —, elle tomberait sans aucun doute amoureuse d'un autre homme.

L'idée d'un autre homme aidant Harriet à élever son enfant — *leur* enfant ! —, fondant avec elle sa propre famille, lui causa un affreux malaise.

Se passant nerveusement la main dans les cheveux, il se rendit à l'infirmerie.

Harriet Monticello était là pour l'aider à obtenir des fonds et à créer sa clinique. Qui avait dit qu'elle deviendrait pour lui un point d'attache ? Les rencontres aussi sont des accidents de la vie. Encore quelques semaines de mission, et elle repartirait. Quant à ce qu'ils avaient partagé à Londres, autant l'oublier. Cela faisait partie des choses auxquelles il valait mieux ne pas penser…

Il ouvrit la porte de l'infirmerie.

Une avalanche de dessins éclatant de couleurs ornait chaque mur en une joyeuse fresque.

Etonné, il se tourna vers Harriet qui le rejoignait.

— J'ignorais que nous avions toutes ces couleurs de papier.

— C'est que tu n'as pas pris la peine d'inventorier les richesses de tes placards, rétorqua-t-elle. Ce sont les enfants qui ont choisi.

— Et… Es-tu contente de la façon dont tu adaptes ici ton « petit projet » ? demanda-t-il, piqué de sa réponse.

— Oui. Mon « petit projet », comme tu dis, s'adapte très bien à la Casita. La rotation des équipes est facile à adapter pour que les enfants sachent en permanence sur quelle personne compter.

— Les enfants ont toujours su qu'il y avait quelqu'un pour s'occuper d'eux ici. Cela fait-il une telle différence si on sait qui c'est ?

— Sérieusement ? demanda-t-elle.

— Oui, sérieusement.

Son habitude de détourner la conversation pour avoir une confirmation de ce qu'il disait le désarçonnait toujours.

— Les enfants aiment savoir ce qu'il va se passer autour d'eux. Ils aiment être préparés à ce qu'il va leur arriver. Comme nous, les adultes…

Elle se mit à rire, un éclat malicieux dans ses yeux bleus.

— Excepté pour ma sœur, peut-être. Et mes parents, quand ils étaient encore là. Ma mère détestait avoir un calendrier à la maison.

— C'est de là que te vient le besoin de planifier ?

Elle sembla réfléchir un instant.

— Peut-être que oui. Ma famille était… Déjantée, je dirais. Mon père était musicien. Ma mère aussi était une créatrice. C'est ma sœur qui a pris les gênes artistiques de la famille.

Une onde de tristesse passa dans ses yeux. Comme si elle s'excusait, elle sourit timidement.

— Etre la personne raisonnable de la famille, voilà à quoi j'étais bonne. « Heureusement que Harriet est là pour nous rattacher à la planète Terre », voilà ce qu'ils disaient tous.

Avait-elle voulu comme lui vivre librement ? Abandonner le rôle que sa famille lui avait imposé ?

Ce sentiment, il le connaissait. Il lui rappelait son enfance. Sa sœur libre et fantasque, profitant de sa jeunesse tandis qu'il restait rivé à ses livres et à ses études. Lui était le bon élève, elle la joyeuse petite folle. Le désir de montrer de quoi il était capable était chevillé en lui malgré les desiderata paternels élevés. Mais le temps passait, et le remords de n'avoir pas été là pour sa sœur quand elle avait besoin de lui ne s'effaçait pas.

— Après avoir passé sept heures à l'hôpital, malgré ta recommandation pour un ami médecin, il me semble évident que tu as besoin de ta propre clinique, déclara Harriet.

Il lui avança une chaise pour qu'elle s'asseye à la table de bois qui lui servait de bureau.

— Tu n'avais pas besoin de prendre un vol depuis Londres pour me dire ça.

— C'est très long pour un enfant qui a mal et pour tout être dans la souffrance. Ça m'a rappelé la chance que nous avons au St. Nick's.

— Nous faisons ce que nous pouvons avec nos moyens, se défendit Matteo en soupirant, ne sachant plus s'il s'excusait pour son pays ou pour la conduite agressive qu'il avait eue à son égard, depuis son arrivée ici.

Un bref instant, il la regarda.

Harriet était là pour l'épauler, il fallait qu'il se résolve à accepter son aide sans autre lien entre eux. Et pourtant, qu'elle était belle ! La grossesse la rendait lumineuse, irradiée d'une lueur intérieure qui rayonnait sur ses traits.

— Tu sais de quoi Tico m'a parlé tout l'après-midi ? demanda-t-elle en faisant trois piles distinctes des dossiers. De toi.

— *¿ Qué ?*

— Ils t'adorent, ces gosses. Tu leur donnes tellement, il suffit de t'observer. Mais je ne suis pas sûre que ce soit aussi facile pour toi de recevoir ce qu'ils ont à te donner : leur affection.

— Je ne pense pas que la psychanalyse nous aide à traiter ces dossiers, fit Matteo d'un ton sec, qui prouvait, à l'évidence, que la proposition n'était pas sans fondement.

Si d'autres avaient remarqué son retrait par rapport aux enfants, seule Harriet le lui disait en face.

Mais comment réagir quand on avait été élevé comme lui dans une maison où les émotions étaient bannies comme une faiblesse ? Une maison où tout était enrobé d'une politesse de bon aloi et de la condescendance des bonnes manières ?

D'un coup sec, il referma le dossier qu'il venait d'ouvrir.

— Es-tu en train de me dire que je me conduis mal avec les enfants ?

— Non, pas du tout ! s'exclama-t-elle. Ils t'adorent. Mais ils ne comprennent pas ce que tu attends d'eux.

— Je n'attends rien d'eux…

— Allons ! Tu as forcément des perspectives pour eux, des aspirations. Les enfants ont besoin qu'on leur assigne des buts. Qu'on leur exprime ce qu'on attend d'eux.

— De même que ta famille attendait que tu retiennes ensemble ses morceaux épars ? fit-il, mordant.

Ce n'était pas très élégant. Tant pis.

Harriet accusa le coup.

— Est-ce encore une de tes façons de montrer à la naïve petite Harriet à quoi ressemble la vie ? Franchement, je crois que le seul qui ne comprenne pas ce qu'il se passe se tient en face de moi.

— C'est bien possible.

Elle voulait le psychanalyser ? Le comprendre ? Un seul moyen.

Il repoussa sa chaise si vivement qu'elle grinça et fixa Harriet, une flamme dans le regard.

— Viens avec moi. Je veux te montrer quelque chose.

— Matteo, je crois qu'il est plus urgent de s'occuper de ces dossiers si nous voulons présenter le cas de la Casita Verde au conseil d'administration.

Il ouvrit la porte donnant sur le cloître.

— Viens.

Sans bouger, elle le regarda.

— Je ne sais pas où tu veux m'emmener, dit-elle enfin, mais je vais venir. A mon tour de te demander quelque chose auparavant.

— Quoi donc ?

— Fais-moi passer une échographie.

— Quelque chose ne va pas ? demanda-t-il, la voix étranglée.

L'idée d'avoir un enfant le terrifiait. L'idée de le perdre le terrifiait encore plus. Il avait vécu cela avec l'enfant de sa sœur. S'il devait vivre semblable situation en tant que père — à condition qu'il accepte de le devenir ! —, il n'y survivrait pas.

— Tout va bien, malgré ma course dans les hôpitaux avec Tico. Mais si tu veux me donner une de tes fameuses leçons de vie sur la cruauté de l'existence, je serais heureuse de savoir d'abord ce qui m'attend en tant que mère.

Il se sentit blêmir.

Comme les malheureuses qu'il accueillait chaque jour, Harriet serait une mère seule face à l'avenir.

Mais lui, comment aurait-il la force de poursuivre sa tâche écrasante sans la rage qui l'animait ? Ouvrir son cœur à un avenir radieux avec Harriet l'empêcherait de foncer tête baissée vers son unique but, le bien qu'il voulait faire, ses efforts désespérés pour qu'un bienfait naisse du drame de sa sœur. Pas question !

Si elle voulait une échographie, elle l'aurait. Et ensuite, il lui ferait comprendre pourquoi il resterait catégoriquement et avec vigilance ce qu'il était.

*
* *

Harriet s'installa sur la table d'examen, perplexe.

Pourquoi, alors que Matteo avait un cœur d'or, refusait-il d'être père ? Et pourquoi s'infligeait-il cela comme une punition ?

— Attention, dit-il de sa voix de médecin, ça va être froid.

Elle s'était déjà déshabillée devant lui. Il l'avait caressée comme si elle était la personne la plus précieuse au monde. Mais aujourd'hui, c'était autre chose. D'après ses calculs, sa grossesse était assez avancée pour qu'on voie le cœur du bébé.

Elle croisa les doigts.

S'il vous plaît, faites qu'il n'y ait pas de problème !

Elle avait vu des centaines — non des milliers ! — d'échographies dans sa vie. Mais, cette fois, elle était submergée par l'émotion de découvrir la vie minuscule qui prenait forme en elle et elle s'accrocha à la table d'examen pour ne pas saisir la main de Matteo. Même si celui-ci rejetait sa paternité, c'est ensemble qu'ils découvraient le miracle dont ils étaient responsables.

— Oh ! fit-il.

Soudain, sa voix s'adoucit.

— Regarde, le cœur qui bat ! Oh ! Et cela, tu le vois ?

Trop émerveillée pour parler, elle hocha la tête.

Puis Matteo poussa une exclamation.

— Des jumeaux ! Comme ta sœur !

Durant un instant, ils restèrent muets. Le seul bruit audible dans la petite salle d'examen était celui des deux cœurs minuscules. Tendant la main, Matteo désigna en silence sur l'écran les petits bras, les cœurs microscopiques, les petites jambes. Puis, brusquement, il se ravisa.

— Parfait, dit-il en rangeant soigneusement le matériel. Prête ?

Le temps qu'elle se rajuste et qu'elle absorbe la nouvelle, il était déjà sorti.

Des jumeaux ! Elle allait avoir des jumeaux ! Et elle aussi les élèverait seule, comme sa sœur…

Hélas, ce qui est normalement une merveilleuse découverte entre deux parents éblouis avait été un examen clinique et rapide. Pourtant, il y avait eu quelque chose dans l'attitude de Matteo. Une brève émotion dans sa voix, un éclat dans ses yeux… L'avait-elle vu ou s'était-elle imaginé le voir ?

Mais ce n'était pas le moment de laisser couler ses larmes.

Remettant sa blouse et sa jupe, elle sortit du cabinet.

Lui prenant la main, Matteo l'entraîna à travers le cloître, désert à cette heure-ci.

— Où allons-nous ? lui demanda-t-elle, inquiète, en essayant d'aligner ses pas sur les siens alors qu'ils descendaient la rue.

Il aurait pu ralentir, se montrer compatissant. Mais il marchait de plus en plus vite.

— Mais enfin, où allons-nous ? demanda-t-elle à nouveau.

— Chez mes parents.

— C'est là que tu as grandi ? demanda Harriet, le souffle coupé.

Elle pensa au modeste logement, deux pièces en haut, deux pièces en bas, que sa sœur et elle avaient hérité de leurs parents. C'était mieux que ce que beaucoup d'infirmières peuvent se payer dans le centre de Londres, mais ça n'avait rien de somptueux. Trois paires de jumeaux, et la maison serait pleine à craquer. Tandis qu'ici ! Au moins dix jumeaux pourraient y loger, et encore.

La maison de la famille Torres ressemblait à un hôtel de luxe ou à une riche ambassade. Les pierres de taille qui composaient sa façade, reflétaient la lumière du soleil couchant. Le porche imposant était fermé de grandes portes de fer forgé. Matteo en franchit les marches en quelques pas, comme si son corps les avait mémorisées de longue date.

— Pourquoi m'avoir amenée ici ? demanda-t-elle.

— Mais pour le souper, répondit-il avec un sourire suave.

Seul un homme élevé dans ce monde de privilège pouvait

sourire aussi naturellement ! Rien à voir avec l'homme au visage fermé qui lui avait opposé un silence obstiné tout au long du voyage en taxi. Comment avait-elle fait pour tomber amoureuse d'un individu dont l'humeur pouvait devenir en un instant si orageuse ?

Mais le mieux était de le suivre et de voir ce qui allait se passer, se dit-elle, touchée malgré elle par la preuve de considération qu'il lui donnait là.

Mais quand la lourde porte que poussa Matteo s'ouvrit sur un vestibule impressionnant, sa confiance en elle s'évanouit.

Elle entrait dans un monde inconnu, à des milliers de kilomètres de la ville trépidante ou du chaos de la Casita.

Une femme aux cheveux gris en uniforme de gouvernante se précipita avec des manifestations de joie, auxquelles Matteo répondit par un large sourire, l'embrassant à qui mieux mieux. Les mains sur les épaules de la vieille femme, il s'engagea avec elle dans une conversation volubile à laquelle Harriet ne comprit rien malgré ses progrès en espagnol.

Puis, avec aisance, il la précéda dans la demeure, la guidant à travers un frais patio dallé de mosaïques colorées.

Qui était le vrai Matteo ? Cet homme à l'aise au milieu des meubles anciens, des domestiques, de l'opulence, à mille lieues du dénuement qu'ils côtoyaient chaque jour à la Casita ? Ou bien celui de la Casita, qui savait se montrer désagréable et veillait pendant des heures pour obtenir un peu plus de fonds ?

Les bras de Matteo s'ouvrirent.

— *¡ Mama ! ¿ Come esta ?*

Une femme superbe dans la soixantaine vint à eux, entièrement vêtue de blanc : chaussures, pantalon slim, et un chemisier qui, à l'évidence, ne savait pas que les faux plis existaient. Sa chevelure d'un noir de jais était retenue en un chignon impeccable. De discrets pendants d'oreilles en diamant renvoyaient la lumière, et elle portait sur les épaules une étole de pashmina. Quant à ses yeux, ils étaient du même vert que les yeux de Matteo.

Au moins, elle savait de qui il tenait ces yeux-là !

Ces effusions étaient-elles dans la famille un chaleureux rituel ou une simple manifestation de courtoisie ? Etait-ce ce que Matteo voulait lui montrer ? Le fait qu'il maîtrisait avec la même aisance chaque instant de sa vie ?

— Harriet, fit-il, procédant aux présentations, je voudrais te présenter ma mère, Valentina Torres.

Dans la petite jupe et le haut de coton fleuri qu'elle portait en quittant la Casita, Harriet se sentit mal à l'aise. Nerveusement, elle passa la main dans sa chevelure indisciplinée.

Quelle était l'expression de la mère de Matteo lorsque celle-ci se tourna vers elle ? Harriet n'aurait su le dire.

— Heureuse de vous rencontrer, murmura Mme Torres d'une voix aimable en l'embrassant sans que leurs joues se touchent.

Un accueil terriblement anglais, se dit Harriet.

La soirée démarrait pour elle dans le brouillard. Mais une impression dominait tout le reste : cette femme était la grand-mère des enfants qu'elle portait.

Le père de Matteo, Franco Torres, ne tarda pas à les rejoindre, élégant, charmeur, retenant courtoisement ses boutons de manchettes avant d'échanger avec affabilité une série de baisers qui se perdait dans les airs. Un maître d'hôtel le suivait, portant un plateau.

Harriet eut toutes les peines du monde à refuser le gin tonic que tout citoyen britannique se doit apparemment de savourer avant le dîner, mais sur un signe de Matteo, elle parvint à le verser discrètement dans un énorme pot de plantes vertes. Moment de complicité entre eux, comme s'il partageait ses soucis de grossesse, mais moment fugace, hélas. Il ne faudrait pas qu'elle s'y habitue, la déception risquerait d'être rude…

Au fur et à mesure de la soirée, elle découvrit avec étonnement que les parents de Matteo — les grands-parents de ses bébés — étaient absolument charmants. A son intention, le dîner se déroula en anglais. Ils avaient voyagé, ils avaient lu, la conversation était émaillée de bons mots. La courtoisie était parfaite et conforme au code le plus strict de la gentry britannique. Simple décorum ou réelle sincérité ? Et comment ces gens délicieux prendraient-ils la nouvelle si leur fils leur annonçait tout à trac qu'il allait être père, mais qu'il n'en assumerait pas les responsabilités ? D'ailleurs, que voulait Matteo en l'amenant ici ? Lui montrer que ses parents étaient riches et qu'ils vivaient selon les règles d'un manuel de savoir-vivre ?

Pourtant, il devait y avoir quelque chose de plus profond dans la démarche de Matteo. Lui-même et ses parents ne vivaient pas dans le même monde. Dans ses yeux verts, elle lisait un message, sans parvenir toutefois à le déchiffrer.

De nouveau, leurs yeux se croisèrent au moment où une soubrette débarrassait les plats et où une autre apportait une coupe de pâtes de fruits, accompagnée à son étonnement de délicats morceaux d'un fromage qu'elle ne connaissait pas.

— Harriet, demanda avec obligeance le père de Matteo, avez-vous goûté à la *queso y dulce* ? C'est une pâte de coings servie avec un fromage, de l'*asiago.* Je crois que vous en avez aussi en Europe, au Portugal ?

— Je n'ai pas beaucoup voyagé, dit-elle, embarrassée.

— Matteo ne vous a pas montré l'hospitalité du quartier de *Portenos* ? demanda la mère de Matteo, avec un regard de reproche affectueux à son fils.

— Non, fit Harriet, désemparée. Nous sommes allés au zoo, c'est tout.

— Buenos Aires a beaucoup plus à vous offrir que le zoo, *amorcita*, fit Mme Torres avec un rire mélodieux. Je pense que Matteo devrait vous arracher plus souvent à votre…

Elle regarda le chandelier brillamment illuminé qui éclairait la table du dîner comme s'il allait l'aider à trouver les mots justes pour exprimer sa pensée.

— A votre lieu de travail pour vous montrer les belles choses de notre pays.

— Vous voulez dire la Casita Verde ? demanda vivement Harriet.

Etait-ce une impression, ou la mère de Matteo eut-elle un léger mouvement de recul en entendant mentionner le lieu admirable que son fils avait construit à partir de rien ?

De nouveau, elle chercha le regard de Matteo.

Cette fois, son expression était parfaitement claire. Ce qu'il lui disait silencieusement par-dessus la table, c'était :

Tu vois ? C'est de là que je viens.

— Vous avez raison, maman, dit-il en se levant de table, j'ai manqué à tous mes devoirs. Je vais réparer cela tout de suite. Notre visite a été inattendue, je pense que papa et vous avez des projets pour la soirée. Vous nous excuserez si nous oublions le café pour aller faire un tour ?

Il avait déjà tiré la chaise de Harriet, si bien qu'elle n'eut pas le choix et se leva, elle aussi.

— Bien sûr, fit Valentina. Ce serait dommage que Harriet manque les vrais plaisirs de Buenos Aires. Pourquoi ne l'emmènes-tu pas à la Plaza ?

— La Plaza Dorego ? fit Franco Torres avec un coup d'œil à sa montre. Excellente idée ! A cette heure et à cette époque de l'année, vous n'aurez pas trop de touristes. Très bonne idée !

Se levant, il donna une tape amicale sur l'épaule de son fils, comme si cela avait été son idée depuis le début.

— Emmène donc Harriet danser à la Plaza ! Veux-tu une voiture ?

— Non merci, papa, nous pouvons marcher.

A l'idée qu'ils allaient marcher, les parents de Matteo eurent une telle impression d'incrédulité que Harriet se pinça les lèvres pour ne pas pouffer de rire.

— Marcher sera très agréable, s'empressa-t-elle d'ajouter, surtout après un repas aussi délicieux.

— Mais vous n'avez touché à rien, protesta la mère de Matteo.

— Mais si ! Et j'ai beaucoup apprécié, prétendit Harriet, qui, en vérité, ne savait plus si elle avait picoré ou si elle avait fait honneur au repas de quatre services qu'on leur avait servi.

Une fois dans la rue, elle eut l'impression revigorante de respirer de l'air pur.

C'était étrange comme les parents de Matteo semblaient avoir revêtu un costume de scène et jouer un rôle.

— Ils sont toujours comme ça, marmonna Matteo dans sa barbe, tandis qu'ils s'éloignaient d'un bon pas, sa main serrant la sienne.

— C'est-à-dire ?

— Ils imposent leur code sans se soucier du monde réel. As-tu remarqué leur réaction quand tu as mentionné la Casita Verde ?

— Euh… Je ne me le rappelle pas, dit-elle prudemment, trouvant inutile de souligner qu'elle les avait vus frémir.

— C'est qu'ils ne parlent jamais de quoi que ce soit de réel ! Ils se contentent d'un bavardage inutile.

— Pourquoi donc ?

— Parce que si nous parlions de nous, de nos vies, de ce que je fais et de la raison pour laquelle je le fais, ça leur rappellerait la plus grande faute qu'ils ont commise.

A présent, elle courait presque pour égaler le pas de Matteo. Il fallait qu'elle se repose un peu et qu'elle mette de l'ordre dans ses idées.

Lâchant sa main, elle reprit sa respiration.

— Désolée, Matteo, mon pas n'est pas aussi long que le tien, dit-elle, essoufflée.

— *Lo siento, amorcita*, fit Matteo en ralentissant. Chaque fois que je les vois, mon tempérament s'échauffe. Pardon…

Lui reprenant la main, il tourna dans une rue animée, pleine de musique et de gens, où des ampoules lumineuses se balançaient au-dessus des tables et des chaises posées à même le pavé. Il glissa sa main dans son dos tandis qu'ils se frayaient un chemin dans la foule pour trouver la meilleure place où s'asseoir et profiter de la douceur de la soirée.

— Commandons d'abord un verre, et je t'expliquerai ce que j'aurais dû te dire dès notre première rencontre.

Elle sentit l'émotion lui couper le souffle.

Enfin, Matteo allait se confier !

— Ne sois pas effrayée, reprit-il. Ça n'a rien à voir avec…

Il s'interrompit, la mâchoire contractée. Mais, quoi qu'il ait à dire, elle savait qu'il n'y aurait pas matière à rire.

— Je vais tout t'expliquer, dit-il.

10.

Matteo guida Harriet vers une table offrant une vue sur la Plaza qui s'étendait devant eux dans toute sa splendeur.

L'éclat des lumières se reflétait dans les yeux de Harriet. Malgré sa tension, elle suivait des épaules et des hanches le rythme du tango qui sourdait de tous les recoins de la Plaza.

Par où commencer ? Cette histoire était difficile à entendre et presque impossible à raconter.

Il gagna un peu de temps en appelant le garçon et en commandant un verre du vin de Malbec de Patagonie pour lui et de l'eau gazeuse pour Harriet.

— Tu ne vas tout de même pas me dire que tu as tué quelqu'un ? demanda-t-elle en froissant nerveusement un mouchoir entre ses doigts.

— Non. Mais je vais te parler de la mort de ma sœur, dit-il en la regardant dans les yeux.

— Oh ! mon Dieu ! fit-elle, couvrant sa bouche de ses mains. Je ne savais pas que tu avais une sœur. Oh ! Matteo…

— Comment l'aurais-tu su ?

Il attendit que le garçon ait déposé les consommations sur la table. Puis, machinalement, il se mit à tracer des lignes sur la condensation de la bouteille d'eau minérale de Harriet.

— C'est une histoire qui s'est passée il y a longtemps. J'avais dix-neuf ans, et Ramona pas tout à fait seize…

Il hésita sur l'âge à donner à Ramona.

— En fait, un peu plus de quinze ans… A seize ans à peine, ma sœur est tombée enceinte. Comme tu t'en doutes maintenant que tu as rencontré mes parents, ce n'était pas une nouvelle faite pour les mettre en joie. La fille de Franco et Valentina Torres, enceinte ! Imagine le scandale !

D'un geste, il balaya cette éventualité.

— Ramona a préféré ne rien nous dire. Du moins, j'imagine que c'est ce qu'il s'est passé dans sa tête, car même le grand frère que j'étais n'a pas été mis dans la confidence.

Aujourd'hui encore, c'était pour lui une souffrance abominable, et ce serait le cas jusqu'à son dernier jour. Si seulement Ramona lui avait fait confiance !

Les yeux de Harriet étaient fixés sur lui. Elle ne le jugeait pas, mais l'écoutait de toutes ses forces.

— Qu'a-t-il bien pu se passer à ce moment-là dans la tête de ma sœur ? S'est-elle imaginé qu'elle pourrait confier son enfant à quelqu'un pour l'élever ? Qu'elle pourrait trouver des parents pour l'adopter ? Mystère. Elle était trop jeune pour aller en Europe sans l'aide de nos parents et elle n'en a jamais parlé ni à moi ni à aucun de ses amis. A personne !

Avant de continuer, il but une longue gorgée de vin.

— Elle était en pension. Cela lui a été facile de cacher son état. Et ses vacances scolaires, elle les passait avec des amis. Du moins, c'est ce qu'elle nous disait. Bref, elle a réussi à nous cacher la transformation de son corps. Même à moi !

Il s'arrêta.

Pour lui, c'était le plus dramatique. Il était alors à l'université, il étudiait pour devenir médecin. Il voyait Ramona plus fréquemment que ses parents et pourtant il n'avait rien remarqué. Elle était sa petite sœur chérie, depuis toujours un peu trop ronde, avec ses bonnes joues et ses robes toujours amples pour dissimuler son léger embonpoint. Qu'importe, il l'aimait comme elle était et ne se posait pas de questions.

— Quand on étudie à la fac, on n'a pas le temps de s'occuper d'autre chose, tenta Harriet pour le réconforter.

— C'est gentil de me rassurer, dit-il avec un faible sourire, mais tu n'as pas à me chercher des excuses.

Avant d'en arriver à la triste conclusion de cette tragédie, il respira longuement.

— Elle a souffert de pré-éclampsie. Bien sûr, elle ne s'est pas souciée de se faire examiner. Ni de se rendre dans un hôpital privé pour un check-up. Pourtant, ce n'est pas l'argent de poche qui lui manquait. Et, de toute façon, les hôpitaux publics doivent vous recevoir ! Mais, visiblement, elle a essayé de sauver nos parents d'un scandale. Pour sauver le décorum social, elle a sacrifié sa vie ! Cela me rend malade d'y penser.

Le visage de Harriet s'était décomposé. La couleur avait quitté ses lèvres. Ses doigts n'étaient qu'à quelques centimètres des siens sur la table, et il eut pendant un instant le sentiment qu'ils respiraient au même rythme.

Mais il s'écarta et prit de nouveau une longue gorgée de vin.

— As-tu pu la voir ? demanda Harriet d'une voix blanche.

— Avant qu'elle-même et sa petite fille ne meurent ? Non. Quelqu'un a emmené Ramona à la morgue. Nous n'avons jamais pu savoir qui. Et mes parents ont payé l'équipe de la morgue pour qu'ils restent discrets.

— Cela a dû être atroce, murmura Harriet.

— Perdre Ramona a été terrible. Mais le pire, c'est la façon dont mes parents ont réagi.

— C'est-à-dire ?

Comment faire pour expliquer l'attitude de ses parents, sinon prendre l'air détaché de quelqu'un qui informe comment changer un fusible ou qu'il va pleuvoir demain ?

— Ils font comme s'ils n'avaient jamais eu de fille. Les domestiques ont débarrassé sa chambre. Je n'ai aucune idée de ce que sont devenues ses affaires. On a dû faire passer l'information qu'elle était morte, mais que mes parents ne recevaient pas de condoléances. Peut-être le personnel a-t-il eu pour mission de les brûler avant de les leur transmettre. C'est pire que si elle était morte. C'était comme si elle n'avait jamais existé.

— Et c'est la raison pour laquelle tu as créé la Casita Verde ?

En soupirant, il hocha la tête.

— Oui. Cela ne résout pas tous les problèmes des adolescentes enceintes, mais au moins nous aidons quelques jeunes mères. Et leurs enfants.

— D'après ce que j'ai vu, vous en avez aidé depuis le temps des centaines et peut-être des milliers. Et vous avez fait le bonheur de toutes ces familles qui veulent adopter un bébé pour le chérir et l'aimer.

— Je ne sais pas, marmonna-t-il en appelant le garçon du geste pour régler l'addition. Certains problèmes sont sans fin. C'est pour garder la Casita en vie que j'ai renoncé à une vie personnelle. Pas de petite amie, pas de famille. Et surtout pas d'enfants. Si je devais donner ma force à des gens que j'aime… Où trouverais-je celle de continuer ?

L'émotion le terrassait, et il avait du mal à poursuivre.

Harriet le regarda, interloquée.

— Mais enfin, quel est l'intérêt de n'aimer personne si ça te rend si malheureux ? s'exclama-t-elle.

Maintenant que je t'ai rencontrée, Harriet, cela pourrait peut-être changer…

Voilà ce qu'il aurait dû dire, mais ça lui était impossible. Comment aurait-il pu accabler Harriet du poids de cette misère ?

— C'est ridicule, je sais. Le bon toutou malheureux ! Mais sans mon travail, je ne pourrai jamais compenser le destin de ma sœur. Et avec mon travail, je peux donner du sens à sa mort. Peut-être serai-je un jour capable d'accomplir cette tâche avec de la joie au cœur.

— Tu ne vois donc pas tout… Tout le bien que tu fais ? demanda Harriet qui, comme lui, luttait contre l'émotion.

— C'est dérisoire. Les statistiques sont là…

— Les statistiques ! fit-elle avec un haussement d'épaules. C'est comme ça que tu mesures ton travail ?

Il resta muet.

La vraie raison, il la connaissait, hélas. C'est qu'il aurait dû être là pour Ramona.

— Tu ne penses donc jamais à l'avenir ? reprit Harriet.

— Parfois. Rarement…

Sa réponse n'était pas totalement franche.

Il la regarda dans les yeux.

— Sauf quand je suis avec toi.

Le silence devint soudain aussi dense que lorsqu'une tempête tropicale se prépare. Palpable. Chargé d'intensité.

Pourquoi ne puis-je pas le dire ? Te quiero. Je t'aime, Harriet…

Ce qu'il voulait à présent, c'était autre chose de tout aussi brûlant. Tenir encore une fois Harriet dans ses bras. Se décharger pour un moment de son passé dramatique dans l'air embaumé du soir. Vivre un peu.

— Si on dansait ? dit-il.

— Oh ! fit-elle, surprise, avec un rire nerveux qui masquait son hésitation. J'ai bien peur de n'avoir que deux pieds gauches.

— Ça m'étonnerait.

Une dernière fois la prendre dans ses bras… Il ne le méritait pas, mais l'envie était plus forte que lui.

— Viens, *mi carino* ! Viens danser avec moi.

Jamais Harriet ne s'était sentie aussi proche de Matteo. A présent, elle savait tout de son histoire. Elle acceptait de le prendre tel qu'il était : un homme luttant contre le poids du chagrin, se privant pour lui-même des joies de la vie, et qu'elle garderait au fond de son cœur et chérirait jusqu'à la fin de ses jours.

Elle pourrait dire à ses enfants que leur père était quelqu'un de bien, même si le chagrin qu'il portait en lui était trop profond pour qu'on puisse le changer, même avec beaucoup d'amour. Auraient-ils ses yeux verts ? Cela lui permettrait de se rappeler chaque jour l'homme qui avait ravi son cœur…

Elle abandonna sa main à Matteo, et dans celle-ci, la sienne lui sembla minuscule.

La foule, les lumières, la musique, tout se fondit en un brouillard quand il la prit dans ses bras, l'entraînant parmi les couples qui avaient répondu comme eux à l'appel de la danse. Elle se laissa conduire par la sensualité du tango et sentit son corps renaître comme lors de leur nuit magique à Londres.

— Je t'aime, Harriet, murmura Matteo contre son oreille, si bas qu'elle ne fut pas sûre d'avoir entendu.

Qu'importe. Ce qu'elle voulait, c'était presser son visage contre sa poitrine, mémoriser son odeur afin de l'emporter avec elle à Londres. Comme si elle pouvait l'oublier un jour !

Lorsque, tout au bout de la nuit, les musiciens se turent et que Matteo relâcha son étreinte, elle sentit sa poitrine se serrer.

C'était fini.

Silencieux, ils marchèrent jusqu'à la Casita, chacun gardant en lui ces derniers instants d'intimité comme une bulle trop fragile pour supporter les mots.

Avant de franchir la grande porte verte, Matteo l'attira à lui et l'embrassa. Un baiser long et fiévreux, chargé de la déchirante tristesse d'un adieu.

Elle sentit tout son être se tendre vers lui. Son corps, son cœur, son âme.

Pourquoi ne pouvaient-ils pas être simplement heureux, en famille, comme tant d'autres couples ?

Mais le temps de se poser des questions était révolu. Avec les deux bébés à venir, elle n'avait plus le droit au doute.

— *Te quiero, Harriet.* Mais je ne peux t'offrir plus, murmura Matteo en ouvrant le lourd vantail.

S'arrachant à son étreinte, elle courut vers le refuge de sa petite chambre.

Matteo l'aimait, elle l'avait vu dans ses yeux. Mais ce

n'était pas assez pour qu'il combatte ses démons, pour qu'il comprenne la joie de fonder une famille avec elle. Et elle allait prendre le premier vol du matin.

Ayant bouclé sa valise, Harriet jeta un dernier coup d'œil à sa petite chambre, si accueillante avec ses tissus de couleur vive.

Il ne fallait pas qu'elle laisse de traces derrière elle. Rien qui puisse encombrer Matteo avec des souvenirs qu'il refusait.

Elle refoula ses larmes.

Depuis qu'ils avaient regagné la Casita, aux petites heures du matin, elle n'avait pas dormi. Elle aurait bien le temps de se reposer plus tard... Enfin, quand les jumeaux seraient à l'université, peut-être ?

D'ici là, elle s'isolerait quelques jours pour récupérer, puis elle reprendrait sa vie bien réglée. Avec des horaires, une routine. Une vie qu'elle avait toujours aimée, après tout, même si son existence londonienne s'était effacée de son esprit pendant les jours magiques passés ici.

Elle ne reviendrait pas, elle le savait. Et le vol serait assez long pour qu'elle se mette dans la peau d'une femme forte et indépendante. Une femme qui sache assumer seule sa charge de mère.

Quittant la chambre sur la pointe des pieds, elle s'assura que Matteo n'était pas dans les parages.

Puisqu'il voulait voir une mère prendre ses responsabilités, une mère comme il en vantait les mérites, eh bien, il allait voir ! Une mère plus féroce qu'une tigresse, voilà ce qu'elle serait. Selon une éducation et des méthodes anglaises ! Avec des bébés rien qu'à elle ! Devenir une mère prenait enfin pour elle tout son sens !

A cette pensée, se forma sur ses lèvres un sourire radieux — qui disparut lorsqu'elle entendit la voix de Matteo.

Fausse alerte. D'après le rythme de sa voix, il était au téléphone.

Soulevant sa valise, elle gagna la porte d'entrée sur la pointe des pieds, et en une seconde elle se retrouva dehors parmi les passants anonymes.

Buenos Aires s'apprêtait à vivre une nouvelle journée, et elle une nouvelle vie. Alors, autant le faire sans un regard en arrière !

Matteo était au téléphone avec un autre centre d'accueil pour adolescentes. Pouvait-on lui envoyer d'urgence une très jeune mère qui montrait des signes de pré-éclampsie ? lui demandait son correspondant.

Encore une situation d'urgence. Encore un drame humain à l'issue incertaine.

C'est alors qu'il vit à travers les persiennes de son bureau Harriet traverser la cour et partir.

Un terrible sentiment de culpabilité le traversa. Mais comment échapper aux soucis qui l'accablaient et rendaient sa tâche plus urgente que jamais ?

— Bien sûr, envoyez-la moi, répondit-il au moment où la femme qu'il aimait franchissait à jamais les portes de la Casita.

Une douleur presque physique le tenaillait. C'est à peine s'il reconnaissait le son de sa propre voix. Une voix calme, à la politesse automatique, de celle apprise chez ses parents.

Harriet était partie, et il restait seul pour affronter ses remords jusqu'à son dernier jour…

Mais ce n'était pas tout. Un autre problème se posait, et non des moindres : Harriet, la femme la plus douce, la plus aimante, la plus belle, enceinte de ses propres enfants, était partie, et en partant avant la fin de la mission imposée par le St. Nick's, elle ruinait les chances de partenariat avec la Casita Verde pour la construction de la clinique. Or, s'il devait finir ses jours ici, rivé à la réussite de la Casita, autant que ce soit pour un résultat.

Reprenant son téléphone, il hésita.

Allait-il, oui ou non, donner ce coup de téléphone ?

Pour lui, plus d'amour, plus d'enfants, plus de femme, plus de famille. Un seul but, un seul objectif dans la vie : la Casita.

Alors, ce coup de téléphone, allait-il le donner ?

La mâchoire crispée, il composa le numéro.

Un coup de fil pareil, du diable s'il avait jamais pensé le donner !

Harriet rêvassait, fixant sans le voir le spectacle de la rue.

Comment croire que sa vie avait tellement changé en moins d'un mois ? Il y avait quatre semaines à peine, elle avait pris à peu près le même taxi, avec les mêmes airs de tango, dans la même circulation infernale. Restait à y ajouter une peine de cœur plus grande et deux bébés en route pour la vie.

Ces bébés, ce lien indéfectible avec l'homme qu'elle aimait le plus au monde, elle avait le sentiment de les connaître déjà. Deux amours de bébés aux quatre joues rebondies, aux petits derrières joufflus à changer et langer un nombre de fois à multiplier chaque jour par deux…

Un sourire erra sur ses lèvres tandis qu'elle descendait la vitre du taxi pour respirer l'air frais du matin.

— *Mi pequeno haba…*

— *¿ Usted va a tener un bébé ? ¡ Felicidades !*

Les félicitations du chauffeur de taxi la firent sursauter.

Avait-elle parlé en espagnol sans s'en rendre compte ? Il faudrait qu'elle se souvienne des mots qu'elle avait appris, pour parler à ses bouts de chou de leur père. Un père qu'ils ne verraient sans doute jamais.

Allons ! Il fallait qu'elle soit forte.

Prendre l'avion, rentrer en Angleterre, mettre les jumeaux au monde, rien de plus facile, non ?

***

Le nez levé de ses papiers, Matteo sursauta.

Ça alors, c'était *incredible* !

Était-ce vraiment son père qui traversait le cloître ? Franco Torres III en personne à la Casita Verde ?

Se précipitant hors de son bureau, il alla en quelques foulées au-devant de son père, l'embrassant à leur façon habituelle, sauf que cette fois cela avait un sens pour lui.

Il ne s'était jamais rendu compte à quel point son père lui avait manqué dans la vie qu'il menait. C'était un homme d'affaires exceptionnel, une personnalité hors du commun. Dans son enfance, son père était son idole. Aurait-il dû pousser ses parents à parler de la mort de Ramona ? Cela les aurait peut-être rapprochés.

— Tu permets ? fit son père en lui indiquant la porte de son bureau.

Rien n'était plus typique de la façon de faire de Franco Torres III ! C'était toujours lui qui prenait le contrôle de la situation.

— Je ne sais pas pourquoi tu es là, papa, fit-il.

— Viens… Viens avec moi…

— Quoi ? Dans mon propre bureau ? C'est la première fois que tu mets les pieds ici, papa, et tu te conduis comme si c'était toi qui dirigeais les lieux ! s'écria-t-il.

Mais comment lutter contre Franco Torres III ?

Le suivant dans son bureau, Matteo lui désigna une chaise de l'autre côté de sa table de travail.

— Maté ? Café ? proposa-t-il, de plus en plus curieux de connaître la raison de cette inexplicable présence.

— Café, répliqua son père, qui avait toujours préféré un café corsé à la boisson traditionnelle argentine.

Avec un peu de lait, se souvint Matteo en se dirigeant vers le coin de la pièce où il y avait toujours de quoi préparer une boisson chaude.

Depuis combien de temps n'avait-il pas préparé une tasse de café à son père ?

Bientôt, quand les jumeaux viendraient au monde, son père serait un grand-père, sa mère une *abuela*. Comment prendraient-ils leur rôle de grands-parents ? Cela leur permettrait-il d'effacer les erreurs qu'ils avaient déjà faites, ou au contraire s'enfonceraient-ils dans le déni ?

Il posa les tasses sur son bureau. L'une devant son père, l'autre, hélas, à la place où il avait dégagé les documents concernant l'emplacement possible de la clinique.

— Eh bien ? fit-il. Qu'est-ce qui t'amène dans cette partie de la ville, papa ?

Il n'avait pu se retenir de mettre de l'ironie dans sa voix.

Mais quand son père eut répondu, il resta bouche bée.

— Quoi ? Tu veux payer la construction de tout l'immeuble de la clinique ?

— *Si.* C'est mieux que de payer des intérêts à la banque, non ?

— Papa… Je suis un grand garçon, je peux assumer un emprunt.

— Et avec quoi vas-tu le rembourser ? fit son père en haussant les sourcils.

Question pleine de bon sens. De toute façon, il ne savait plus où il en était.

— Qu'est-ce qui te choque ? demanda son père en souriant. Accepter de l'argent de ton père ?

— Ce n'est pas ça, papa, mais… Comment es-tu au courant de mes démarches auprès de la banque ?

— Mon garçon, fit son père avec indulgence, presque tout l'argent de la famille est dans cette banque. Ils ne vont pas recevoir un appel de mon fils sans que je le sache.

Suffoqué par la générosité inattendue de son père, Matteo s'agita sur sa chaise.

Ce n'était pas par hasard qu'il était allé chercher un financement en Angleterre. Là-bas, pas de famille, pas d'intérêts familiaux, pas de sentiments à mettre en jeu…

— Ta mère et moi…

— Parce que maman a eu aussi son mot à dire ? s'exclama-t-il.

— *Si.* Ta mère et moi prenons toutes nos décisions ensemble.

— Alors, c'est vous deux qui avez décidé de vous conduire comme si Ramona n'avait jamais existé ? s'écria-t-il d'une voix tonnante.

Son père blêmit.

Regrettant la dureté de ses mots, Matteo vit pour la première fois combien son père avait vieilli au cours des dix dernières années. Il était encore tellement beau, tellement élégant et plein de vitalité quand Ramona était morte !

— C'est donc cela que tu penses, Matteo ? Que nous avons effacé Ramona de notre esprit et de notre cœur ? C'est ce que tu penses vraiment de ta mère et de moi ?

Son père marqua un silence, attendant sa réponse.

Matteo resta silencieux. L'expression de son visage n'était-elle pas assez éloquente ?

— Sais-tu ce que ta sœur nous avait dit quand elle était venue nous voir ? reprit Franco.

— Quoi ? Elle était venue vous parler ?

— Bien sûr, que crois-tu ?

— Je pensais juste que…, balbutia Matteo, abasourdi à la pensée que les faits avaient peut-être une autre explication que ce qu'il avait toujours cru.

— Tu pensais que nous n'aurions pas été là pour elle quand elle avait besoin de nous ? C'est *vraiment* ce que tu pensais, Matteo ?

— Qu'aurais-je pu croire d'autre ? Personne ne m'a rien dit…

Comment des gens aussi proches peuvent-ils rester aussi mutiques les uns vis-à-vis des autres ? se dit Matteo.

— Nous estimions avoir fait le bon choix, reprit son père.

— En me laissant croire qu'elle était morte parce que vous l'aviez rejetée par peur du scandale, c'est ça ?

— Non, mon garçon, bien sûr que non. Le choix, c'est elle qui l'a fait. Elle nous a rejetés. Elle ne voulait plus de nous ni de notre aide. Nous n'avons rien su et rien pu faire.

— Voilà pourquoi vous ne m'avez rien dit ? Parce que vous vous sentiez rejetés ? fit Matteo, dont la rage, peu à peu, faisait place à d'autres sentiments qu'il n'arrivait pas encore à situer.

— Nous ne t'en avons pas parlé parce que nous ne savions pas comment trouver les mots justes. Nous avions échoué, Matteo. Nous avions échoué comme parents. Quant à toi, la colère te dominait. Contre le monde entier, contre nous, tes parents. T'en parler n'aurait rien changé.

— Alors, pourquoi m'en parler maintenant ? Pourquoi m'offrir ton aide pour la Casita ?

— L'argent, fit Franco avec un geste évasif de la main, nous en avons trop. Pourquoi apporter notre aide à d'autres, alors que notre seul et unique fils en a besoin pour l'œuvre de sa vie, *eh* ?

— Apparemment, ce n'était pas votre avis lorsque j'ai pensé à créer la Casita Verde, fit Matteo avec incrédulité.

— Mais tu refusais notre aide ! s'écria son père. Tu nous l'aurais jetée à la figure si nous te l'avions proposée ! Nous étions trop fragiles, ta mère et moi, pour accepter ça. Nous pensions… Nous pensions que, en restant à distance, un jour, peut-être…

Franco s'interrompit un instant. Jamais Matteo ne l'avait vu aussi ému.

— Nous étions d'avis, reprit-il, se ressaisissant, que si nous te laissions du temps, tu serais capable d'écouter un jour notre version de l'histoire.

— Et pourquoi penses-tu que ce jour est venu ?

— Parce que, l'autre soir, tu es venu avec cette jeune femme.

Inutile de demander qui.

Il avait fallu dix ans à son père pour parler de Ramona. Mais lui, combien d'années lui faudrait-il pour avouer qu'il avait repoussé Harriet, ainsi que les jumeaux qui ne connaîtraient jamais leur père ?

— Depuis combien de temps es-tu amoureux d'elle ? demanda son père en se renversant sur sa chaise pour le regarder.

— Est-ce tellement visible ?

— Mon garçon, de toute ta vie, tu n'as jamais amené une femme à la maison. Elle nous a beaucoup plu, à ta mère et à moi. Nous serions ravis que tu nous la ramènes.

— C'est un peu tard pour ça, dit-il, la voix rauque.

— *¿ Qué ?* Ne me dis pas qu'elle est partie ?

— Si, papa… Tout à l'heure… En Angleterre.

En prononçant ces mots, il avait l'impression qu'ils lui arrachaient la gorge.

— J'espère bien que tu iras la chercher ! déclara son père de sa voix impérieuse.

Il ne répondit pas.

Le moment était mal choisi pour annoncer à son père que sa mère et lui allaient être grands-parents.

— *Mijo*… Puis-je te donner mon avis ?

— Papa, je pense que tu vas le faire, quelle que soit ma réponse, répondit-il avec malice.

Leur complicité renaissante prenait la forme de l'humour.

Son père se rejetta en arrière sur sa chaise en riant.

— Tu connais ton père mieux que je n'aurais cru !

Mais il reprit vite son sérieux et le fixa droit dans les yeux.

— *Mijo*, quand on est dans une peine insurmontable, on prend souvent de mauvaises décisions. Nous avons pris une mauvaise décision, ta mère et moi. Et ce ne fut pas la seule ! Si je peux te donner un avis — et hélas c'est celui que j'aurais aimé que l'on me donne quand nous avons laissé partir ta sœur —, c'est de ne pas avoir peur de te tromper. Aucune décision ne mérite de s'y tenir envers et contre tout. En particulier celles que l'on prend dans la colère.

Matteo sentit brusquement sa résolution chanceler.

Se pourrait-il qu'il arrive à convaincre Harriet de revenir après la façon dont il l'avait traitée ?

— Papa…, s'écria-t-il en se levant de sa chaise.

Son père l'interrompit d'un geste de la main.

— Cours, mon garçon ! On se verra plus tard.

Il serra l'épaule de son père et se pencha pour l'embrasser.

— Et surtout, reviens dîner, fit la voix de son père tandis qu'il s'élançait dans le cloître. Cela redonne de l'appétit à ta mère de voir son fils. Et peut-être la belle-fille que tu nous amèneras ?

S'il y a la plus petite chance de cela, papa... La plus petite chance...

11.

— *Café con leche, por favore.*

S'entendre parler espagnol comme si elle l'avait fait toute sa vie enchantait Harriet.

Elle avait perdu une heure dans la circulation, manqué le premier vol, et elle devait attendre plusieurs heures le suivant.

Quelle importance ? Le monde ne s'arrêterait pas de tourner si elle venait passer une heure ou deux sur la Plaza où elle avait dansé dans les bras de Matteo.

Mais boire du café, ce n'était pas une bonne idée pour les bébés.

— *¡ Descafeinado !* cria-t-elle au garçon, qui fit signe qu'il enregistrait le changement.

Des changements, il y en aurait d'autres dans sa vie.

Elle pensa à sa sœur, et comme toujours cela lui arracha un sourire.

Deux mères célibataires, et deux fois des jumeaux ! Bientôt, quel tohu-bohu dans leur petite maison de Londres !

Comment allait-elle annoncer la nouvelle à Claudia ? Et par où commencer ?

« Claudia, tu te rappelles cet éblouissant médecin au charme latin dont je t'ai parlé ? »

Ah, si Matteo pouvait se libérer de son passé, comme ils seraient heureux…

— Votre café, *senorita.*

Cette voix, elle la connaissait ! Ce n'était pas celle du serveur à qui elle avait passé la commande. Aurait-elle acquis le pouvoir magique de matérialiser Matteo Torres devant elle ?

La main qui déposa la tasse de café sur la table lui était connue aussi. Son regard effleura le poignet et l'avant-bras musclé que révélait la manche de chemise, relevée vu la douceur du temps.

Des larmes lui emplirent les yeux.

— Que fais-tu ici ? demanda-t-elle bêtement à sa tasse de café, sans oser lever les yeux.

— Je suis venu te dire quel stupide idiot je suis.

Cette fois, les larmes coulèrent sur ses joues.

Matteo les effaça d'un revers de main.

— Viens maintenant, *amorcita*, fit-il d'une voix douce.

— Mais comment m'as-tu trouvée ici, sur la Plaza ?

— En fait, je voulais revivre notre soirée d'hier. Me retrouver là où je t'avais dit que je t'aimais, mais que je n'avais rien à offrir…

— Ah non, s'écria-t-elle en se levant, ça ne va pas recommencer, merci bien !

Si elle avait su, elle aurait passé la journée à attendre le prochain vol à l'aéroport plutôt que d'endurer cette torture.

— Non, Harriet, non ! Rassieds-toi, je t'en prie. Je voulais te dire que j'ai enfin compris ! Tout serait différent si mon esprit s'ouvrait à l'amour, Harriet ! Notre amour, l'amour de nos enfants !

Sa voix se brisa un instant.

— Je pensais qu'il ne me serait pas possible d'aimer un enfant de moi sans trahir le souvenir de ma sœur.

— Et qu'est-ce qui te fait penser le contraire aujourd'hui ?

— Toi, Harriet, toi ! Je t'aime, Harriet. *Te adoro. ¡ Eres mi angel !*

A présent, Matteo parlait si fort qu'on aurait dit qu'il voulait proclamer cela à l'intention de toute la population de la Plaza.

Gênée, elle leva les yeux.

C'était le cas ! On les regardait avec attendrissement…

— La vie est faite pour qu'on la vive pleinement, Harriet, non pour s'abîmer dans de vains regrets !

Se laissant glisser de sa chaise, il mit un genou en terre.

— Harriet Monticello, veux-tu me faire l'honneur de devenir ma femme ?

La gorge nouée par l'émotion, elle lui dit un oui inaudible, que Matteo l'obligea à répéter encore et encore.

Etait-il possible que ce oui lui importe tellement, lui qui l'avait fuie et rejetée ? Elle n'arrivait pas à y croire.

— Quel hasard, fit-elle en pressant son front contre le sien, que tu sois passé par la Plaza !

— Si le hasard ne nous avait pas aidés, *amore*, je t'aurais cherchée par le monde jusqu'à ce que je t'aie trouvée.

— Pour toujours ? demanda-t-elle, même si son cœur lui disait que la question était inutile.

— Pour toujours. Avec notre famille.

12.

Harriet accepta l'aide de Matteo pour sortir de la voiture. Ils allaient inaugurer dans quelques instants la *clìnica* Ramona Torres financée grâce à la générosité des parents de Matteo, pour rien au monde elle n'aurait voulu manquer l'événement !

Tant de choses avaient changé, et si rapidement ! Après être allés en Californie rencontrer sa sœur, ses jumeaux et son tout récent mari, Matteo et elle étaient revenus en Argentine. Maintenant, un an après s'être cachée derrière des rideaux pour éviter un Casanova argentin, elle vivait à Buenos Aires, dans un nouveau pays, auprès de cet homme dont elle ne se serait jamais crue capable d'attirer les regards, et ils attendaient des jumeaux pour bientôt.

— Je n'arrive pas à croire qu'ils soient si gros, avoua-t-elle, un peu inquiète.

— Après tout, ce sont peut-être des triplés ? répondit Matteo en caressant furtivement son ventre qui prenait des proportions imposantes.

— Je suis sûre que Claudio et Ramonita seront ravis d'avoir plus tard un petit frère à taquiner, rétorqua-t-elle en riant.

— Je vois que tu ne perds jamais de vue le côté pratique des choses, dit Matteo en lui déposant un tendre baiser sur les cheveux.

Ressentant une douleur soudaine, elle porta la main à ses reins.

— Le côté pratique, dis-tu ? Pour rester pratique, mon chéri, tu ferais bien d'aller couper ce ruban inaugural en vitesse, lui chuchota-t-elle en souriant. Nous allons avoir besoin de la clinique très, très vite !

SUSANNE HAMPTON

Un inconnu pour sauveur

Blanche

HARLEQUIN

Cet ouvrage a été publié en langue anglaise
sous le titre :
TWIN SURPRISE FOR THE SINGLE DOC

Traduction française de
EVELYNE CHARLES

Toute représentation ou reproduction, par quelque procédé que ce soit, constituerait une contrefaçon sanctionnée par les articles 425 et suivants du Code pénal.
© 2016, Susanne Panagaris.
© 2016, Traduction française : Harlequin.
83-85, boulevard Vincent-Auriol, 75646 PARIS CEDEX 13
Service Lectrices — Tél. : 01 45 82 47 47

www.harlequin.fr

1.

— Félicitations, Claudia, vous attendez des jumeaux !

Les grands yeux bruns de Claudia Monticello, hérités de son père italien, s'écarquillèrent, formant deux lacs sombres contrastant avec sa peau d'albâtre, cadeau de sa mère irlandaise.

Prise de panique, elle fixa son abdomen recouvert de gel, puis l'écran scintillant et, enfin, le visage radieux de la radiologue.

La respiration coupée, la bouche légèrement entrouverte, elle secoua la tête de droite à gauche. Il devait y avoir une erreur…

Cette femme n'avait pas d'expérience, ou alors elle avait mal interprété l'image !

Mais quand Claudia se focalisa sur l'écran, elle comprit que le médecin ne se trompait pas. Il y avait deux minuscules bébés et deux battements de cœur bien distincts que la radiologue pointait du doigt, visiblement très excitée.

Claudia ne partageait pas cet enthousiasme.

A vingt-neuf ans, Claudia Monticello n'avait pas la moindre raison de se réjouir. Pour commencer, elle se trouvait à près de neuf mille kilomètres de chez elle et, ensuite, ses enfants ne connaîtraient jamais leur père.

Vingt semaines plus tard, Claudia considéra son ventre arrondi en attendant l'ascenseur. Heureuse de savoir que ses bébés étaient en bonne santé, elle était enchantée à l'idée qu'elle allait voir son obstétricien pour la dernière fois avant de prendre l'avion pour Londres le lendemain.

Elle avait vraiment hâte de faire ses adieux à Los Angeles et d'oublier toutes les déceptions qu'elle avait connues dans cette ville.

Vêtue d'une robe de grossesse aux motifs floraux, des sandales blanches et plates aux pieds, elle serrait contre son cœur le grand sac qu'elle emportait partout.

Elle avait le cœur gros chaque fois qu'elle évoquait ses valises entassées derrière la porte de son appartement meublé. Finalement, elle quittait l'endroit qu'elle avait considéré comme sa maison pendant près d'un an. D'ici quelques jours, d'autres locataires la remplaceraient et elle se demandait ce que l'avenir leur réservait. Elle espérait pour eux qu'ils ne se lanceraient pas dans une aventure qu'ils regretteraient ensuite.

Ce qu'elle avait fait.

Patrick Spencer vit les portes de l'ascenseur s'ouvrir. Il n'avait descendu qu'un seul étage et il s'arrêtait déjà ! Il laissa échapper un soupir, espérant que l'incident ne se répéterait plus jusqu'au rez-de-chaussée. Sa patience était déjà épuisée… Comme cela lui arrivait parfois, il luttait contre le doute, la déception et une sorte d'ennui. Bien sûr, son existence actuelle était luxueuse, mais il lui manquait la passion qu'il éprouvait autrefois pour son métier. C'était un de ces jours où il avait le sentiment que le sort lui avait joué un mauvais tour en massacrant tous les projets d'avenir qu'il avait faits dans sa prime jeunesse.

Chaque fois qu'il était dans cet état d'esprit, il mettait ses lunettes noires et s'efforçait d'oublier le monde dans lequel il vivait. Si les choses ne s'étaient pas aussi mal passées, il vivrait à Londres et pas à Los Angeles.

*
* *

En pénétrant dans l'ascenseur, Claudia accorda peu d'attention à l'homme en vêtements sombres qui s'y trouvait déjà. Elle remarqua quand même qu'il portait des lunettes de soleil… Il incarnait à merveille la prétention de cette ville !

Etant donné le peu d'estime qu'elle avait pour les hommes en général, Claudia avait tendance à penser qu'ils dissimulaient tous de vilains secrets. Celui-ci cachait peut-être sa gueule de bois… Elle leva les yeux au ciel, certaine qu'il ne s'en apercevrait pas derrière ses verres obscurcis, et encore plus sûre qu'il ne la regardait pas. Sans doute était-il plongé dans ses pensées, comme tant de gens dans cette ville. Une cité pleine d'acteurs prétentieux, dépourvus de toute morale.

Claudia se sentit malade rien qu'en pensant à l'homme qui l'avait séduite en lui mentant et qui était sorti de sa vie sans le moindre scrupule.

Tapotant son ventre, elle murmura :

— Vous m'avez prise au dépourvu, les garçons, mais je vous aime déjà plus que tout.

Par ailleurs, elle s'assurerait qu'ils ne fuient jamais leurs responsabilités… Ou ne portent jamais des lunettes de soleil dans un ascenseur.

— Ces petits garçons ont de la chance, commenta l'inconnu d'une voix neutre.

L'espace d'un instant, Claudia crut en sa sincérité, mais elle se raidit en se rappelant que cette qualité était fort peu répandue à Los Angeles. C'était sans doute l'accent anglais de cet homme qui lui avait fait baisser sa garde pendant quelques secondes.

Malgré elle, elle leva les yeux vers lui et vit qu'il ôtait ses lunettes, un petit sourire aux lèvres révélant des dents parfaites.

Il devait mesurer plus d'un mètre quatre-vingts, estima-t-elle en se référant à son propre mètre soixante. Il avait des épaules larges et sa peau était bronzée pour autant qu'elle pût en juger à la lumière artificielle. Ses cheveux bruns étaient coupés court et il ne s'était visiblement pas rasé depuis la veille. Sinon, il était vêtu de façon élégante et classique. En fait, sa tenue était plus sobre que celle des acteurs aux allures de play-boys qui évoluaient à Los Angeles.

— Pardon ? demanda-t-elle après l'avoir bien observé.

Elle espérait qu'il hausserait les épaules, remettrait ses lunettes et se focaliserait de nouveau sur lui-même ou sur sa dernière conquête.

Mais il n'en fit rien.

— J'ai seulement dit que vos bébés avaient de la chance que vous les aimiez autant avant même leur naissance. J'espère que vous serez fière d'eux.

En réalité, Patrick avait été le premier surpris lorsqu'il avait émis son commentaire. Mais en entendant cette jeune femme s'exprimer avec autant d'innocence et de sincérité, d'une voix teintée d'un accent familier, il n'avait pas pu s'en empêcher.

Et maintenant, il lui faisait ce compliment... En douze ans, cela ne lui était jamais arrivé, mais il y avait quelque chose, en elle, dans cet amour presque palpable qu'il lisait dans ses yeux, qui l'avait incité à lui parler.

Elle était très différente des femmes qu'il connaissait et encore plus de celles qu'il mettait dans son lit. Jolie et ravissante comme elle était, elle ressemblait à une poupée de porcelaine. Ses maîtresses n'avaient pas cette fragilité.

Mais il appréciait par-dessus tout l'amour qu'elle manifestait à ses enfants.

De nouveau, Claudia se crispa. A l'accent cultivé de cet homme et à son élégance, elle devinait qu'il devait appartenir à une classe sociale aisée et qu'il avait fréquenté les meilleures écoles.

Que cherchait-il, en lui adressant la parole ?

Tous les hommes avaient un but plus ou moins avoué, du moins ceux qu'elle avait rencontrés depuis qu'elle était arrivée de Londres. Les individus qui lui avaient témoigné une bonté dépourvue d'arrière-pensées se comptaient sur les doigts d'une main, mais elle doutait que cet inconnu puisse en faire partie.

En réalité, elle se méfiait de toute la gent masculine !

Aucun homme ne l'approcherait plus jamais, et encore moins ses enfants. Elle en avait terminé avec eux et elle était bien décidée à ne pas trahir la promesse qu'elle s'était faite.

La première chose était donc de tenir celui-ci à distance.

— Vous devriez éviter d'espionner les gens, dit-elle avant de se détourner pour fixer la paroi de métal.

Parfait ! Elle l'avait remis à sa place ! Elle reconnaissait pourtant que sa colère ne lui était pas destinée, mais elle était heureuse de s'être sentie assez forte pour répliquer ! C'était comme si elle récupérait sa confiance en elle.

Mais l'ascenseur devait en manquer car on aurait dit qu'il ralentissait, voire qu'il faisait des efforts pour descendre. Claudia aurait voulu que cette machine la sorte de cette situation gênante en accélérant. En son for intérieur, elle avait conscience que sa réponse avait été trop tranchante, même si elle était fière d'elle. Il restait une quinzaine d'étages et elle espérait qu'ils arriveraient au rez-de-chaussée avant que cet homme ne lui tende sa carte professionnelle. Elle découvrirait alors pourquoi il avait engagé cette conversation : il vendait des assurances ou des appartements…

Il devait y avoir quelque chose derrière ce sourire. Enceinte comme elle l'était, elle était certaine qu'il n'allait pas lui proposer un rendez-vous.

Relevant légèrement le menton, elle se sentit rougir et se mit à tripoter sa boucle d'oreille comme elle le faisait toujours quand elle était nerveuse.

*
* *

Patrick l'observa en silence tandis qu'elle jouait avec la perle minuscule. La vivacité de cette réaction le surprenait, car il avait conscience de ne pas l'avoir méritée. Au premier regard, cette jeune femme semblait plutôt douce, avec son visage innocent auréolé de boucles sombres. Jamais il n'aurait imaginé qu'un simple compliment pouvait générer une telle agressivité, mais il était bien décidé à ne pas se laisser faire.

— Je vous trouve assez impolie, dit-il sans élever la voix. Vous entrez dans un ascenseur où se trouve déjà quelqu'un, à savoir moi, et vous engagez une conversation avec vos enfants à naître. Je ne vous prends pas pour une folle, je me permets de vous féliciter, et vous me reprochez cette intrusion.

Cette rebuffade prit Claudia de court. Même s'il s'était exprimé calmement, elle n'était pas d'humeur à se faire rabrouer. Les hommes… Ou plutôt un homme venait de la laisser tomber d'une façon très moche et elle ne reviendrait pas sur l'opinion qu'elle avait sur la gent masculine. Les hommes étaient tous les mêmes si on leur en donnait l'occasion, et elle ne céderait plus jamais face à eux.

Elle allait répliquer quand elle ressentit une douleur dans le ventre qui la fit se pencher, comme pour protéger ses jumeaux. Il était trop tôt pour que le travail commence ! Par bonheur, l'inconnu fixait la paroi de la cabine. Son obstétricien lui avait parlé des fausses contractions de Braxton Hicks, mais celle-ci était vraiment intense.

Fort heureusement, elle ne dura pas et Claudia put reprendre son souffle.

— A mon avis, il était clair que cette conversation était privée et j'ai l'impression que vous me jugez en sous-entendant que je pourrais être folle, répliqua-t-elle. En général, on n'adresse pas de telles remarques à quelqu'un qu'on ne connaît pas.

— Vous avez raison. J'admets avoir été quelque peu

impoli, mais avouez de votre côté que vous avez laissé vos bonnes manières au trente-quatrième étage.

Sortant son téléphone portable de sa poche, il consulta ses messages. Son ton sec et le fait qu'il avait noté son étage firent penser à Claudia qu'il était avocat. Les avocats accordaient toujours beaucoup d'attention aux détails, contrairement au commun des mortels, du moins c'était ce qu'elle croyait. Avec sa chance habituelle, elle allait faire le trajet dans l'ascenseur le plus lent de toute l'histoire en compagnie d'un juriste.

Baissant la tête, elle fixa un instant les chaussures bien cirées de l'inconnu. Quand son regard remonta lentement le long des jambes, elle vit que son pantalon gris foncé était parfaitement repassé, et lorsqu'elle leva les yeux, elle remarqua sa chemise d'un blanc éclatant et sa veste bien coupée. Il portait une montre suisse sans doute très coûteuse et puisqu'il avait pris l'ascenseur avant elle, il occupait peut-être un luxueux appartement terrasse du trente-cinquième étage, à moins que ce ne soit l'un de ses clients.

Une autre contraction la transperça. Elle aurait voulu sortir de cet ascenseur et se précipiter chez son obstétricien au lieu de se laisser entraîner dans une discussion sans intérêt.

— Je suis désolée, dit-elle d'un ton sec en se tournant vers les portes de la cabine.

Elle frotta le bas de son dos qui commençait à lui faire mal. La douleur lancinante se répandait et elle se sentait de plus en plus mal. Maintenant, elle espérait seulement que plus rien ne se passerait jusqu'à ce qu'ils parviennent à destination, aussi préférait-elle s'excuser pour mettre un terme à cet échange inutile.

Mais ce ne fut pas le cas.

— Franchement, je me passerais volontiers de vos excuses bidon, dit-il.

— Pardon ?

— Vous les avez prononcées du bout des lèvres, sans

conviction. Oubliez que j'ai voulu être gentil. Pour être honnête, je le regrette, alors contentons-nous de ce silence embarrassé qui pèse sur les personnes qui partagent un ascenseur sans se connaître et espérons qu'il va prendre un peu de vitesse.

Claudia éprouva un petit pincement au cœur. Cet inconnu avait tenté de se montrer aimable et elle l'avait envoyé sur les roses !

— Mon Dieu, j'ai dû vous sembler affreusement grossière ! s'écria-t-elle. J'en suis vraiment navrée et je suis sincère.

— Peut-être.

Leurs regards se croisèrent et elle constata que celui de l'inconnu n'était pas vraiment chaleureux, mais il n'était pas non plus glacial. Ses yeux exprimaient plutôt de la déception et elle s'en voulut de l'avoir causée. Jamais elle ne s'était montrée aussi impolie envers quiconque, mais ce n'était pas parce qu'elle se méfiait des hommes qu'elle avait le droit de blesser celui-ci.

— Je vous prie d'excuser mon attitude, dit-elle avec sincérité.

Prenant une grande inspiration, elle lui tendit la main.

— Je m'appelle Claudia Monticello, future mère légèrement perturbée par ses hormones. J'ajoute que la journée a été difficile et que je suis peut-être un peu stressée à l'idée de prendre l'avion pour l'Angleterre demain. Je dois voir mon obstétricien et terminer de faire mes bagages. Je dois me rappeler tant de choses !

Il y en avait qu'elle aurait voulu oublier, d'ailleurs, mais elle n'avait pas l'intention de se confier à un parfait inconnu.

— D'accord, vous avez sans doute des raisons d'être sur les nerfs, répondit-il en la regardant dans les yeux. Excuses acceptées… Patrick Spencer, pour vous servir, et sachez que je suis médecin, non-espion, conclut-il en serrant brièvement les doigts tendus entre les siens.

Claudia sourit. Elle s'était aussi trompée sur sa profession. Comme il continuait de la fixer, elle remarqua que ses prunelles étaient bleues et pailletées de gris. C'était à se demander pourquoi il cachait des yeux aussi extraordinaires derrière des lunettes noires !

Claudia se secoua : pourquoi se soucier de la couleur des yeux d'un homme qu'elle ne reverrait jamais ? Notant qu'ils étaient parvenus au huitième étage, elle laissa échapper un soupir de soulagement.

Malgré tout, elle se réjouissait de se trouver dans cet ascenseur en compagnie d'un médecin, après cette contraction. Du coup, elle se sentait un peu plus en sécurité.

Levant les yeux pour voir où ils en étaient, elle constata que, de nouveau, la cabine descendait à une allure d'escargot.

Elle avait hâte de rentrer dans son pays ! Son contrat avec le studio de télévision avait pris fin, la laissant libre de retourner chez elle. Elle tapota instinctivement son grand sac où se trouvaient les derniers clichés de son échographie. Lors de la dernière consultation, elle n'avait pas les jambes gonflées et sa tension était bonne, Jusqu'à cette contraction, sa grossesse s'était très bien passée, ce qui contrastait avec sa vie privée absolument désastreuse.

Lorsqu'ils dépassèrent le quatrième étage, l'ascenseur sembla faire une petite pause. Juste au même moment, une nouvelle contraction transperça le ventre de Claudia. Elle s'efforça de sourire, mais la mimique devait surtout ressembler à une grimace. On lui avait dit que les femmes enceintes pouvaient avoir quatre contractions de Braxton Hicks en une heure, mais elle n'aurait jamais pensé qu'elles puissent être aussi rapprochées.

Patrick lança un coup d'œil inquiet à la jeune femme. Mais au moment où il ouvrait la bouche, la cabine s'immobilisa et Claudia s'agrippa à la rampe pour ne pas perdre l'équilibre. Levant les yeux vers le tableau d'affichage, il vit que le numéro de l'étage clignotait et il pensa que les portes allaient s'ouvrir, mais il n'en fut rien.

Faisant deux pas en direction de Claudia, il la prit dans ses bras.

Loin de l'inquiéter, cette étreinte rassura Claudia… Elle n'était pas seule.

— Asseyez-vous par terre, ce sera plus sûr, dit Patrick.

Très vite, il ôta sa veste et l'étala sur le sol avant de l'aider à s'installer dessus.

— Votre veste va être fichue !

— Pour l'instant, ce n'est pas mon principal souci. Quand devez-vous accoucher ?

Il y avait dans sa voix une chaleur que Claudia pensait ne pas mériter après le comportement qu'elle avait eu.

— Dans six semaines et demie, mais je vais très bien. Mon médecin est d'accord pour que je prenne l'avion demain, mais c'est la dernière limite. Ensuite, la compagnie d'aviation refusera de m'accepter à bord.

— Si j'ai bien compris, vous êtes quasiment arrivée à terme, répliqua Patrick, les sourcils froncés. Tout à l'heure, vous aviez l'air de souffrir.

C'était davantage une constatation qu'une question. Patrick ne voulait pas le montrer, mais il était inquiet. Il doutait d'ailleurs que Claudia puisse voyager alors que sa grossesse était aussi avancée. Même avec l'aval de son obstétricien, il semblait dangereux d'entreprendre un aussi long voyage en avion alors que son accouchement était imminent.

— Ce ne sont que des contractions de Braxton Hicks, dit-elle.

— Vous en êtes certaine ? Dans ce cas, restez assise jusqu'à ce que nous arrivions au rez-de-chaussée.

Sortant son téléphone de sa poche, il constata avec dépit qu'il n'y avait pas de réseau. Sans quitter Claudia des yeux, il appuya sur le bouton de l'Interphone.

— Ici le Dr Patrick Spencer. Je me trouve dans l'ascenseur de la Tour des Terrasses, sur Wilshire boulevard. Nous sommes approximativement entre le quatrième étage et le rez-de-chaussée, et il y a une jeune femme enceinte de trente semaines avec moi. Je l'ai faite s'asseoir et elle n'est pas blessée, mais je veux qu'une équipe nous sorte de là. Quand ce sera fait, il faudrait qu'une ambulance l'emmène à l'hôpital pour qu'on l'examine en service d'obstétrique.

Malgré tous ses efforts pour se persuader qu'elle dramatisait la situation, Claudia sentait peu à peu l'affolement la gagner. Elle se tourna vers les portes de métal, espérant de tout son cœur qu'elles allaient s'ouvrir puis vers Patrick, ne sachant ce qu'elle attendait de lui.

— Nous serons dehors dans quelques minutes, dit-il en repoussant délicatement les boucles sombres qui tombaient sur le front humide de sueur. On ne va pas tarder à nous sortir de là…

— Oui… Bien sûr… Mais j'ai peur.

— Vous n'avez rien à craindre. Restez calme et l'équipe va nous délivrer très vite. Il y aura même une ambulance, si c'est nécessaire.

— Ce n'est pas l'équipe qui m'inquiète… Ce sont les bébés. Ce ne sont pas des contractions de Braxton Hicks… Le travail a commencé.

2.

Un instant plus tard, Claudia perdait les eaux et, à moins d'un miracle, elle allait donner naissance à ses jumeaux dans un ascenseur. Comme elle se tortillait sur le sol inconfortable avec seulement sous elle la veste trempée de Patrick, elle fixa la paroi sans la voir, priant pour que tout cela ne soit qu'un mauvais rêve. Avec un peu de chance, elle allait se réveiller dans une jolie chambre d'un hôpital londonien, entourée par des infirmières souriantes… Des infirmières qui ressemblaient à sa sœur Harriet.

Harriet lui avait toujours donné des conseils médicaux et elle avait répondu à toutes ses questions d'une voix posée et calme, comme le faisait leur mère avant elle.

Si sa sœur avait été là, elle aurait su quoi faire, comme toujours… Mais un tel souhait était bien inutile ! Harriet était en route pour l'Argentine dans le cadre d'une mission humanitaire. Quant à Claudia, elle payait son inconséquence en étant piégée dans un ascenseur de Los Angeles où elle allait accoucher de bébés dont le père se désintéressait complètement… Et avec l'aide d'un autre homme qu'elle ne connaissait pas. Une nouvelle vague de contractions l'arracha à ses pensées. Son accouchement n'allait pas être facile ou indolore et il n'était plus temps de se soucier de la veste de Patrick désormais inutilisable.

Pour l'instant, Patrick se moquait bien de sa veste. Agenouillé près de Claudia, il aurait donné toute sa penderie pour l'installer plus confortablement. La situation était terrible, et il n'y pouvait rien, mais il était bien décidé à faire son possible pour que cette jeune femme reste calme et concentrée. Du dos de la main, il essuya les fines gouttelettes de sueur qui perlaient sur son front. Claudia s'était mise à haleter et il n'avait pas le droit de penser à autre chose, pas même une seconde.

— Il n'y a pas de réseau, mais je peux utiliser l'Interphone pour prévenir vos proches, dit-il. Qui voulez-vous que j'appelle ? Votre mari ? Votre petit ami ?

Claudia secoua la tête.

— Il n'y a personne à prévenir.

Leurs regards se croisèrent. Cette réponse le surprenait et l'attristait. Jamais il n'aurait imaginé que cette jeune femme était seule au monde ! A son grand étonnement, il éprouva un élan de sympathie pour elle, ce qui ne lui arrivait plus jamais… En tout cas, pas depuis des années.

Il avait verrouillé son cœur de façon à ne plus rien ressentir, n'avoir besoin de personne et que personne n'ait besoin de lui. Mais, soudain, un lien ténu et inattendu se formait, et il devinait que ce n'était pas seulement dû à l'espace confiné de la cabine.

Claudia se tortilla pour regarder la veste.

— Je suis désolée…

Il la fixa dans les yeux, décidé à lui cacher les risques réels qui se profilaient.

— Claudia… Vous êtes en plein travail et vous pensez que je m'inquiète pour une veste ?

— Mais elle est fichue !

— La seule chose dont je me soucie, pour l'instant, c'est de trouver un tissu propre pour les bébés. Vous avez quelque chose dans votre sac qui pourrait me servir à les emmailloter ?

Claudia secoua la tête. Bien que de bonne taille, son sac ne contenait que le strict nécessaire : son portefeuille, ses clés, son téléphone, un minuscule foulard, une petite trousse à maquillage, une bouteille d'eau et les clichés de son échographie.

Sans hésiter, Patrick commença alors à déboutonner sa chemise blanche et l'enleva, dévoilant un torse musclé et légèrement bronzé.

Claudia le fixait en silence. Le mauvais rêve se muait en cauchemar… Elle allait donner naissance aux fils d'un homme qui ne l'aimait pas, assistée par un inconnu à moitié nu, dans un ascenseur en panne. Des larmes voilèrent ses yeux tandis qu'une nouvelle contraction encore plus intense que la précédente parcourait son ventre.

— Je veux que vous me serriez la main chaque fois que vous avez mal, dit Patrick en lui tendant la sienne.

— Ça va aller, répondit Claudia quand le spasme fut passé.

Elle ne souhaitait pas être plus proche de lui qu'elle l'était déjà. Les bras de Patrick étaient musclés et des effluves de son parfum épicé parvenaient jusqu'à ses narines.

— Si vous serrez ma main à chaque contraction, je connaîtrai leur fréquence, expliqua Patrick.

— Je pense que vous le saurez de toute façon.

— Comme vous voudrez, mais ma main est à votre disposition si vous en avez besoin.

Claudia lui jeta un coup d'œil soupçonneux. Qui était cet homme si disposé à lui apporter son aide ? Quelques minutes auparavant, ils échangeaient des propos acerbes et, maintenant, cet inconnu qu'elle avait pris pour un avocat dissimulant sa gueule de bois derrière ses lunettes était en réalité un médecin agenouillé près d'elle pour l'aider.

— En tout cas, les spasmes sont réguliers, ajouta-t-il.

— Mais ils sont affreusement douloureux. Cela veut-il dire que les bébés seront bientôt là ?

— C'est possible, mais je ne peux vous l'assurer.

— Vous pensez qu'on nous sortira de cet ascenseur avant que j'accouche ?

— Je suis persuadé que les techniciens font tout ce qu'ils peuvent.

*
* *

Dix minutes passèrent sans qu'ils ne reçoivent aucune information de l'extérieur. Après deux autres contractions, Claudia reprit son souffle et s'adossa à la paroi de la cabine, appréciant la fraîcheur du métal contre sa peau moite. L'atmosphère commençait à se réchauffer, et si les portes ne s'ouvraient pas, elle deviendrait bientôt étouffante.

Mais elles allaient s'ouvrir ! Claudia voulait absolument croire que, d'une minute à l'autre, les ambulanciers l'emmèneraient à l'hôpital.

Patrick s'assit en face d'elle et étendit ses longues jambes.

— Dans quel hôpital londonien aviez-vous prévu d'accoucher ? demanda-t-il.

— J'avais pensé à Sainte-Marie. J'ai regardé des images sur Internet, il y a plusieurs mois. Il y a une jolie maternité aux murs ornés de motifs floraux, avec des sages-femmes et tout ce dont mes bébés et moi pourrions avoir besoin. J'avais rendez-vous la semaine prochaine.

— Eh bien, vous n'en aurez plus besoin, en tout cas pour cet accouchement, mais vous pourrez donner naissance au prochain enfant dans cet établissement.

— Je ne suis pas certaine qu'il y en aura un prochain !

— Vous changerez peut-être d'avis, mais en tout cas, vos jumeaux vont naître à Los Angeles. Avec un peu de chance, ils viendront au monde au Mercy Hospital.

Le cœur de Claudia battit plus vite.

— Et si cela ne se produisait pas ainsi ?

Patrick prit la main de Claudia et, soudain, le contact de sa peau tiède éveilla en lui quelque chose qu'il n'avait pas ressenti depuis des années, comme s'il revenait à la vie.

Repoussant cette impression de toutes ses forces, il déglutit péniblement. Cette sorte d'intimité n'avait pas sa place dans sa vie. Depuis dix ans, chaque fois que le corps d'une femme se pressait contre le sien, il n'en tirait que le plaisir mutuel qu'ils se donnaient. Cela ne signifiait rien de plus pour elle comme pour lui. Après avoir atteint leur but, ils se séparaient sans regrets. Il n'était pas question de prendre le risque d'éprouver davantage.

La seule éventualité de s'attacher à une femme qui allait donner naissance aux enfants d'un autre était ridicule.

— N'y pensons pas, Claudia. L'équipe médicale sera bientôt là.

— Mais s'ils ne pouvaient pas…

— Dans ce cas, nous nous débrouillerons pour que vous accouchiez de deux garçons en pleine santé.

Claudia ferma les yeux.

— Regardez-moi, ordonna Patrick. J'ai besoin que vous m'écoutiez et travailliez avec moi. On va y arriver, mais vous allez devoir être forte. Vous devez avoir pour seul objectif le bien de vos enfants.

Il y avait un risque pour qu'ils ne sortent pas de cet ascenseur à temps… Prenant une profonde inspiration, Claudia affronta la contraction suivante avant de se forcer à ouvrir les paupières. Elle croisa le regard le plus chaleureux qu'elle ait jamais vu et elle éprouva un petit choc qui n'avait rien à voir avec un spasme.

— C'est mieux, commenta Patrick.

Il lui sourit si gentiment qu'elle eut l'impression que son cœur allait fondre. Il lui faisait éprouver des émotions aussi incroyables qu'inattendues, pourtant elles paraissaient réelles. La situation qu'ils affrontaient en était-elle responsable, ou était-ce parce que cet homme était différent de tous ceux qu'elle avait connus ?

Elle n'aurait pas su le dire.

— Et vous, vous avez des enfants ? demanda-t-elle. Est-ce que votre famille est à Los Angeles avec vous ?

Se sentant rougir, elle se tut. Patrick ne portait pas d'alliance, mais cela ne prouvait en rien qu'il n'était pas marié. D'ordinaire, elle n'était pas si indiscrète, mais les circonstances n'avaient rien d'habituel.

— Je ne suis pas marié, et le reste de ma famille… habite en Angleterre, répondit-il.

Il n'allait pas lui raconter sa vie, son passé ou son deuil. Après douze ans, la douleur était encore vive, parfois. Mais en se concentrant sur Claudia, il en oubliait son propre chagrin. Il devait se focaliser sur le présent parce que cette jeune femme avait besoin de lui. Il n'avait pas le droit d'évoquer ce qu'il lui était arrivé tant d'années auparavant, ou de penser au prix qu'il payait quotidiennement.

— Et vous aimeriez être père un jour ? insista Claudia. Si vous exercez ce métier, cela doit vous donner envie d'avoir vos propres enfants ?

Patrick sentit un petit muscle de sa mâchoire tressaillir. Ces questions l'empêchaient de se concentrer sur l'instant présent…

— Non, dit-il, laconique à dessein.

Ce n'était pas qu'il n'aimait pas les enfants, mais ils impliquaient de former une famille et il n'envisageait pas cette éventualité. Pourtant, douze ans après avoir dû s'éloigner de la sienne, il en souffrait encore.

— Et vous ne préféreriez pas exercer votre métier dans votre pays ?

— Je trouve que vous posez beaucoup de questions.

Claudia ne répondit pas, incapable de parler alors que s'annonçait la contraction suivante. Abaissant le menton sur sa poitrine, elle se mit à respirer plus vite.

Soudain, elle sentit que Patrick l'éloignait de la paroi pour lui masser le dos. D'abord surprise, elle se rappela qu'il ne faisait que son métier.

— Pourquoi vous êtes-vous installé à Los Angeles ? lui demanda-t-elle quand le spasme fut passé.

Elle se mordit aussitôt la lèvre inférieure… Quelle mouche l'avait piquée ? Cela ne la regardait absolument pas ! La souffrance devait affecter son raisonnement et elle se comportait comme si elle était quelqu'un d'autre… Quelqu'un qui voulait tout savoir sur Patrick.

Quoi qu'il en soit, elle avait su qu'elle dépassait les limites de la conversation polie dès que les mots étaient sortis de sa bouche.

— Excusez-moi, le stress me rend indiscrète, reprit-elle. J'ai vraiment de très mauvaises manières, aujourd'hui. Je vous pose des questions stupides et j'ai abîmé votre veste.

— Vous êtes pardonnée ! C'est juste que… Je suis quelqu'un d'assez réservé, Claudia. Je serai heureux de répondre à vos interrogations d'ordre médical, mais je préfère que nous n'abordions pas le domaine privé. Disons seulement que ma famille et moi n'avons pas le même point de vue sur une affaire familiale. Alors quand l'occasion s'est présentée, j'ai quitté Londres pour venir ici.

Très gênée, Claudia se sentit triste pour lui. Elle ne savait rien de cet homme, mais la façon dont il s'occupait d'elle lui donna soudain l'envie d'être de son côté, dans une situation qui lui était totalement inconnue.

Claudia devait s'imaginer qu'il était fâché avec les siens pour une raison insignifiante, mais c'était très bien ainsi. Nul besoin de préciser qu'il avait tout fait pour qu'on lui propose ce poste à Los Angeles. Il le fallait pour aider ses proches à surmonter leur chagrin. Sa présence leur aurait rappelé chaque jour ce qu'il s'était passé.

Ce n'était ni le moment ni le lieu d'expliquer à une jeune femme qu'il venait de rencontrer que sa sœur était morte… Et qu'on l'avait tenu pour responsable de son décès.

— Je vais vous examiner dans quelques minutes pour m'assurer que votre col a commencé à se dilater et si la tête de votre premier enfant est visible, ajouta-t-il.

De nouveau, les lampes se mirent à clignoter. Voyant que Claudia levait vers le plafond un regard inquiet, Patrick la rassura :

— Je vais profiter que nous ayons de la lumière pour commencer l'examen. Si elle s'éteint, ce sera plus difficile puisque je devrai me fier à mon seul toucher, mais quoi qu'il arrive, je suis là pour vos bébés et pour vous, Claudia. Nous surmonterons cette épreuve ensemble.

Il ne pouvait lui cacher que la situation était grave, mais elle savait au moins qu'elle pouvait compter sur lui. Il inspira une grande bouffée d'air tiède, se jurant de faire tout ce qui était en son pouvoir pour tenir son engagement.

Elle hocha la tête, et quand la contraction suivante arriva, il devina qu'elle éprouvait une envie presque incontrôlable de pousser.

— Respirez lentement et régulièrement, dit-il en lui caressant le bras.

— Vous avez accouché beaucoup de femmes ?

— Oui, Claudia, mais jamais dans un ascenseur et plus depuis…

La sonnerie de l'Interphone l'interrompit.

— Oui ?

— Ici le gestionnaire de l'immeuble, dit une voix. Nous nous efforçons de vous délivrer le plus vite possible, mais cela peut nous prendre entre vingt minutes et une heure et demie. Notre seul technicien en service traverse la ville pour arriver. Comment va la jeune dame ?

— Elle est en plein travail.

— Bon sang ! Elle doit en baver ! Je vais dire à notre homme de se presser, ou alors j'en appellerai un autre qui est en congé. L'ambulance est déjà en route.

— Tant mieux, répliqua Patrick d'une voix égale. Je surveille la patiente, mais il nous faudra deux ambulances. Deux enfants prématurés ne vont pas tarder à naître, alors assurez-vous que les ambulanciers ont deux couveuses. Faites en sorte qu'un obstétricien soit prêt à intervenir avec un kit de naissance comportant un clamp pour cordon ombilical et du syntocinon.

Baissant la voix, Patrick ajouta :

— Il faudra aussi du plasma sanguin. Il y a toujours un petit risque d'hémorragie post-partum.

Puis Patrick interrompit l'échange pour permettre aux secours de s'organiser rapidement, et il se tourna vers Claudia dont le front ruisselait de sueur.

— Je ne veux pas que mes bébés meurent !

— Ecoutez-moi, Claudia. Nous allons nous en sortir et vos bébés iront bien, mais j'ai besoin de votre aide.

Claudia ne parvenait pas à quitter son ventre des yeux. Etreinte par la peur, elle était incapable de réfléchir. Ce n'était pas un rêve ! Ils n'allaient pas pouvoir sortir de l'ascenseur, personne ne leur viendrait en aide et personne ne l'emmènerait à l'hôpital.

La dure réalité la heurta de plein fouet… Ses bébés allaient naître entre les murs de métal de cette cabine.

Et ils ne survivraient peut-être pas.

— Je vais devoir découper vos dessous, dit Patrick. Je ne veux pas vous soulever pour les ôter.

Le cœur de Claudia battit plus vite et son esprit s'emballa. En elle-même, elle savait que les chances n'étaient pas de son côté, mais elle bénissait Patrick de ne pas l'avoir dit à voix haute. L'homme aux lunettes noires ne ressemblait en rien à ce qu'elle avait imaginé et il allait aider ses enfants à venir au monde.

En réalité, elle n'avait pas d'autre choix que de lui faire confiance.

— Allez-y, marmonna-t-elle.

Puis elle se tut car une contraction arrivait et elle devait lutter contre l'envie de pousser.

Ouvrant sa mallette, Patrick en sortit une solution antibactérienne dont il se frotta les mains avant d'enfiler une paire de gants. Il prit alors des ciseaux pour découper la petite culotte de Claudia avant de vérifier où en était la dilatation du col.

— Vous êtes à dilatation complète et la tête de votre

premier fils est visible, annonça-t-il. Continuez de respirer lentement.

Parcourue par un spasme plus douloureux que le précédent, Claudia laissa échapper un cri.

— Je n'y arriverai pas !

— Bien sûr que si ! Rappelez-vous que vous n'êtes pas seule, Claudia. Vous et moi, nous allons mettre vos bébés au monde.

Pendant que ces paroles d'apaisement sortaient de sa bouche sèche, Patrick priait le ciel de l'aider à réaliser cette promesse. Par bonheur, il ne manquait pas d'expérience, mais ce n'était pas toujours suffisant. Dans certaines situations, les compétences ne faisaient pas le poids.

S'armant de courage, il se prépara à se battre pour cette jeune femme et ses jumeaux.

— Je voudrais que vous vous mettiez à quatre pattes, lui dit-il.

Elle écarquilla les yeux.

— Pourquoi ? Je croyais qu'on pouvait accoucher allongée sur le dos. Quelque chose ne va pas ?

Visiblement en proie à la panique, Claudia le scrutait, les yeux écarquillés.

— Ce sera plus facile pour vous comme pour les bébés, expliqua-t-il. Cette posture élargit le vagin, et même si elle vous semble inconfortable, croyez-moi, ce sera plus facile que si vous restiez sur le dos. Allons-y… Je vais vous aider.

Dès qu'il tendit les bras vers elle, Claudia sentit la chaleur de ses mains et la force de son étreinte. Il s'assura que ses paumes et ses genoux reposent sur la veste trempée, non sur le sol.

— J'aimerais avoir une compresse froide, dit-il. Il commence à faire chaud ici, mais je n'ai plus aucun linge disponible.

Claudia réussit à sourire malgré la douleur.

— Vous trouverez un minuscule foulard dans mon sac.

S'emparant de la grande sacoche de cuir, Patrick la vida sur le sol de métal. Il y trouva le foulard et remarqua les clichés.

— Vous les apportiez à votre obstétricien ?

Claudia tourna légèrement la tête vers lui.

— Oui. Il devait les examiner avant de me donner l'autorisation de prendre l'avion pour Londres.

Ecartant les radios, Patrick prit la bouteille d'eau pour humidifier le foulard. Soulevant délicatement les boucles trempées de sueur, il le posa sur la nuque de Claudia.

Etait-ce le contact de la paume de Patrick sur sa peau qui l'apaisait autant, ou cette compresse improvisée ? Claudia eut à peine le temps de se poser la question car une nouvelle contraction la fit crier de douleur.

Quoi qu'il y ait sur les clichés, ils n'étaient pour l'instant d'aucune utilité et ne modifieraient en rien la situation. Patrick ignorait ce que les prochaines minutes lui réservaient, mais il ferait tout son possible pour préserver la vie de Claudia et de ses jumeaux.

Soudain, le premier bébé vint au monde. Une masse de cheveux noirs et bouclés formait un halo autour de son petit visage parfait.

— Poussez lentement et respirez régulièrement, Claudia, sinon vous risqueriez une déchirure et je préfère l'éviter.

S'efforçant visiblement de suivre ses instructions, elle contrôla sa respiration. Il y eut quelques contractions supplémentaires et, enfin, Patrick accueillit l'enfant entre ses mains tendues. Le nouveau-né émit un petit cri et Patrick lui nettoya la bouche avant de vérifier les signes vitaux.

Il était petit, mais pas assez pour que l'absence de couveuse le mette en danger. Etant donné sa prématurité et le fait que ce soit un jumeau, Patrick avait craint qu'il soit encore plus fluet. Il clampa le cordon ombilical avec un lien stérile avant de poser le bébé sur la chemise. Son entrée dans le monde avait été rude et le sol très dur, mais jusqu'à ce que son frère soit né, Patrick n'y pouvait pas grand-chose. Il était impossible de déposer le nourrisson sur la poitrine de sa mère avant la naissance du second enfant. Il ne restait plus qu'à espérer qu'il ne se présenterait pas par le siège, ce qui entraînerait des complications que Patrick ne voulait même pas envisager.

La contraction suivante fut douloureuse et Claudia se mit à crier, mais elle parvint à ne pousser que lorsqu'il le fallait et le crâne du second jumeau apparut. De nouveau, ce fut dans les bras de Patrick que le nouvel arrivant poussa ses premiers cris. Il vérifia les signes vitaux, heureux que cette seconde naissance se soit bien déroulée, et plus vite qu'il ne l'avait imaginé.

Le corps entier ruisselant de transpiration, Claudia regarda ses fils, envahie par un amour encore plus grand que ce qu'elle aurait cru possible.

Elle se sentait très proche de l'homme qui l'avait aidée à les mettre au monde. Il évoquait pour elle un chevalier en armure étincelante et sa dette envers lui ne s'éteindrait jamais.

En plus d'être un excellent médecin, Patrick était un homme merveilleux, et à mesure qu'elle émergeait du brouillard de ses émotions, elle soupçonna que ses sentiments pour lui dépassaient la simple gratitude.

Patrick se taisait. Il y avait encore la question des deux placentas à régler et Claudia à surveiller. Elle avait beau sembler très heureuse, il savait qu'elle n'était pas sortie d'affaire.

Il posa délicatement le second nouveau-né près de son frère minuscule et les enveloppa tous les deux avec la chemise avant d'aider Claudia à s'allonger de nouveau sur le dos. Il glissa ensuite le sac de cuir sous la tête de la jeune femme en guise d'oreiller. Quant à Claudia, elle était tellement absorbée par ses enfants qu'elle se souciait peu de son propre confort.

— Je vais les poser sur vous pendant que nous attendons l'expulsion des placentas, dit-il.

L'accouchement s'était relativement bien passé, mais cette double naissance accroissait les risques d'hémorragie... Il plaça les deux bébés dans les bras de leur mère qui se mit à les bercer, le visage illuminé par le bonheur. Elle paraissait encore plus belle, maintenant que ses enfants reposaient contre sa poitrine.

Et s'ils héritaient de ses gènes, ils seraient sans doute très beaux...

Quelques minutes plus tard, lorsqu'elle expulsa l'un des deux placentas, Patrick constata qu'il n'était pas complet. Si le reste ne sortait pas, Claudia aurait besoin d'une révision utérine, mais elle avait accouché de jumeaux qui paraissaient en bonne santé.

Inspirant profondément, Patrick regarda Claudia avec une sorte de fierté suscitée par la force d'une femme qu'il connaissait à peine.

Il remarqua alors qu'elle pâlissait et commençait à frissonner.

— J'ai un peu froid, maintenant, dit-elle doucement. C'est bizarre... Il faisait si chaud, tout à l'heure. Je ne souffre pas, mais...

Ses yeux devenaient vitreux tandis que ses doigts desserraient leur emprise sur les nouveau-nés. Patrick les retira de ses mains affaiblies et les posa près d'elle, toujours enveloppés dans la chemise. Il prit ensuite le pouls de Claudia, qui devenait de moins en moins perceptible. Baissant les yeux, il vit le sang s'écouler du corps de Claudia et maculer la veste.

Son pire cauchemar se réalisait... Une hémorragie de la délivrance. En raison de sa grossesse, Claudia avait moitié plus de sang dans son corps, ce qui était positif, mais étant donné la quantité qu'elle avait perdue, il ne leur restait que peu de temps devant eux. L'atonie utérine étant souvent à l'origine de ces saignements, il commença à masser son ventre pour aider son utérus à se contracter. Malheureusement, au bout d'une minute, aucun changement ne s'était produit. Il aurait fallu lui injecter de l'ocytocine, mais, évidemment, il n'en avait pas dans sa mallette… Plus maintenant, en tout cas. Autrefois, il aurait eu sous la main tout ce dont il avait besoin pour sauver Claudia… Mais c'était une époque révolue.

Cessant momentanément le massage, il tapota la main de la jeune mère.

— Claudia… Je voudrais que vous allaitiez l'un des bébés. Cela stimulera une hormone qui ralentira le saignement. Vous comprenez ?

— Oui, oui, marmonna-t-elle en essayant de garder les yeux ouverts. J'ai l'impression d'avoir trop bu.

— C'est à cause de la perte de sang. Je vais faire tout mon possible pour l'arrêter avant l'arrivée des secours, mais nous devons travailler ensemble. Bientôt, vous serez en route pour l'hôpital.

Ecartant les pans de la chemise, il prit le bébé le plus gros puis il souleva le débardeur et le soutien-gorge de Claudia avant de poser le petit contre son sein. Instinctivement, le nourrisson se mit à téter pendant que Patrick se remettait à masser.

— Vous avez réfléchi aux prénoms de vos fils ? demanda-t-il pour garder Claudia éveillée.

Malgré tous ses efforts pour retrouver les prénoms qu'elle avait soigneusement choisis, la mémoire faisait défaut à Claudia.

— Je pense…

Elle s'interrompit et battit des paupières.

— … Thomas et Luca, comme leurs deux arrière-grands-pères, dit-elle enfin.

— Ce sont des prénoms forts pour deux petits guerriers, commenta Patrick. Celui-ci est Thomas ou Luca ?

Claudia sourit à son fils qui tétait sans conviction.

— Thomas… Mais je pense qu'il est déjà fatigué et un peu trop petit.

— Je suis d'accord avec vous sur les deux points.

La vision de Claudia commença à se brouiller et elle sentit la peur monter en elle.

— J'ai de nouveau la tête qui tourne… Est-ce que je vais mourir ?

— Non, vous allez vous en sortir et élever vos fils jusqu'à leur majorité.

Sa faiblesse augmentait de minute en minute. Sans voir le sang qui s'écoulait de son corps, elle savait que la situation était grave.

— Mais si je n'y arrive pas…

— Vous y arriverez, répliqua Patrick.

Reprenant Thomas, il le posa à côté de son frère Luca. Claudia ferma les yeux un instant. Elle n'avait plus la force de lutter.

— Il faudra que vous contactiez ma sœur Harriet. Vous trouverez ses coordonnées dans mon téléphone. S'il le faut, elle devra s'occuper des jumeaux à ma place.

— Ecoutez-moi, Claudia. Vous allez vivre, mais je dois faire quelque chose de très désagréable pour vous.

— Quoi ?

— Je vais comprimer votre utérus avec mes mains pour freiner l'hémorragie.

Elle hocha faiblement la tête, sentant qu'elle n'allait pas tarder à s'endormir.

— Allez-y !

— Essayez de rester éveillée, dit-il en commençant la compression.

Les minutes passaient, mais le saignement ne tarissait pas. Claudia avait besoin d'être prise en charge dans un hôpital. Il y avait un problème plus grave qu'une simple hémorragie de la délivrance. Pour survivre, Claudia devrait subir une intervention chirurgicale.

Tendant la main vers l'enveloppe, Patrick en sortit les radios. Les clichés glissèrent sur le sol, mais lorsqu'il lut le rapport, ses pires craintes furent confirmées. Le placenta adhérait aux parois de l'utérus…

Patrick frissonna. Il avait dû faire face au même diagnostic plusieurs années auparavant. Après avoir vu les résultats de l'échographie, jamais l'obstétricien n'aurait permis à Claudia de prendre l'avion. Elle aurait accouché à Los Angeles, que ce soit aujourd'hui ou plus tard.

Le cœur lourd, Patrick lâcha l'enveloppe pour prendre une Claudia presque inconsciente dans ses bras. Si les secours n'arrivaient pas d'ici quelques minutes, il la perdrait.

Et ces deux minuscules bébés ne connaîtraient jamais leur maman si jolie et si courageuse.

3.

Au moment où le corps inerte de Claudia s'abandonnait contre son torse, Patrick entendit les portes s'ouvrir derrière lui et une main se posa sur son épaule nue.

— On va vous sortir de là, dit une voix.

Se retournant, Patrick aperçut toute une équipe médicale se précipiter dans sa direction. Jamais il n'avait été aussi heureux de sa vie ! Ressentant une montée d'adrénaline, il se mit à lancer des instructions.

— Il s'agit d'une hémorragie post-partum. Il faut tout de suite lui faire une perfusion de syntocinon et lui poser une sonde urinaire pour que l'utérus se contracte mieux avec une vessie vide. Si elle ne se stabilise pas, une transfusion sera nécessaire. On n'a pas le temps de vérifier son groupe, alors commencez par du plasma et demandez qu'on lui réserve du O négatif en obstétrique.

Patrick s'écarta pour permettre à l'équipe d'entrer dans la cabine. Le traitement demandé fut aussitôt mis en place. Un infirmier posa un cathéter puis il commença la transfusion de plasma. On administra à Claudia des antalgiques et du syntocinon afin de stopper le saignement. Deux infirmiers se chargèrent des bébés qui quittèrent l'ascenseur confortablement installés dans des couveuses portables.

— Vous connaissez l'origine de l'hémorragie ? demanda le médecin qui accompagnait les ambulanciers.

Patrick ramassa les clichés et les lui tendit.

— Placenta accreta, dit-il. Il n'y a qu'une petite partie du placenta qui est sortie et le reste est encore accroché aux parois de l'utérus. Si le rapport du radiologue est correct, elle aura peut-être besoin d'une intervention chirurgicale, mais une hystérectomie devrait être la dernière option du chirurgien. Je doute que cette jeune femme ait plus de trente ans et elle préférerait sans doute conserver son utérus.

— Je suis sûr qu'ils l'éviteront si c'est possible.

Patrick hocha la tête.

— Les bébés semblent en bonne santé, mais le pédiatre devra procéder à un examen complet, continua-t-il sans quitter Claudia des yeux. Il y en a un qui est plus petit que l'autre, mais j'espère que leur prématurité n'aura aucune conséquence néfaste.

Claudia fut sortie de l'ascenseur et installée sur un brancard.

— Vous avez fait un travail remarquable, répliqua le médecin. Et vous, jeune dame, ajouta-t-il à l'intention de Claudia, vous avez eu beaucoup de chance que cet homme soit dans l'ascenseur en même temps que vous. Sans lui, l'issue n'aurait certainement pas été la même. Vos deux bébés et vous, vous lui devez la vie.

Avec un sourire faible, Claudia souleva sa main pour manifester sa gratitude. Patrick la prit dans la sienne et lui rendit son sourire avant de se tourner vers son confrère.

— Je voudrais l'accompagner à l'hôpital, s'il y a de la place dans l'ambulance.

— Il y en a.

Patrick passa les trois heures suivantes à arpenter les couloirs qui menaient du bloc opératoire aux soins intensifs de néonatalogie.

A son arrivée, on lui avait donné une blouse blanche pour couvrir son torse nu. Les deux fils de Claudia avaient des cheveux sombres, mais l'un avait des yeux d'un bleu étincelant et l'autre les prunelles brunes de sa mère. Ils allaient bien et Patrick se sentait bizarrement lié à eux.

Jamais il n'avait rien connu de tel, et encore moins envers de minuscules personnes.

Mais ces nouveau-nés étaient spéciaux, peut-être parce qu'il les avait aidés à naître dans des circonstances dramatiques, ou parce que leur mère était quelqu'un d'exceptionnel. Quoi qu'il en soit, il savait que ces trois êtres éveillaient son instinct de protection.

Chacun des garçons pesait un peu plus de deux kilos, ce qui était encourageant. Le pédiatre les avait examinés, puis on les avait nourris et ils reposaient dans leurs couveuses quand Patrick quitta la nurserie et retourna en chirurgie.

L'opération avait duré plus longtemps qu'il ne l'avait prévu. En arrivant à l'hôpital, il avait songé à demander qu'on lui permette d'assister à l'intervention puis il s'était rappelé que sa dernière opération en obstétrique avait mis fin à sa carrière.

L'interne lui avait assuré que le Dr Sally Benton était spécialisée en chirurgie gynécologique et très respectée par ses confrères. Patrick avait espéré que Claudia pourrait encore avoir des enfants, mais au bout de trois heures, il devina que l'équipe avait sans doute procédé à une hystérectomie.

Une femme en tenue de bloc s'approcha de lui. Elle était grande et mince, avec des cheveux noirs striés de mèches grises encadrant son joli visage. Patrick lui donna une cinquantaine d'années.

— Je suis Sally Benton, dit-elle en lui serrant la main. Vous êtes le Dr Spencer, je suppose ?

— En effet.

— Je tenais à vous remercier personnellement pour la façon dont vous avez assisté cette patiente, dans l'ascenseur. Mlle Monticello est en salle de réveil, en ce moment, et elle n'y serait certainement pas si vous n'aviez pas fait un travail aussi extraordinaire.

Patrick choisit d'ignorer le compliment.

— Vous avez pu pratiquer une chirurgie conservatrice ?

— Malheureusement non. Pour stopper l'hémorragie,

nous avons dû procéder à une hystérectomie. Elle a gardé ses ovaires, mais pas son utérus.

Le Dr Benton s'assit sur un siège, dans le couloir, et fit signe à Patrick d'en faire autant.

— Le médecin qui se trouvait dans l'ambulance m'a fait part de votre diagnostic de placenta accreta, et comme je me suis retrouvée avec des villosités placentaires qui avaient envahi le myomètre, je n'ai pas eu d'autre choix que d'enlever l'utérus. Elle a eu de la chance que d'autres organes, comme la vessie, n'aient pas été touchés. Je suis heureuse de ne pas avoir été confrontée à une telle situation. Comme vous le savez, les complications sont telles que 6 % des patientes décèdent.

Patrick ne connaissait que trop bien les statistiques.

— Merci, docteur Benton.

— Ne me remerciez pas. Comme je l'ai dit, vous avez fait le gros du travail en la maintenant en vie, et elle a deux merveilleux petits garçons. Peut-être ne vivra-t-elle pas cette hystérectomie comme une véritable tragédie.

Patrick hocha la tête sans répondre.

— Comment vont ses jumeaux ? demanda la chirurgienne.

— Très bien, répondit Patrick avec une fierté qui le surprit lui-même. Ce sont des bébés vigoureux et ils ont un bon poids, si l'on considère qu'ils sont nés à trente semaines d'aménorrhée.

— C'est génial ! Maintenant, j'ai une question personnelle à vous poser, docteur Spencer. Comment avez-vous fait la connaissance de Mlle Monticello ?

— Nous nous sommes rencontrés pour la première fois dans l'ascenseur.

— Eh bien ! s'exclama sa consœur. Elle ne pouvait pas trouver meilleur compagnon de voyage. Où exercez-vous l'obstétrique ? Je n'ai pas entendu parler de vous à Los Angeles et, si j'en crois votre accent, vous venez de l'étranger…

Patrick hésita. Il n'avait pas très envie de parler de lui-même, mais cette femme avait le droit de savoir qui il était.

— Non, je travaille à Los Angeles, mais pas en tant qu'obstétricien.

— Vraiment ? Quelle est votre spécialité ?

— J'exerce la chirurgie plastique.

Une fois de plus, le Dr Benton ne cacha pas sa surprise.

— Je ne l'aurais jamais deviné !

Son visage fatigué s'éclaira d'un petit sourire, elle se leva et tendit la main à Patrick.

— Eh bien, docteur Spencer, si vous êtes un jour lassé de votre pratique actuelle, vous devriez envisager l'obstétrique. Nous manquons de praticiens dans ce domaine et vous êtes très doué. Comme je vous l'ai dit, Mlle Monticello vous doit la vie. Elle sera dans sa chambre dans une heure ou deux. En raison de sa perte de sang, nous la gardons en salle de réveil un peu plus longtemps que d'habitude, mais je suis sûre qu'elle sera contente de vous voir.

Patrick lui serra la main et elle lui sourit une dernière fois avant de le quitter.

Il consacra les deux heures suivantes à Thomas et Luca. Il avait appelé sa clinique de façon à réorganiser son emploi du temps. Bien que les bébés soient sous surveillance permanente, il répugnait à les quitter… En tout cas, pas encore.

Les jumeaux étaient tous les deux en couveuse, mais Luca, qui avait besoin de davantage d'oxygène, avait été installé dans un incubateur ouvert, aussi appelé table chauffante. C'était sans doute une mesure temporaire car ils semblaient tous les deux en bonne santé. Bien sûr, il faudrait que leur développement se poursuive et qu'ils prennent du poids avant qu'on les sorte de leurs couveuses. Mais d'ici trois ou quatre semaines, leur mère serait sans doute autorisée à les emmener.

Il descendit chez le fleuriste du rez-de-chaussée pour acheter un énorme bouquet et deux ours bruns avec des nœuds papillons bleus. Il avait cru comprendre que Claudia n'avait personne vers qui se tourner et il ne savait que trop bien ce qu'elle pouvait éprouver. Chaque jour, il devait faire un effort pour ne pas penser à ce qu'il avait perdu en s'éloignant de sa famille.

Du moins, Claudia avait-elle ses deux bébés, mais il savait par expérience que sa chambre devait être dépourvue de tout ce qui pouvait égayer sa journée ou lui remonter le moral. Elle méritait une chambre fleurie et des objets pour lui rappeler ses jumeaux en attendant qu'elle puisse aller les voir.

Il confia le bouquet à une infirmière qui le disposa dans un vase et l'apporta près du lit. Il attendait dans le couloir lorsqu'il aperçut un brancard poussé par un infirmier et sur lequel reposait Claudia. Elle était encore un peu pâle, mais pas autant que lorsqu'il avait tenu son corps inerte dans ses bras et pensé que les jumeaux avaient perdu leur mère.

Il patienta pendant qu'on l'installait, mais lorsque les infirmières sortirent, il frappa à la porte entrouverte.

— Vous êtes prête pour une visite ?

— Patrick ?

— Comment l'avez-vous deviné ? demanda-t-il en entrant dans la pièce. C'est sans doute à cause de mon accent anglais ?

Elle ne pouvait lui dire que c'était plutôt son ton rassurant qui l'avait informée sur l'identité de son visiteur. C'était la même voix grave qui l'encourageait quand elle avait eu envie d'abandonner. C'était la voix qui les avait sauvés, ses fils et elle.

— Je peux entrer ?

— Bien sûr ! Pourquoi êtes-vous encore ici ?

— Je gardais un œil sur… Vos bébés magnifiques.

— Ils sont beaux, n'est-ce pas ? Les infirmières m'ont fait passer par la nurserie avant de venir ici. Ils dormaient, mais on m'a dit qu'ils allaient très bien.

Elle se mordit l'intérieur de la bouche pour maîtriser son émotion.

— Et c'est grâce à vous.

Patrick s'approcha d'elle.

— Vous vous trompez... Vous avez fait le gros du boulot, Claudia, et je me suis contenté de vous assister.

— J'ai peut-être fait le gros du boulot, mais c'est votre habileté qui nous a sauvés. Sans vous...

Son menton trembla et elle s'efforça de réprimer ses larmes.

— Ils ne seraient... Ils ne s'en seraient peut-être pas sortis si vous n'aviez pas été avec moi.

Patrick lui prit la main.

— Sûrement pas ! Ils sont aussi forts que leur mère.

Claudia baissa les yeux vers cette main qui recouvrait la sienne. Après ce qu'elle venait de vivre, ce contact lui donnait l'impression d'être protégée, en sécurité. Mais elle ne devait pas s'y habituer. Patrick et elle étaient liés par ce qu'ils avaient vécu ensemble, mais il n'y avait rien de plus et il lui fallait l'accepter. Certes, il lui était apparu comme un chevalier blanc, mais ce n'était pas le monde réel.

Pour créer un peu de distance entre eux, elle libéra sa main et, pour se donner une contenance, glissa ses doigts dans ses boucles emmêlées.

Le geste ne fut pas perdu pour Patrick qui accepta la rebuffade de bonne grâce. Il avait dépassé les limites de la courtoisie, ce qu'il ne faisait jamais avec une femme. Mais Claudia paraissait si perdue et vulnérable qu'il n'avait pas pu s'en empêcher. Il était clair qu'elle ne souhaitait pas être sauvée de nouveau.

Au fond, elle lui rappelait subtilement qu'il ne voulait se lier avec personne.

Qu'est-ce qui lui était passé par la tête ?

— Comment vous sentez-vous ? demanda-t-il comme

s'il s'adressait à une patiente. En dehors de l'accouchement, votre corps a été soumis à dure épreuve.

— Vous parlez de… l'hystérectomie ?

Hochant la tête, il attendit qu'elle en dise davantage. Claudia était résiliente, mais il n'aurait pas été surpris qu'elle ait du mal à accepter une telle atteinte à sa féminité.

Elle baissa les yeux un instant, puis elle releva la tête et le fixa avec une sorte de défi.

— Je le supporterai. Je suis vivante et j'ai mes fils. Je serais stupide de pleurer pour quelque chose que je ne peux pas changer. Je serais bien égocentrique si je demandais plus que ce que j'ai reçu aujourd'hui. C'est déjà un miracle si mes enfants et moi sommes en vie.

Patrick était déjà impressionné par la force dont elle avait fait preuve dans l'ascenseur, mais cette réaction le mit quasiment à genoux.

— Quand je pense à ce qu'il aurait pu se passer, la perte de mon utérus me semble un petit prix à payer, ajouta-t-elle, les doigts crispés sur sa couverture.

Claudia ressemblait à une poupée de porcelaine, mais Patrick avait appris qu'elle était faite d'une matière plus solide. Il avait du mal à comprendre pourquoi elle était seule au monde. Quelqu'un l'avait-il abandonnée et cette trahison avait-elle nourri sa force de caractère ?

Mais il n'arrivait pas à croire qu'un homme ait quitté une femme aussi extraordinaire.

Puis il comprit que ces questions n'avaient pas de raison d'être. Elle était une patiente, rien de plus.

— Ce bouquet est magnifique, commenta-t-elle. Je suppose que c'est vous qui l'avez apporté ?

Hochant la tête, Patrick s'efforçait de la regarder avec les yeux d'un médecin, mais cela devenait de plus en plus difficile. Ils n'étaient plus dans l'espace confiné de l'ascenseur et elle n'avait plus besoin de lui, mais il voulait être là pour cette ravissante jeune femme brune vêtue de la tenue d'hôpital.

— Vous avez remarqué comme ces murs sont tristes,

dit-il. J'avais envie d'égayer un peu votre chambre et j'ai pensé que des fleurs feraient l'affaire.

— Nos chambres ne sont pas aussi laides que ça, jeune homme, intervint une voix sévère. Je m'appelle Vanda, et il vaudrait mieux que je ne vous entende pas vous plaindre parce que c'est moi qui m'occupe de votre épouse, ce soir, et dans votre intérêt…

— Nous ne sommes pas mariés ! s'exclamèrent Claudia et Patrick avec un bel ensemble.

— Pardonnez-moi si j'ai présumé que vous l'étiez, c'est juste une habitude liée à mon âge.

Patrick donnait une cinquantaine d'années à cette infirmière aux cheveux auburn coupés court et aux yeux bleus pétillants.

— J'ai deux petits-enfants, et leurs parents ne sont pas mariés non plus, sous prétexte qu'ils n'ont pas le temps, continua-t-elle. Mais du moment qu'ils sont heureux, moi aussi.

— Non, nous ne sommes pas ensemble, commença Claudia au moment où l'infirmière lui passait le brassard du tensiomètre au bras. Il est mon…

Elle se tut, ne sachant comment décrire sa relation avec Patrick. Ils n'étaient pas amis, mais il n'était pas non plus son médecin au sens habituel du terme. Tout ce qu'elle aurait pu dire, c'était que leur lien était intense et soudain.

— Je ne suis pas le père des bébés, mais c'est moi qui l'ai aidée à les mettre au monde dans l'ascenseur, dit Patrick.

— Oh ! Vous êtes la jeune femme qui a accouché dans un ascenseur cet après-midi ?

Après avoir vérifié que les constantes de Claudia étaient bonnes, elle lui retira le brassard avant de se tourner vers Patrick.

— Et vous devez être le médecin qui était au bon endroit au bon moment… Eh bien, toutes mes félicitations ! La nouvelle est passée aux informations de 18 heures, au cas où vous l'ignoreriez. Mais ce n'est pas une raison pour critiquer nos chambres.

Leur adressant un clin d'œil, elle sortit. Patrick et Claudia se regardèrent, un peu surpris par le comportement de cette infirmière et ce qu'elle venait de leur apprendre.

— Nous sommes passés aux informations ? s'étonna Claudia.

— Apparemment, oui. Espérons que les journalistes ne découvriront pas votre identité.

Claudia se laissa aller contre les oreillers et joua nerveusement avec les boucles d'oreilles offertes par ses parents pour son seizième anniversaire.

— Je vais dire aux infirmières et au service d'admission que vous refusez toute interview, ajouta Patrick.

Une fois de plus, Patrick lui faisait penser à un chevalier en armure… Ou bien à un cow-boy coiffé d'un stetson chevauchant son étalon pour la secourir. Elle n'avait même pas besoin de le solliciter, il continuait de l'aider. Mais il ne serait pas toujours là, et elle devrait se débrouiller seule.

Alors autant commencer tout de suite.

— C'est inutile, dit-elle, je vais demander à Vanda d'éloigner de moi les curieux. Franchement, j'apprécie tout ce que vous avez fait, mais vous n'êtes pas obligé de continuer.

Patrick était d'accord avec elle. Dorénavant, elle était prise en charge par l'hôpital. Elle repartirait pour l'Angleterre avec ses bébés dès qu'on lui en donnerait l'autorisation. Il n'y avait donc aucune raison de nouer une relation avec elle… Romantique ou autre.

Il posa une carte professionnelle sur le plateau, près de la bouteille d'eau.

— Je vous donne mon numéro de téléphone. Si vous avez besoin de quoi que ce soit, appelez-moi. Je vous souhaite à tous les trois, vos enfants et vous, de faire un bon voyage pour Londres dans quelques semaines.

Il réprima l'envie de lui déposer un baiser sur le front et de caresser ses boucles. Bizarrement attristé à l'idée qu'il ne la reverrait jamais, il tourna les talons et se dirigea vers la porte. Au moment de sortir, il se retourna pour regarder cette jeune femme aussi exceptionnelle que belle.

Claudia n'aurait su dire ce qui la fit réagir, mais elle sentit que le départ de Patrick lui fendait le cœur.

Sachant que c'était une folie, elle le rappela :

— S'il vous plaît… Attendez ! Je ne voulais pas vous paraître grossière ou ingrate. Mais en tant que médecin, vous avez probablement des patients, et…

— Claudia, tout va bien, vraiment, et vous avez raison. Je suis certain que vous allez vous en sortir, à partir de maintenant. Je suis heureux que les garçons et vous alliez bien et je vous souhaite tout le bonheur possible.

Sur un dernier sourire à Claudia, Patrick sortit de la chambre. Elle avait eu raison de lui faire comprendre qu'elle n'avait plus besoin de lui. Quant à lui, il devait garder ses distances vis-à-vis de cette femme pour qui il éprouvait un sentiment plus fort que ce qui unit normalement un patient et un médecin.

Les seules aventures amoureuses qu'il avait eues n'avaient duré qu'une nuit, et elles n'avaient impliqué aucun engagement, aucun lien. Avec Claudia, il soupçonnait que ce serait différent. Elle éveillait déjà en lui des sentiments dont il ne voulait pas.

L'épisode ne resterait dans sa mémoire que comme l'expérience la plus intense qu'il ait jamais vécue.

4.

Les sourcils froncés et les joues rouges, Vanda parlait au téléphone.

— Quel est exactement le problème, avec l'assurance santé internationale de Mlle Monticello ?

Malgré lui, Patrick ralentit le pas pour écouter la conversation. En approchant du comptoir, il ne fut pas rassuré par l'inquiétude visible de l'infirmière et son expression.

Il ne pouvait pas passer son chemin comme s'il n'avait rien entendu. Quelque chose, en lui, le poussait à protéger Claudia. Il savait pourtant qu'il devait s'écarter de cette jeune femme dont il ignorait tout, hormis le fait qu'elle retournerait à Londres dès qu'elle le pourrait.

Des questions se pressaient dans son esprit fatigué. Le père des jumeaux l'attendait-il à Londres, ou était-il sorti de sa vie ? Si elle avait eu un mari ou un petit ami, Claudia aurait certainement souhaité le prévenir, même s'il était en voyage d'affaires ou se battait pour son pays quelque part dans le monde.

Il devait cesser d'y penser ! Claudia était seule et il en était désolé pour elle, mais, du même coup, elle éveillait en lui ce désir de la protéger. Il avait besoin de savoir que ses enfants et elle allaient bien, mais ensuite, son job serait terminé.

Comment y voir plus que cela ?

— D'accord, poursuivait Vanda. Je lui dirai demain matin qu'un employé de votre société va passer la voir et prendre les dispositions nécessaires. Elle a dit à l'infirmière de la salle de réveil qu'elle se faisait du souci pour les factures, mais nous ne voulons pas qu'elle soit stressée. Elle pourra peut-être élargir sa police d'assurance.

Patrick fixa Vanda, dont le visage se rembrunit davantage.

— Je vois ! Donc, les jumeaux ne sont pas couverts. Ce n'est pas une bonne nouvelle, mais je suis sûre que l'hôpital trouvera une solution et qu'elle pourra rembourser sa dette en plusieurs fois. Oui, je comprends qu'il s'agit d'une assurance internationale et qu'il y a des limitations, mais dans mon service, il n'y aura pas de limites aux soins qu'on lui apportera.

Elle s'interrompit et pianota nerveusement le comptoir.

— Non, j'entends ce que vous dites, mais de votre côté, essayez de comprendre mon point de vue.

Vanda continua d'écouter ce que lui disait son interlocuteur pendant que les infirmières s'affairaient autour d'elle avant le changement d'équipe.

Elle était polie mais ferme, et Patrick, qui écoutait la conversation, soupçonnait qu'elle n'était pas du genre à perdre des batailles. Toutefois, elle semblait avoir du mal à garder son sang-froid.

— Je ne préférerais pas. Non, attendez jusqu'à demain matin ! Mlle Monticello a besoin de se reposer, et si elle s'inquiète pour les factures de l'hôpital, cela ne l'aidera pas à dormir. Après ce qu'elle a subi aujourd'hui, le sommeil est indispensable. D'accord, je la transférerai dans une chambre à plusieurs lits demain, mais ce soir, elle reste où elle est. Non, elle n'a pas de proche en Californie, pas plus qu'ailleurs aux Etats-Unis. Elle a une sœur qui semble constituer sa seule famille, mais elle vit en Angleterre.

Ces dernières précisions dissipaient un peu le mystère qui entourait Claudia. Mais pourquoi n'avait-elle pas téléphoné à sa sœur ?

— Oui, je mesure la gravité de la situation, mais nous nous en occuperons demain, continua Vanda. Je serai de retour à 6 heures. Non, sûrement pas ! Je ne changerai pas d'avis sur ce point. Ma patiente passe en premier, alors n'envoyez personne maintenant parce que votre représentant ne sera pas autorisé à la rencontrer.

Patrick songea un instant à intervenir, mais mieux valait se renseigner sur la situation exacte de Claudia. Il demanderait à son avocat de prendre contact avec l'hôpital dès le lendemain et de veiller à ce que cette question soit réglée. Après avoir aidé ces bébés à venir au monde, il ne permettrait pas que leur mère se fasse du souci pour les frais hospitaliers. Il voulut se persuader que ce serait son cadeau à Thomas et à Luca, mais il savait bien qu'il ne pensait pas qu'à eux.

— Je vais raccrocher, maintenant, dit Vanda. Nous poursuivrons cette conversation dans la matinée. J'ai des problèmes plus pratiques à régler pour ma patiente, comme de lui trouver des pyjamas propres. Ce soir, elle gardera la tenue fournie par l'hôpital, mais elle n'a pas de chemise de nuit ou d'affaires de toilette, pas même une brosse à dents, la pauvre petite ! Alors je ne peux pas m'éterniser à bavarder avec vous. Je dois arranger les choses avant la fin de mon service, ou elle aura tout d'une malheureuse orpheline, demain matin.

Patrick dépassa le comptoir et se dirigea vers la station de taxis. Tout en marchant, il envoya un SMS à sa secrétaire. Il avait besoin qu'elle fasse une course pour lui.

Après une nuit agitée, Claudia se réveilla avec le désir urgent de voir ses bébés. Si son sommeil avait été aussi entrecoupé, c'était à cause de la gêne postopératoire, mais aussi parce qu'elle s'inquiétait pour ses fils. Elle éprouvait de plus une étrange sensation de vide à l'idée qu'elle ne reverrait plus jamais Patrick. Cette réaction était absurde ! Moins de vingt-quatre heures auparavant, elle ne le connaissait pas, et maintenant, il lui manquait.

C'était comme si, en le rencontrant, elle avait trouvé la pièce manquante d'un puzzle qu'elle recherchait sans le savoir.

Allongée dans son lit, elle fit la liste de toutes les raisons qui démontraient à quel point elle était stupide… Premièrement, elle était mère célibataire de jumeaux et sa vie était déjà suffisamment remplie. Deuxièmement, si elle prolongeait son séjour aux Etats-Unis de plus d'un mois, elle serait dans l'illégalité et elle devait donc regagner l'Angleterre au plus vite. Troisièmement, elle n'aurait plus jamais confiance dans les hommes. Quatrièmement, elle savait très peu de chose sur celui qui l'avait accouchée.

Lorsqu'il était passé la voir, la veille, il voulait juste s'assurer qu'elle allait bien, comme n'importe quel médecin l'aurait fait. Après lui avoir souhaité bonne chance, il lui avait fait ses adieux et il était parti. On ne pouvait pas imaginer visite plus impersonnelle !

— D'ailleurs, c'est ridicule ! marmonna-t-elle. Comment peux-tu penser un instant qu'un homme que tu connais à peine pourrait te manquer ?

Elle appuya sur le bouton d'appel. Elle voulait voir Thomas et Luca, les tenir dans ses bras si on l'y autorisait. Dans le cas contraire, elle pourrait passer les mains dans leurs couveuses, caresser leur peau douce, leur dire qu'ils étaient en sécurité et qu'elle serait toujours là pour eux.

Elle leur dirait aussi qu'ils ne seraient jamais séparés, qu'elle les protégerait de toutes ses forces contre tout mal… Tout comme Patrick les avait protégés la veille.

L'attention de Claudia fut soudain attirée par les fleurs. Ainsi que Patrick l'avait voulu, elles égayaient la chambre d'hôpital si triste, avec ses murs d'un blanc cassé, son store beige et son sol d'un gris marbré. La veille, elle n'avait pas trop prêté attention au bouquet, remarquant seulement qu'il formait une belle tache de couleur. A la lueur du soleil matinal, elle découvrait des gerberas jaunes et blancs, des marguerites et des chrysanthèmes bleus dans un beau vase opaque. Il y avait aussi les deux petits oursons bruns avec leurs nœuds papillons bleus. C'était vraiment très gentil de la part de Patrick de s'être arrangé pour qu'ils soient dans la chambre avant qu'elle arrive.

Mais pourquoi ? Pour quelle raison se montrait-il aussi généreux avec une inconnue ?

Une infirmière entra dans la chambre.

— Bonjour, dit-elle. Je m'appelle Alli et je vais retirer la perfusion, mais je vous laisse le cathéter que je vais fixer avec du sparadrap. C'est au cas où vous auriez besoin d'un antidouleur dans la journée ou la nuit. Croyez-moi, si on vous le propose, acceptez.

C'était l'une des plus jeunes infirmières du service et Claudia comprit bientôt qu'elle était aussi la plus souriante.

Un instant plus tard, Alli aidait Claudia à sortir du lit pour aller dans la salle de bains à tout petits pas. Quand cette dernière fut assise sur une chaise de plastique, elle la doucha en prenant garde de ne pas humidifier le pansement.

— Vous avez une chemise de nuit propre ? demanda-t-elle.

Claudia secoua la tête. Ses bagages devaient déjà être en route pour l'Angleterre et elle n'avait gardé qu'une valise contenant des T-shirts trop grands, un sweat, un manteau, une paire de caleçons longs confortables et des bottes.

Elle n'avait aucun ami à qui s'adresser. Après avoir découvert la vérité sur St.one, elle avait gardé ses distances avec toutes ses relations pour éviter des questions sur sa grossesse.

— On dirait que vous allez encore porter la superbe tenue fournie par l'hôpital…, plaisanta Alli.

Elle s'esquiva un instant et réapparut avec la même chemise informe.

— Au moins, elle est propre, dit-elle.

— Merci.

— Comme elle est ouverte dans le dos, je vais vous en donner une autre que vous mettrez dans l'autre sens de manière à rester décente.

— De toute façon, ce qui m'importe surtout, c'est de rendre visite à mes enfants, répondit Claudia en souriant. Peu importe la façon dont je suis habillée.

Quand Vanda entra à son tour dans la chambre, Claudia était déjà assise dans un fauteuil roulant.

— Vous ne sortirez pas d'ici tant que vous n'aurez pas mangé, mademoiselle Monticello. Si vous n'êtes pas suffisamment nourrie et reposée, vous ne vous occuperez pas correctement de vos bébés.

— Mais je veux savoir s'ils vont bien !

Vanda prit le plateau du petit déjeuner et le posa sur le lit, près de sa patiente. Elle tendit ensuite à Claudia une petite assiette sur laquelle elle avait déposé un toast beurré.

— Thomas et Luca vont très bien, répliqua-t-elle d'un ton ferme. Je viens d'être appelée par le pédiatre des soins intensifs de néonatalogie. On vous y attend, mais je ne vous permettrai pas d'y aller tant que vous n'aurez pas mangé et bu un jus d'orange. Je suis sérieuse, Claudia, votre corps a subi un énorme choc, hier. Vous devez y aller doucement, vous nourrir et vous reposer, tout comme vos petits garçons. A votre nom de famille, je devine que vous êtes d'origine italienne, tout comme moi ! Alors je vous rappelle que les Italiens ne plaisantent pas avec la nourriture. Vous ne vous en sortirez pas en sautant des repas quand l'une de vos compatriotes est aux commandes.

A cet instant, on frappa à la porte, et une autre jeune infirmière entra, tenant à la main un paquet aussi large que long qui portait la marque d'un magasin de luxe situé sur Rodeo Drive. Vanda s'en empara aussitôt.

— Auriez-vous fait du shopping en ligne, cette nuit, mademoiselle Monticello ?

— Vous êtes certaine que c'est pour moi ? Même dans une crise de folie, je ne pourrais pas me permettre un achat dans ce genre de magasin.

— C'est pourtant bien votre nom qui est inscrit dessus, donc quelqu'un l'a fait à votre place. Je le pose sur le lit, vous le regarderez après votre petit déjeuner.

— C'est peut-être le cadeau d'un bel inconnu qui vous a vue à la télé hier, suggéra Alli avant de quitter la chambre.

— J'espère bien que non ! s'exclama Claudia en posant le toast qu'elle avait à peine grignoté. Pourvu que personne ne connaisse mon nom !

— Certains téléspectateurs ont pu deviner que vous étiez ici, mais aucune information vous concernant n'a été diffusée, dit Vanda. J'ai prévenu l'accueil qu'il fallait refuser toute demande des journalistes…

Jetant un coup d'œil à la tartine abandonnée sur le plateau, elle poursuivit :

— Vous voulez que j'ouvre le paquet ?

Claudia hocha la tête avant d'avaler une gorgée de jus de fruit.

— Très bien, alors voici le deal : je vais chercher des ciseaux pendant que vous continuez de manger, mais je ne l'ouvrirai que lorsque vous aurez avalé deux toasts, et que vous aurez bu soit votre jus d'orange soit votre thé.

De nouveau, Claudia acquiesça, l'air maussade.

Fidèle à sa parole, Vanda revint un instant plus tard avec de très grands ciseaux et elle attendit patiemment que Claudia ait mangé et bu. Elle découpa alors le ruban adhésif et ôta le papier d'emballage, dévoilant une boîte qu'elle ouvrit avant de la tendre à Claudia.

Claudia souleva délicatement le papier de soie.

— Seigneur ! C'est magnifique ! s'exclama-t-elle en sortant un pyjama de soie vert jade.

— Très joli ! La personne qui vous fait ce cadeau a bon goût. Attendez une minute ! Maintenant, je comprends mieux…

— Quoi donc ? Vous connaissez l'expéditeur ?

— Non, mais j'ai appris qu'une jeune infirmière avait reçu un appel après que j'avais fini mon service, hier. A l'autre bout du fil, la personne disait qu'elle avait reçu une commande téléphonique et elle demandait si elle pouvait la livrer à une patiente du service. Bien entendu, aucune précision n'a été fournie sur l'identité du généreux donateur.

— C'est vraiment bizarre, commenta Claudia.

Elle fouilla dans la boîte pour voir si elle contenait autre chose. Elle trouva une nuisette et une chemise de nuit plus longue aux nuances variées de l'abricot. Il y avait aussi un peignoir assorti, des pantoufles de satin vert jade et une trousse de toilette. En l'ouvrant, Claudia découvrit qu'elle renfermait tout ce dont elle avait besoin.

— Il n'y avait pas de carte ? demanda-t-elle en rabattant le couvercle.

— On dirait que l'envoi est anonyme, répondit Vanda. Comme vous dites, c'est vraiment bizarre !

— Je ne peux pas accepter un cadeau anonyme.

— A votre place, je n'hésiterais pas ! Tous ces articles sont bien plus jolis que ce que vous portez actuellement, dit Alli qui venait d'entrer dans la chambre pour prendre le plateau. Dans dix minutes, je viendrai vous chercher pour aller en néonatalogie, ajouta-t-elle avec un grand sourire. Vous avez le temps d'enfiler l'une de ces merveilleuses petites choses, si vous en avez envie.

Claudia baissa les yeux vers sa tenue informe et, l'espace d'une fraction de seconde, elle faillit céder.

— C'est impossible ! dit-elle d'un ton ferme.

— Personne ne vous enfilera ces vêtements de force, répliqua Vanda, mais je vous ferai remarquer que vous avez besoin de tout ce qu'il y a dans cette boîte, alors… J'ai une idée ! Et si vous les acceptiez à condition de rembourser l'expéditeur quand vous sortirez de l'hôpital ? Je suis certaine que vous pourrez le retrouver en vous rendant au magasin.

— Cela me gêne parce que je ne suis pas certaine de pouvoir m'offrir ce luxe.

— Et cela ne vous gêne pas de rester dans votre tenue actuelle pendant quelques jours ? Bien sûr, on vous en fournira quotidiennement une propre, mais ce sera toujours la même, avec cette ravissante ouverture dans le dos. Personne ne pourrait faire des emplettes pour vous ?

— Non, je n'ai pas d'amis à Los Angeles.

— C'est bien ce que je pensais. Vous irez souvent à la nurserie, et je pense que ce pyjama et ces chemises vous seraient très utiles. Je peux m'arranger pour vous trouver une brosse à dents et du dentifrice, mais ce sera plutôt basique et je pense que ce qu'on vous a envoyé est bien plus sympa.

Claudia se mordilla la lèvre inférieure.

— Je sais bien que j'en ai besoin, surtout de la trousse de toilette, mais vous pensez vraiment que je pourrai obtenir l'identité de l'expéditeur ?

— Il faudra essayer.

— D'accord. Je le retrouverai et je lui enverrai un chèque !

Dès que Vanda fut sortie, Claudia se changea. La douceur de la soie était très agréable contre sa peau. Le tissu était léger comme de la plume et plaisant à porter, d'autant que son corps avait mené une dure bataille.

Impatiente de retrouver ses enfants pour leur dire combien elle les aimait, elle se rassit pour se reposer un peu. En attendant Alli, elle décida d'appeler Harriet qui ignorait complètement les événements des dernières vingt-quatre heures. Il était 8 heures du matin à Los Angeles, et donc cinq de plus en Argentine, elle ne risquait pas de réveiller sa sœur.

Harriet décrocha au bout de deux sonneries.

— Salut, frangine… Tu me manques et j'ai des tas de choses à te raconter. Ma vie si prévisible et ennuyeuse est devenue très chaotique depuis que j'ai rencontré ce type. C'est un véritable Adonis… Enfin, la version argentine du dieu grec. En tout cas, il est incroyablement beau et intelligent. On avait couché ensemble un soir, quand il était de passage en Angleterre, et je croyais ne plus jamais le revoir. Mais maintenant, je suis dans son pays et je le trouve encore plus irrésistible sous le soleil de Buenos Aires qu'à Londres… Et il était déjà au top du top !

La nervosité de Harriet et son engouement pour cet homme surprirent Claudia. Mais malgré son envie d'en savoir davantage, elle devait se dépêcher de lâcher ses propres nouvelles avant le retour d'Alli.

— J'ai eu mes bébés, Harriet… Tu es tatie.

— Quoi ?

— J'ai accouché.

— Avec autant d'avance, Clau ? Vous allez bien, les bébés et toi ?

— Oui. Thomas et Luca sont magnifiques !

— Tu leur as donné les prénoms de nos deux grands-pères ?

— J'espère que tu ne m'en veux pas de les avoir raflés d'un seul coup. Je ne t'en ai laissé aucun pour tes futurs enfants.

— Je ne crois pas en avoir avant longtemps ! répliqua Harriet en riant. Je n'arrive pas à croire que tu as des jumeaux ! Alors, parle-moi un peu de mes neveux. Est-ce que ce sont des petits garçons en bonne santé, malgré leur prématurité ?

— Ils vont très bien, surtout si on considère qu'ils sont nés dans un ascenseur.

— Un ascenseur ?

— Parfaitement ! Ici, à Los Angeles !

— Mais tu ne devais pas accoucher à Londres ?

— C'était prévu, mais j'ai perdu les eaux dans la cabine et Patrick m'a aidée à les mettre au monde. En fait, il m'a sauvé la vie. J'ai fait une hémorragie, et quand les secours sont arrivés, j'avais perdu conscience. J'ai eu droit à une hystérectomie en urgence.

— Comment peux-tu me dire que tout va bien après tout ça ? Il faut que je vienne te voir tout de suite !

Bien sûr, Claudia aurait adoré avoir sa sœur jumelle auprès d'elle, mais elle refusait de l'arracher à la première aventure de sa vie. Peut-être n'étaient-elles pas si différentes, après tout ? Ou alors, elles inversaient les rôles… En tout cas, pour un moment.

— Non, Harriet, répondit-elle. Tu ne vas rien faire du tout. Pour une fois, tu vas aller au bout de ton projet et arrêter de venir au secours de ta grande sœur. Je vais bien, l'opération s'est bien passée et j'ai deux adorables petits garçons. Nous partirons pour Londres dès qu'ils seront assez forts et tu pourras les voir là-bas.

— J'ai envie de prendre un avion pour Los Angeles maintenant.

— Je t'en prie, Harriet, écoute-moi. L'orphelinat a plus besoin de toi que moi, et j'ai un endroit où habiter en attendant mon départ pour l'Angleterre.

C'était un mensonge nécessaire pour que Harriet ne se précipite pas à son chevet. En réalité, Claudia ignorait où elle allait vivre. Son bail avait pris fin et elle supposait que le propriétaire de l'appartement avait déposé sa dernière valise chez le gardien de l'immeuble. Elle n'avait quasiment aucune économie et ne possédait que son billet échangeable pour Londres. Elle devrait régler rapidement cette situation, mais pas aux dépens de Harriet. Sa sœur avait enfin trouvé le job et l'homme de ses rêves, et il n'était pas question de l'en détourner.

— Ton ex maintient ses distances ? demanda Harriet. Il sait que tu as accouché ?

— Oui, il maintient ses distances, et non, il n'est pas au courant que j'ai eu des fils. Il s'en fiche, de toute façon. Son avocat m'a dit qu'il ne voulait rien savoir de ma grossesse, alors à quoi bon le prévenir ? Il y a peu de chances pour qu'il saute de joie.

Claudia se tut un instant avant de poursuivre :

— Sa femme ignore toujours mon existence et celle des jumeaux. Tout comme j'ignorais la sienne quand je me suis laissé séduire. La façon dont il a réussi à me cacher son mariage est stupéfiante. Je dois être la fille la plus stupide au monde.

— Absolument pas, répliqua doucement Harriet. Tu es juste trop confiante pour ton propre bien. Mais tu es mieux sans lui, Clau.

Songeant aux deux minuscules bébés qui l'attendaient dans la nurserie, Claudia sourit.

— Je sais… Mais j'ai de merveilleux bébés, si bien que ma déception est bien atténuée. Il m'a offert les plus beaux des cadeaux… Et la permission de l'éjecter de ma vie. L'avocat m'a envoyé les papiers la semaine dernière :

il ne veut pas que son nom soit inscrit sur les certificats de naissance et décline tout droit parental.

— Ça donne le frisson !

— Il m'a proposé d'ouvrir un compte pour les enfants, mais je lui ai dit de garder son argent.

— Tu en aurais pourtant besoin, non ?

— Tout ira bien quand je serai rentrée à la maison, dans quelques semaines. Ma vie sera parfaite.

— Je n'aime pas te savoir seule.

— Je ne le suis pas. J'ai Thomas et Luca, et je t'ai, toi.

— C'est vrai.

Il y avait aussi quelqu'un d'autre qui était momentanément entré dans sa vie. Quand il ne serait plus qu'un lointain souvenir, Claudia était bien décidée à parler à ses fils de l'homme qui avait sauvé la vie de leur mère et l'avait aidée à les mettre au monde. Même s'ils ne devaient jamais le rencontrer, ils sauraient à quel point Patrick était exceptionnel.

— Je vais te quitter, ma chérie. L'infirmière va arriver d'un instant à l'autre pour m'emmener à la nurserie en fauteuil roulant.

— D'accord, mais appelle-moi si tu as besoin de moi. Je peux sauter dans un avion et être auprès de toi en quelques heures. Je t'aime, frangine.

— Je t'aime aussi, Harriet.

Elle raccrocha avant d'avoir entendu la dernière question de sa sœur :

— Attends ! Qui est ce Patrick ?

5.

— Mademoiselle Monticello, je suis le Dr Wilson, néonatalogiste du Mercy Hospital. Je souhaiterais vous parler un instant.

Claudia échangea une poignée de main avec le médecin. Elle venait d'arriver aux soins intensifs et n'avait pas encore vu ses fils. Le cœur battant soudain la chamade, elle se demanda la raison de cet entretien.

Avait-il une mauvaise nouvelle à lui annoncer ?

— Appelez-moi Claudia, s'il vous plaît, dit-elle en crispant nerveusement ses doigts. Il y a un problème ? Pourtant, on m'a dit hier que tout allait bien !

— Tout bien considéré, vos bébés vont très bien, répliqua-t-il d'une voix apaisante.

— Qu'entendez-vous par « tout bien considéré ? »

— Je faisais allusion au fait qu'ils sont nés dans un ascenseur et qu'ils sont en avance de six semaines. Dès que nous aurons un peu discuté, vous pourrez les voir.

Le praticien devait approcher de la soixantaine. Avec ses tempes grisonnantes, il lui rappelait son père, mais il n'avait pas sa personnalité exubérante de Méditerranéen. Il était calme et c'était plutôt rassurant, mais Claudia n'en avait pas moins peur.

— Dites-moi si quelque chose ne va pas !

— Il y a une petite complication, avec Luca, et je voudrais parler avec vous de son traitement.

Le menton de Claudia se mit à trembler. Lorsqu'elles étaient arrivées aux soins intensifs, Alli avait poussé son fauteuil dans une petite pièce pour qu'elle enfile une tenue jetable par-dessus son pyjama. Très excitée à l'idée de voir ses bébés, Claudia n'avait pas envisagé un seul instant qu'il y ait un problème.

Le médecin posa les mains sur les accoudoirs du fauteuil.

— Je vais emmener Claudia ailleurs, Alli, dit-il. On vous préviendra lorsqu'elle sera prête à retourner dans sa chambre.

— Très bien, docteur Wilson, répondit Alli. Je reviendrai vous chercher, Claudia. Vous verrez que tout va bien se passer, mon chou, ajouta-t-elle en lui pressant l'épaule. Respirez lentement et restez calme.

Le Dr Wilson poussa le fauteuil dans un petit bureau et s'assit en face d'elle.

— J'ai besoin de savoir si c'est grave ! dit Claudia, le cœur serré par l'appréhension.

— Luca a eu des difficultés respiratoires, hier, c'est pourquoi nous l'avons placé dans un incubateur ouvert, ou table chauffante. On lui donne de l'oxygène grâce à un hood, une sorte de cloche en plastique placée sur sa tête qui permet au bébé de mieux respirer. Mais l'état de Luca ne s'est pas amélioré dans la nuit. En fait, il semblait lutter pour respirer, si bien que j'ai pensé à un PCA, une persistance du canal artériel. Je vous expliquerai cette expression plus tard, mais sachez que j'ai demandé un échocardiogramme qui a confirmé mon diagnostic.

— Un échocardiogramme ? Il n'a pas eu mal ? demanda Claudia, les larmes aux yeux. Où est-il, en ce moment ?

— Il va bien, pour l'instant, poursuivit le médecin d'une voix ferme. L'échocardiogramme est tout simplement une échographie du cœur et c'est indolore. Thomas et Luca se trouvent au même endroit qu'hier. L'incubateur de Thomas est à côté de la table chauffante de Luca et une infirmière veille sur eux.

Voyant les larmes couler le long des joues de Claudia, le médecin lui prit les mains.

— Ecoutez-moi, Claudia. Dans votre utérus, vos

bébés ont reçu votre oxygène. Comme leur sang n'avait pas besoin de passer par les poumons, il était dévié par le canal artériel. A la naissance, ce canal se ferme, mais dans les cas de prématurité, il reste parfois une petite ouverture, ce qui a des conséquences sur le débit sanguin normal. Dans le cas de Luca, ce n'est pas trop grave, mais je devais vous mettre au courant.

— Thomas n'a rien ?

— Non, il n'y a aucun signe de PCA chez Thomas.

— Je veux en savoir davantage sur les conséquences !

— Comme le canal artériel continue de dévier le sang des poumons et le dirige vers le cœur, il y a du sang qui n'est pas oxygéné, ce qui cause une carence en oxygène pour le reste de l'organisme. Cela peut augmenter la pression artérielle ou avoir d'autres effets néfastes.

— Mon Dieu, non ! s'écria Claudia en portant instinctivement ses mains à sa bouche.

— Claudia, je sais que mes explications vous effraient, mais tous les parents ont cette réaction de peur, au début. C'est parfaitement normal, toutefois il fallait que vous ayez connaissance du problème pour que nous parlions des traitements possibles.

— Est-ce que dans le cas de Luca, l'ouverture est importante ?

— Nous l'ignorons encore, mais si elle est petite, le traitement est inutile la plupart du temps.

— Mais si elle est importante, avec tous les problèmes que vous avez évoqués, qu'est-ce que vous allez faire ?

— Un PCA important non traité implique que le sang va dans la mauvaise direction, ainsi que je vous l'expliquais. Cela affaiblit le muscle du cœur et peut causer des ennuis cardiaques.

Le monde de Claudia s'assombrit davantage et elle eut l'impression de se noyer.

— Cela nécessite une opération ?

— Pas à ce stade. Pour l'instant, Luca va rester sous surveillance et son traitement sera médicamenteux.

En proie à la panique, Claudia ne savait vers qui se tourner. En fait, personne ne pouvait la réconforter. Elle ne pouvait s'appuyer que sur elle-même et ses bébés n'avaient qu'elle. Elle devait être forte pour eux trois.

Prenant une profonde inspiration, elle fit face au médecin.

— Quelle sorte de médicaments allez-vous lui donner ?

A cet instant, on frappa à la porte. Jetant un coup d'œil par-dessus son épaule, elle vit Patrick sur le seuil de la pièce. Il avait la même expression que la veille, comme s'il lui rappelait qu'elle surmonterait l'épreuve, quelle qu'elle soit, même si elle ignorait comment.

Du dos de la main, elle essuya vivement la larme de soulagement qui coulait le long de sa joue.

— Claudia, je suis venu le plus vite possible ! dit-il en s'approchant d'elle.

— Mais je ne vous ai pas appelé !

— En tant que médecin qui vous a accouchée, j'ai demandé qu'on me tienne au courant. Hier soir, j'ai appelé le service et réclamé de nouveau qu'on me prévienne s'il y avait le moindre problème avec Thomas ou Luca. Je savais qu'il pouvait y en avoir étant donné leur prématurité.

Patrick aurait voulu qu'elle sache qu'il était là aussi pour elle, mais il n'était pas question de le lui dire. Elle n'avait sans doute pas envie de l'entendre et il préférait ne pas en avoir confirmation. D'ailleurs, ce désir de faire partie de la vie de Claudia et de ses enfants le surprenait lui-même. Jamais il n'avait éprouvé ce genre de sentiment.

La veille, il s'était effondré sur son lit après une longue douche. Tandis que l'eau chaude se déversait sur son corps, il avait espéré recouvrer ses esprits… En vain ! Il revoyait le ravissant visage de Claudia, sa force face à une souffrance qui aurait eu raison des plus forts des hommes. Ensuite, il y avait eu l'amour immédiat qu'elle avait manifesté à ses bébés.

Malgré tous ses efforts, il n'était pas parvenu à la chasser de ses pensées. Finalement, il avait bien dû admettre qu'il souhaitait plus que tout être auprès d'elle et des jumeaux, au cas où ils auraient besoin de lui.

— Docteur Wilson, je suis le Dr Spencer, dit-il à son collègue. Nous nous sommes parlé au téléphone.

Le médecin se leva et ils échangèrent une poignée de main.

— Je suis ravi de faire votre connaissance et de vous féliciter pour la façon dont vous avez géré une situation dramatique, dans l'ascenseur. Je suis certain que vous n'aimeriez pas que tous vos accouchements se passent dans de telles circonstances.

— En effet. Ce n'est pas vraiment une expérience que je souhaite renouveler, répliqua Patrick sur un ton léger.

Inutile d'en dire davantage sur sa spécialité à son confrère. La veille, il avait été honnête avec le chirurgien qui lui avait posé la question, mais il ne fournissait aucune information si on ne la lui demandait pas. De toute façon, sa formation en obstétrique existait bel et bien, et il n'avait rien oublié.

Le visage neutre, Claudia écoutait les deux hommes. Pour l'instant, elle ne devait surtout pas laisser déborder ses émotions, car elle avait encore des questions à poser et elle voulait être entendue.

— Quel traitement envisagez-vous pour Luca, docteur Wilson ? Y a-t-il des effets secondaires ?

Immédiatement, le médecin reporta son attention sur elle.

— On va lui administrer de l'ibuprofène. C'est un anti-inflammatoire qui bloquera l'action des prostaglandines. Ce sont des hormones qui maintiennent l'ouverture du canal artériel. Cela devrait provoquer au contraire sa fermeture en peu de temps.

— Cette affection est-elle fréquente ?

La voix de Claudia était plus ferme. Depuis que son « copilote » était revenu et se tenait près d'elle, elle se sentait plus forte. Très troublée par le soulagement que lui causait la seule présence de Patrick, elle prenait peu à peu conscience qu'à deux, ils pouvaient gérer un problème qui lui semblait insurmontable un instant auparavant.

— Cela affecte huit prématurés sur mille, environ, mais dans la plupart des cas, le canal se ferme tout seul, parfois en quelques heures après la naissance.

Les yeux de Claudia allèrent du Dr Wilson à Patrick.

— Donc, Luca ira bien ?

— Je suis presque sûr que tout va s'arranger dans les prochaines vingt-quatre heures, déclara le Dr Wilson, mais je me devais de vous informer.

Ces paroles rassurèrent Claudia. Pour rien au monde elle n'aurait voulu qu'on lui dissimule quoi que ce soit au sujet de ses enfants.

— Vous êtes d'accord, Patrick ?

— Oui.

Leurs regards se croisèrent. La vulnérabilité de Claudia donnait à Patrick l'envie de la serrer dans ses bras pour la réconforter, mais on ne lui demandait qu'un avis médical. Il devait se comporter en praticien et réprimer ce qu'il aurait voulu faire en tant qu'homme.

— Evitons de penser au pire, ajouta-t-il. Luca a de grandes chances d'éviter un traitement invasif, alors il est inutile de se prendre la tête.

— D'accord, je tâcherai de ne plus me faire de souci.

Au regard curieux de son confrère, Patrick devina qu'il tentait d'analyser leur relation. Voyant qu'il ouvrait la bouche pour parler, Patrick relança la conversation :

— Vous êtes allée voir les jumeaux, Claudia ?

— Non.

— Eh bien, docteur Wilson, maintenant que vous avez informé Claudia à propos de Luca, puis-je l'emmener à la nurserie ?

— Bien entendu.

Ils quittèrent le petit bureau, le Dr Wilson ouvrant la marche, et Patrick poussant le fauteuil derrière lui. Remarquant la façon dont Claudia remuait nerveusement les doigts, il éprouva de nouveau l'envie de la protéger. Levant les yeux vers lui, elle lui sourit, et une douce chaleur se répandit dans les veines de Patrick.

Il lui semblait être là où l'on avait besoin de lui… Là où était sa place. Il n'avait rien ressenti de tel depuis très longtemps.

Il poussa le fauteuil entre l'incubateur et la table chauffante, puis il s'assit à côté de Claudia. Les laissant avec l'infirmière, le néonatalogiste les quitta bientôt pour accueillir de nouveaux arrivants.

— Ils sont presque tout rouges, et je peux voir leurs veines, dit Claudia. Je ne m'en étais pas aperçue, hier.

— C'est parce que vous étiez très heureuse qu'ils soient vivants et d'avoir eu la chance de l'être vous-même. Mais ne vous focalisez pas sur les détails.

— Ce n'est pas grave ?

— Les bébés prématurés semblent rouges et bien plus petits qu'on ne se l'imagine. Cette rougeur est due au fait que les veines sont visibles sous leur peau encore translucide.

— Ils sont reliés à tellement de tuyaux ! Est-ce que je pourrai les prendre dans mes bras ?

L'infirmière s'approcha d'eux en secouant la tête.

— Pas encore, mais vous pourrez les caresser, ce qui est très important. Ils ont besoin du contact de leur mère. Bien que Thomas et Luca ne soient pas les plus petits bébés du service, nous devons les garder au chaud sans qu'il soit nécessaire de les envelopper dans des couvertures.

— Cela évite aussi les risques d'infection, ajouta Patrick. Dans un incubateur, l'humidité est calculée de façon à maintenir l'hydratation des nourrissons. Comme Luca est sur une table chauffante, il porte un bonnet pour limiter la perte de chaleur.

Claudia caressa doucement le bras minuscule de Luca,

priant pour que Patrick ait raison et que son problème au cœur soit réglé avec le temps.

— Patrick, je sais que vous m'avez dit de ne pas envisager le pire, mais je ne peux pas me mettre des œillères ou faire semblant de croire que rien de grave ne va arriver. Je vais encore vous poser une question et je voudrais que vous me répondiez sans détour.

Il en avait lui-même des millions qui tournoyaient dans son esprit, mais il savait qu'elle ne resterait pas assez longtemps à Los Angeles pour y répondre. Il acceptait l'idée que, quel que soit le temps qu'ils partageraient durant les jours à venir, il devrait s'en contenter.

Restait un mystère qu'il brûlait d'éclaircir : Où était l'homme qui aurait dû se tenir au côté de Claudia ?

— Bien sûr, répondit-il. Que voulez-vous savoir ?

Les yeux de Claudia allèrent de Thomas, dans sa couveuse de plexiglas, au minuscule Luca.

— Est-ce qu'on a la garantie que l'ibuprofène marchera ?

Malheureusement, Patrick ne pouvait l'affirmer.

— Non. Pour être honnête, ces remèdes ne sont pas efficaces à 100 %, et s'il y a des complications, on peut être contraint de recourir à l'opération. Mais pour l'instant, vous ne devez pas y penser. Le médecin de Luca m'a semblé plutôt optimiste.

— Mais s'il se trompait ?

— Claudia…

Sachant qu'il commettait une erreur, Patrick prit les mains de Claudia dans les siennes et plongea dans les yeux bruns voilés par les larmes. Mais elle se détourna rapidement pour contempler avec amour son enfant. Il remarqua pourtant qu'elle n'avait pas tressailli ou cherché à lui échapper.

En tout cas, il ne pouvait nier que le contact de leurs peaux produisait d'indéniables étincelles. Claudia allumait un feu en lui, là où il pensait qu'il n'y avait plus que des cendres refroidies.

— Comme je vous l'ai déjà dit, il est inutile de s'inquiéter à propos de choses qu'on ne contrôle pas. Si l'opération est nécessaire, on avisera, mais pour l'instant, restons positifs et optimistes.

Claudia se tourna vers Patrick avant de baisser les yeux vers les mains protectrices qui entouraient les siennes. Qui était cet homme qui ne cessait de venir à son secours ? Il semblait honnête et plein de sollicitude, mais elle devait se prémunir contre une nouvelle déception. Il n'était entré dans sa vie que depuis vingt-quatre heures et elle savait vraiment très peu de choses à son propos.

Le père des jumeaux lui avait menti lorsqu'il lui promettait qu'ils vivraient ensemble. Comment être sûre que Patrick était différent ?

Elle était partagée entre l'envie de lui faire confiance et la peur. Ce qu'ils avaient partagé la veille suffisait-il pour qu'elle suive son instinct qui lui soufflait que cet homme était digne de foi ? Peut-être n'éprouvait-elle pour lui que de la reconnaissance parce qu'il les avait sauvés, elle et ses enfants…

En tout cas, elle avait l'impression de le connaître depuis des années.

Prise de vertige, elle s'imagina dans les bras de Patrick, son corps pressé contre la chaleur du sien… Ses lèvres cherchant les siennes…

Claudia secoua la tête, comme si ce mouvement avait le pouvoir de la débarrasser de pensées gênantes et inappropriées. Mais convenables ou pas, celles-ci s'imposaient à elle… Elle avait des sentiments incompréhensibles pour un homme qu'elle ne connaissait pas vraiment.

Il fallait absolument qu'elle se concentre sur ses fils ! Quelle que soit son attirance pour le bel Anglais, ils étaient sa priorité.

Mais peut-être Patrick et elle pourraient-ils être amis ?

Elle rejeta cette idée aussi vite qu'elle était venue. La fascination que Patrick exerçait sur elle chaque fois qu'il l'approchait excluait toute forme d'amitié. Il fallait seulement qu'elle contrôle ses réactions pendant les courtes périodes où il se trouvait avec elle. Elle n'avait qu'à se conduire comme la patiente d'un très beau et charismatique médecin… Même si c'était très difficile !

— Quelque chose vous perturbe ? demanda-t-il.

— Non. J'essaie juste d'intégrer les informations concernant Luca. Vous devez me trouver stupide, de poser toutes ces questions.

— Ne vous excusez pas, Claudia. Ce sont vos bébés et vous avez tous les droits de vous renseigner, alors n'hésitez pas.

Elle prit une profonde inspiration avant de demander d'une voix tremblante :

— Pourquoi Luca est-il le seul à avoir ce… PCA ?

Tout en parlant, elle jeta un coup d'œil à Thomas. Lui avait-on dit toute la vérité, à son sujet ?

De nouveau, Patrick brûlait d'envie de prendre Claudia dans ses bras pour la réconforter. Elle avait peur, et il n'avait rien d'autre à lui offrir qu'un avis standard, même s'il était empreint de compassion.

Pour une raison inconnue, il aurait voulu lui donner bien davantage, mais c'était impossible. Il devait réprimer les émotions qu'elle suscitait en lui… Et surtout éviter de l'attirer contre lui pour l'embrasser passionnément.

Les bras croisés sur sa poitrine, il répondit :

— Dans la mesure où Thomas ne présente rien de tel maintenant, il n'y a pas de raison pour que cela change. Le canal artériel se referme naturellement après la naissance. Vous devez comprendre que Thomas et Luca sont de faux jumeaux et leur développement est différent comme pour n'importe quels frères.

Claudia parut soulagée.

— J'ai moi-même une fausse jumelle… Elle s'appelle Harriet et nos caractères sont diamétralement opposés. Elle est mon roc. C'est une infirmière douce et pleine de bon sens qui pense toujours aux autres. Nous sommes tout l'une pour l'autre depuis la mort de nos parents, il y a neuf ans.

— Je suis navré d'apprendre que vous les avez perdus alors que vous étiez encore aussi jeune.

— C'était juste avant notre vingtième anniversaire, alors nous étions déjà grandes, mais notre enfance et notre adolescence avaient été très protégées. Après leur décès, nous avons mûri très vite, et Harriet plus que moi.

— Vous êtes visiblement très proche d'elle, alors je me demande pourquoi vous ne l'avez pas appelée quand nous étions dans l'ascenseur.

— Elle était en route pour l'Argentine et je ne voulais pas l'inquiéter, d'autant qu'elle n'aurait rien pu faire.

— Vous avez sans doute raison. Mais vous lui avez téléphoné depuis que vous êtes ici ? Elle sait qu'elle a deux neveux ?

— Oui ! Je l'ai contactée juste avant que l'infirmière ne m'amène ici.

Un sourire éclaira le visage de Claudia, le premier vrai sourire que Patrick lui ait vu. Du coup, elle était encore plus belle, si c'était possible.

— Et bien entendu, Harriet voulait me rejoindre sur-le-champ, laisser tomber sa vie pour secourir sa grande sœur, ajouta-t-elle. Je suis née trois minutes avant elle, mais elle se comporte toujours comme si elle était l'aînée.

— Si je comprends bien, elle est en route ?

— Sûrement pas ! Je ne le lui aurais jamais permis. Elle travaille dans un orphelinat et je ne veux pas interférer dans ses projets. On se reverra à Londres, dans quelques mois.

— Vous vivez ensemble, à Londres ? Vous étiez ici en vacances, ou pour des raisons professionnelles ?

Voyant que Claudia ne répondait pas tout de suite, Patrick se demanda s'il avait été indiscret.

— Oubliez ma question ! reprit-il. Cela ne me regarde pas et je suis ici pour répondre aux vôtres, non pour vous en poser.

Claudia n'avait pas eu l'intention de lui fournir des détails sur sa vie, mais lorsqu'elle le regardait, il lui semblait le connaître depuis longtemps. En réalité, elle avait eu ce sentiment dès qu'il avait retiré ses lunettes noires et dévoilé ses yeux gris-bleu, dans l'ascenseur.

— Ma sœur et moi avons gardé notre maison de famille. Je suis venue ici pour le travail. J'ai obtenu un stage dans une importante chaîne de télévision pendant la diffusion hebdomadaire d'une série. C'était une opportunité formidable que je me suis empressée de saisir. J'ai plongé tête baissée, comme toujours, expliqua-t-elle en passant un doigt sur l'épaule de son fils.

— Je ne pense pas que plonger tête baissée soit un défaut, répondit Patrick. De cette façon, vous profitez de tout ce que la vie a à vous offrir.

— Et plus encore, marmonna Claudia, le corps parcouru par un frisson de regret. De toute façon, mon contrat a pris fin, alors dès que les jumeaux seront d'attaque, on repartira pour Londres. C'est là où je veux les élever.

Fixant Patrick droit dans les yeux, elle poursuivit :

— Et leur père n'y voit aucune objection. En fait, il est plutôt… Disons que notre départ ne lui cause pas de chagrin.

— Eh bien, faisons en sorte que ces gaillards soient assez forts pour voyager.

Patrick resta encore une vingtaine de minutes, puis il dut la quitter pour regagner son cabinet. Il lui expliqua qu'il avait quelques visites postopératoires à faire et de nouvelles patientes à recevoir.

— Je vous laisse avec vos fils, mais si vous le voulez bien, je reviendrai pour m'assurer que tout va bien.

— Très volontiers.

Elle comprit immédiatement qu'elle n'aurait pas dû être aussi impulsive car, tôt ou tard, viendrait le triste moment des adieux.

Claudia avait passé deux jours auprès de ses fils, priant pour qu'ils franchissent avec succès chaque minuscule étape. Malgré un certain dérèglement hormonal, elle se sentait mieux sur le plan émotionnel, bien que physiquement épuisée. Les bébés étaient nourris grâce à une sonde d'alimentation, mais entre chaque séance de gavage, elle les caressait et bavardait avec les infirmières ou les médecins. Le néonatalogiste lui avait assuré que l'état de Luca s'améliorait et il pensait pouvoir cesser très bientôt de lui administrer de l'ibuprofène.

Elle avait aussi reçu un coup de fil de Harriet qui voulait tout savoir sur ses neveux, mais elle semblait distraite. Il était clair qu'elle avait autre chose en tête et Claudia tint pour responsable le travail fatigant que sa sœur accomplissait dans l'orphelinat.

Après avoir raccroché, elle se sentit vidée. Elle n'était plus sous perfusion et n'avait droit qu'à quatre comprimés antidouleur par jour, aussi souffrait-elle légèrement. Elle décida donc de rester dans sa chambre après le dîner, de dormir de bonne heure, de se lever tôt et de passer la journée du lendemain à la nurserie. En apprenant qu'elle conservait sa chambre, elle avait été à la fois surprise et soulagée.

La veille au soir et ce jour-là, Patrick lui avait manqué, et elle se demandait si elle le reverrait. Peut-être allait-il disparaître après avoir accompli son acte héroïque.

Où était-il, en ce moment ? se demanda-t-elle en regardant les lumières de Los Angeles qu'elle pouvait voir depuis son lit. Pensait-il à elle et aux enfants ?

Bien qu'il ait tous les droits de dîner ou de prendre un verre avec une autre femme, elle éprouvait une jalousie tout à fait injustifiée. Se trouvait-il dans un luxueux restaurant de Beverly Hills, riant et plaisantant avec une ravissante créature fascinée par ses yeux extraordinaires ?

Avait-il chassé de son esprit celle qui avait abîmé sa veste et pour qui il avait sacrifié sa chemise ?

Après avoir trouvé une position confortable, elle se blottit sous ses couvertures. Il était bien inutile de se torturer en imaginant la façon dont Patrick passait sa soirée... Ou de s'infliger un tourment supplémentaire en évoquant le moment où il avait enlevé sa chemise, dans l'ascenseur.

Elle fixa le plafond, souhaitant soudain que ses parents soient encore vivants et puissent voir leurs petits-enfants. Auraient-ils apprécié Patrick ? Ils l'auraient certainement remercié d'avoir mis au monde Thomas et Luca. Son père lui aurait serré la main, puis il l'aurait attiré contre lui pour le serrer dans ses bras en riant. Sa mère se serait montrée plus réservée, mais elle lui aurait dit sa gratitude.

Une larme coula le long de sa joue.

Plus que jamais, la perte de ces êtres chers la faisait souffrir.

6.

Patrick se tenait devant la chambre de Claudia, s'efforçant de résister à la tentation de lui faire connaître sa présence.

Pourquoi était-il venu ?

Il avait pourtant presque réussi à rester loin d'elle, mais le désir de la revoir l'avait emporté.

Persuadé de commettre une erreur, il frappa à la porte.

Pourquoi enfreignait-il toutes les règles qu'il s'était fixées et respectait depuis dix ans ? Il s'était promis de ne plus jamais risquer d'avoir le cœur brisé en tissant des liens trop forts avec qui que ce soit. Et il ne devait jamais passer plus d'une nuit avec une femme…

Ces décisions étaient nées de la nécessité et, jusque-là, elles l'avaient protégé. Mais ces résolutions n'avaient jamais été menacées à ce point, et l'éventualité que Claudia et ses fils fassent partie de sa vie future devenait presque obsessionnelle.

Pour combattre ces idées folles, il se répétait que sa famille l'avait banni et que lui-même l'avait éliminée de son existence… Mais Claudia et les jumeaux l'emportaient toujours.

— J'espère qu'il n'est pas trop tard… L'infirmière m'a dit que vous ne dormiez pas encore.

C'était une voix que la raison de Claudia ne souhaitait pas entendre, mais qui fit battre follement son cœur. Elle s'essuya les yeux du dos de la main et tenta de se redresser quand Patrick entra dans sa chambre. Vêtu d'un pantalon et d'un polo noir qui mettait en valeur son teint bronzé et ses cheveux bruns aux mèches dorées par le soleil, il lui parut incroyablement beau.

Ce n'était pas un combat loyal ! Comment était-elle censée penser à lui comme une patiente si son médecin était aussi canon !

— Vous n'auriez pas dû venir, murmura-t-elle. Il est tard et vous avez sans doute des choses plus importantes à faire.

Son ton un peu crispé ne trahissait pas sa joie de le voir. Elle ne voulait pas avoir besoin de lui à ce point ! Elle avait déjà commis une erreur en croyant tout savoir d'un homme dont les mensonges lui avaient brisé le cœur.

Mais quelque chose, en Patrick, lui faisait penser qu'il ne cachait rien… Etait-il l'exception à la règle ?

A la faible lueur qui régnait dans la pièce, Patrick plongea dans les yeux de Claudia et y chercha quelque chose qu'il ne trouva pas tout de suite.

En approchant du lit, il vit son sourire… Un sourire qui illuminait son regard et il fut soulagé. En dépit de ce qu'elle lui disait, son ravissant visage exprimait le contentement de le voir.

D'ordinaire, il recherchait la compagnie de femmes qui n'espéraient pas le retenir et cela valait mieux, car il n'aurait pas pu les satisfaire.

Mais Claudia était différente et il lui suffisait de la regarder pour savoir qu'il n'avait pas envie de s'éloigner d'elle avant d'en savoir davantage.

— Je suis désolé de ne pas avoir pu venir hier ou plus tôt aujourd'hui. J'ai eu des patientes assez tard et des interventions chirurgicales qui ont pris fin il y a seulement une heure.

Bien sûr, il omettait de préciser qu'il s'était forcé à rester éloigné, qu'il avait essayé de la chasser de son esprit et refusé d'admettre qu'elle l'obsédait.

— Vous n'êtes pas obligé de venir, dit-elle. Vous êtes un médecin occupé et je suppose que de nombreuses femmes accouchent.

Les yeux baissés, elle jouait avec le bord de son drap. Patrick la fixa avec curiosité.

— Je suis médecin, Claudia, mais je ne passe pas mon temps dans une salle d'accouchement.

Elle leva vers lui un regard étonné.

— Je ne comprends pas… Vous êtes pédiatre, pas obstétricien ?

Apparemment, elle n'avait pas lu sa carte professionnelle.

— Est-ce que vous avez toujours la carte que je vous ai donnée au cas où vous voudriez me joindre ?

— Oui. Elle est dans la commode… Pourquoi ?

Patrick s'approcha du meuble.

— Je peux ?

— Bien sûr.

— La voici ! annonça-t-il. Vous ne l'avez pas lue, je suppose ?

— Non, puisque je ne vous ai pas téléphoné.

Elle tendit la main et il y déposa la carte.

— Dr Patrick Spencer, chirurgien plastique…, lut-elle à voix haute.

Se laissant retomber contre ses oreillers, elle le fixa avec une sorte d'horreur.

— Vous n'êtes pas obstétricien ? Pourquoi ne pas me l'avoir dit ?

Patrick ouvrit la bouche pour répondre, mais elle le devança :

— Mais alors… Comment saviez-vous ce qu'il fallait faire ? Est-ce que vous étiez seulement qualifié pour mettre mes bébés au monde ? s'enquit-elle d'une voix plus aiguë.

— Je le savais parce que je suis médecin.

— Mais vous auriez pu me dire que votre spécialité est la chirurgie esthétique ! répliqua-t-elle d'une voix furieuse.

L'espace d'un instant, Patrick se frotta la nuque en silence.

— Est-ce que vous voulez bien m'écouter une minute ?

— Allez-y, expliquez-moi pourquoi vous ne m'avez rien dit pendant que vous découpiez mon slip pour m'examiner.

— Parce que cela n'aurait fait que renforcer votre frayeur. Vous étiez anxieuse à juste titre, et la dernière chose dont vous aviez besoin, c'était d'apprendre que l'homme qui allait vous assister pendant l'accouchement ne l'avait pas fait depuis une dizaine d'années. Je savais que j'avais toutes les compétences requises, mais cela ne vous aurait pas rassurée.

— Si je comprends bien, ce n'était pas la première fois ?

— Non.

— Vous voulez dire que vous l'aviez déjà fait au cours de votre internat ?

Patrick ne souhaitait pas vraiment entrer dans les détails, mais Claudia méritait une explication. Les jumeaux étaient hors de danger, maintenant, mais elle avait besoin de savoir qu'ils l'avaient toujours été.

— J'étais obstétricien, en Angleterre, et j'ai exercé pendant plusieurs années, c'est pourquoi vos enfants et vous étiez entre de bonnes mains.

— Pourquoi ne pas me l'avoir dit ?

— J'ai déjà répondu à cette question. Je ne souhaitais pas que vous doutiez de mes compétences, alors que je savais parfaitement ce que je faisais.

Claudia le fixa intensément.

— Pour quelle raison avez-vous changé de spécialité ?

Patrick s'assit près du lit. Il n'avait jamais parlé de son passé à personne. Même s'il voulait être honnête envers Claudia, il ne pouvait pas lui raconter comment il en était venu à abandonner tous ses rêves d'avenir. Il avait tourné la page, et c'était bien ainsi.

— J'ai eu besoin de changer de décor et j'ai décidé de changer de spécialité du même coup.

— Donc, vous avez choisi de vous exiler, ce qui vous a permis de créer des nez parfaits et de gros…

Claudia s'interrompit pour baisser les yeux vers ses seins.

— En effet, j'effectue des augmentations mammaires et je modifie des visages, admit Patrick.

Il était fier de son travail, mais son rêve avait toujours été de mettre des enfants au monde… Jusqu'à ce qu'il soit contraint de partir.

— Vous avez parlé d'une dizaine d'années, mais à quand remonte votre dernier accouchement, avant Thomas et Luca ?

Patrick crispa les mâchoires.

— Cela fera exactement douze ans le mois prochain, et c'était en Angleterre.

Les révélations de Patrick rappelaient à Claudia qu'elle savait très peu de chose, à son propos…

— Cela n'explique pas un changement aussi radical !

Elle devinait qu'il ne lui racontait pas tout. Cette histoire selon laquelle il avait abandonné l'obstétrique au profit de l'esthétique en s'installant aux Etats-Unis ne tenait pas debout.

Qu'est-ce qu'il ne lui disait pas ?

Y avait-il autre chose qu'elle devrait savoir ?

— En franchissant un océan, je me suis lancé un nouveau défi, répliqua-t-il. En tout cas, vous devez savoir que je voulais seulement ce qu'il y avait de mieux pour vous, dans l'ascenseur. Peut-être ai-je commis une erreur en vous laissant croire que j'étais obstétricien, mais il se peut aussi que je vous aie préservée. Nous ne le saurons jamais.

— En effet.

— Vous êtes incroyablement courageuse, j'espère que vous en avez conscience.

— Mes choix étaient limités.

Elle n'appréciait pas trop le compliment. Le père de ses enfants l'avait flattée, lui aussi, il lui avait menti, et bien que la situation soit différente, elle n'aimait pas qu'on lui cache la vérité.

— J'ai rarement rencontré quelqu'un d'aussi solide que vous, continua Patrick. Vous avez fait un choix conscient pour affronter l'adversité.

Dans un monde parfait, il se serait confié à Claudia. Mais dans ce monde, il aurait été le Dr Patrick Spencer, obstétricien dans la clinique de Harley St.reet qu'il avait rêvé d'ouvrir.

Mais cette rencontre avec Claudia compensait en partie ces années de désillusion. C'était une chance, et même si cela ne devait pas durer longtemps, il en était heureux. Elle possédait une force et une combativité qu'il n'avait jamais trouvées chez personne d'autre. Il avait l'impression qu'il deviendrait meilleur à son contact.

Non pas qu'il ait beaucoup de temps devant lui…

Claudia avait été déçue par un homme et il ne voulait pas être le second à la décevoir. Il ne lui ferait aucune promesse qu'il ne pourrait respecter sinon qu'elle pouvait compter sur lui jusqu'à son départ pour l'Angleterre.

Toutes ces belles résolutions semblaient très logiques, dans son esprit, mais son corps avait des envies différentes, et il lui fallait toute sa volonté pour ne pas embrasser Claudia.

Pour ne pas goûter à la douceur de ses lèvres…

Claudia se laissa aller contre ses oreillers, les paupières lourdes. Ses réactions, en présence de Patrick, la troublaient profondément. Lorsqu'elle regardait son beau visage, à la faible lueur du plafonnier, elle devait lutter contre elle-même. Elle aurait voulu trouver une excuse pour qu'il se penche vers elle. Elle sentirait la tiédeur de son haleine sur son visage, elle respirerait l'odeur enivrante de son parfum et elle attendrait que sa bouche se pose sur la sienne.

Mais, en réalité, elle devait absolument faire en sorte

qu'il s'éloigne ! Du moins aurait-elle retenu quelque chose de sa dernière et catastrophique expérience. Elle ne pouvait se permettre de s'attacher à Patrick au risque d'être une nouvelle fois déçue.

Désormais, les jumeaux étaient sa priorité !

— Je devrais m'en aller, dit soudain Patrick.

— Je suis un peu fatiguée.

— Je peux passer vous voir demain ? demanda-t-il en se levant.

Claudia hésita un instant, déchirée entre le désir et la nécessité.

— Je ne suis pas certaine que ce soit une bonne idée, Patrick, murmura-t-elle.

— Je suis vraiment désolé de ne pas vous avoir confié tout de suite la vérité, mais c'était dans une bonne intention.

— Ce n'est pas cela…

— Qu'est-ce que c'est, alors ?

— Cela ne sert à rien… Je veux dire… Vous et moi.

— Cela ne sert à rien que je vous rende visite parce que vous êtes seule à Los Angeles ?

— C'est juste que je ne vous connais pas vraiment, et…

— Nous avons partagé une expérience qui bouleverse une vie entière et, en dehors de ça, j'apprécie votre compagnie. Il ne faut pas chercher plus loin, ajouta-t-il, mentant sans vergogne.

— Je vous serai toujours reconnaissante de nous avoir sauvés, mes garçons et moi, mais je repars bientôt pour Londres. Je ne vois pas pourquoi vous me tiendriez compagnie alors que vous avez votre propre vie.

Claudia se tut un instant pour se donner le temps de cimenter sa décision et s'assurer qu'elle faisait ce qu'il fallait. Elle devait se convaincre qu'elle ne pouvait en aucun cas se lier avec un homme qui lui cachait la vérité, même si cela pouvait paraître insignifiant ou logique.

Elle prendrait exemple sur Harriet et serait plus raisonnable, moins impétueuse. Et si cela devait commencer maintenant, autant ne pas réfléchir.

— Vous pourriez trouver une gentille jeune femme qui habite à Los Angeles, reprit-elle. Je vous rappelle que j'ai deux petits garçons et vous m'avez dit dans l'ascenseur ne pas vouloir d'enfants.

— Je trouve que vous avez tendance à un peu trop anticiper.

Claudia ne put s'empêcher de sourire.

— J'y suis obligée, Patrick. Mes fils sont ma priorité.

— Croyez bien que je ne les oublie pas ! C'est moi qui les ai mis au monde et ce sont deux petits gaillards très spéciaux. Vous ne pouvez pas laisser aller les choses et voir comment elles évoluent ?

— Non !

Pour l'instant, elle écartait toute idée d'idylle amoureuse pour se consacrer aux jumeaux. C'était absolument hors de question, que ce soit maintenant ou dans un avenir proche, et même si Patrick parvenait à lui donner l'impression que c'était possible.

Il fallait qu'elle se libère, qu'elle écarte tout danger de tomber amoureuse de lui.

— Je suis désolée, Patrick, mais il vaut mieux que nous nous fassions nos adieux ce soir… Pour de bon.

7.

Patrick rentra chez lui, se sentant plus seul qu'avant d'avoir fait la connaissance de Claudia. Il décida de prendre une douche et de tenter de l'oublier… Dès qu'il aurait pris un peu de recul, il tournerait la page.

Dans sa chambre uniquement éclairée par les rayons de la lune, il resta étendu sur le dos, à fixer le plafond.

Il ne parvenait pas à comprendre pourquoi elle occupait à ce point son esprit puisqu'il ne voulait pas fonder de famille. Aussi loin qu'il puisse remonter dans le temps, c'était la première fois que son cœur prenait le pas sur sa raison.

Il y avait tant de questions qui restaient sans réponse !

Pour commencer, s'il en savait davantage sur Claudia, il connaîtrait peut-être la raison pour laquelle elle l'avait repoussé. En tout cas, il était évident que quelqu'un lui avait fait du mal.

Passant les doigts dans ses cheveux humides, il se tourna vers la lune comme suspendue dans le ciel nocturne.

Il devinait que c'était le père de Thomas et de Luca qui lui avait brisé le cœur. Elle avait pris son petit air courageux lorsqu'elle lui avait expliqué que cet homme ne voulait rien savoir de ses fils, mais il devait y avoir autre chose…

Pour une femme comme Claudia, dont les valeurs familiales devaient être fortes, rompre avec le père de ses enfants ou être abandonnée par lui n'avait pas dû être facile.

Mais pourquoi un homme traiterait-il une femme de cette façon ? S'il était digne de ce nom, il voudrait la protéger, surtout si elle était la mère de ses enfants.

En tout cas, c'était ce qu'il aurait fait s'il avait été le père des jumeaux…

Après une nuit agitée, Patrick était résigné à accepter la décision de Claudia. Dorénavant, il garderait ses distances, mais, auparavant, il lui restait une chose à faire : il rendrait visite pour la dernière fois à Thomas et Luca, et il leur ferait ses adieux.

Ils ne se souviendraient jamais de lui, mais, pour sa part, il ne les oublierait jamais. Quant au souvenir de leur mère, il resterait à jamais gravé dans sa mémoire…

Après sa douche, Claudia enfila la chemise et le peignoir de soie. Elle continuait de se demander qui était son bienfaiteur mystérieux… Se pouvait-il que ce soit Patrick ?

Bien sûr que non ! Il ne pouvait pas savoir qu'elle avait besoin de tous ces articles et il n'avait certainement pas le temps de faire du shopping.

Lorsqu'elle se fut brossé les cheveux, elle se regarda dans le miroir et convint que c'était la plus jolie chemise de nuit qu'elle avait jamais eue.

Dès que ce serait possible, elle contacterait le magasin pour payer sa dette.

Physiquement, elle allait de mieux en mieux, mais au plan émotionnel, elle se sentait vidée. Insister pour qu'un homme comme Patrick s'éloigne était un choix qu'elle espérait ne jamais regretter.

Mais elle ne voulait plus souffrir, et il suffisait qu'il l'approche pour qu'elle soit dans tous ses états ! Elle aurait presque pu penser qu'elle était amoureuse de lui…

— Tu ne le reverras plus, heureusement ! murmura-t-elle en rangeant sa brosse dans sa trousse.

Elle retourna dans son lit et attendit qu'on lui apporte son petit déjeuner. Elle entendait déjà le cliquetis des plateaux dans le couloir.

— C'est votre tour, mon chou, dit l'aide-soignant en entrant dans sa chambre.

C'était un vieil Afro-Américain qui lui avait déjà apporté son dîner. A chaque fois, Claudia avait apprécié de bavarder avec lui.

— Merci beaucoup.

— Vous avez l'air joyeux, ce matin, commenta-t-il. Il y a une raison ? ajouta-t-il avec un bon sourire qui plissa son visage ridé. J'espère que c'est contagieux parce qu'à cet étage, il y a des bonnes femmes qui font grise mine.

Claudia éclata de rire.

— Je suis juste pressée d'aller voir mes fils ! La surveillante ne me le permettra que si je mange, alors je vais me dépêcher.

— Voilà deux petits garçons qui ont bien de la chance d'avoir une mère comme vous, dit le vieil homme avant de quitter la pièce.

Une grosse boule se forma dans la gorge de Claudia. C'était exactement ce que Patrick lui avait dit quand ils s'étaient rencontrés dans l'ascenseur. Elle avait répondu à ce compliment par une réplique acerbe dont elle avait honte aujourd'hui.

Soudain, elle ne savait plus si elle avait eu raison d'éconduire Patrick de cette façon, la veille. Avait-elle encore réagi de façon excessive ?

Et comment quelques mots prononcés par un vieil homme amical pouvaient-ils la plonger dans un tel abîme de perplexité ?

Que lui arrivait-il ? Patrick s'était-il déjà glissé dans son cœur pour que ce bref échange ait un tel impact sur elle ?

Patrick arriva à l'hôpital un peu après 8 heures.

Il était très affecté par la façon dont Claudia l'avait éjecté de sa vie, mais il n'avait pas d'autre choix que de s'incliner. Il ne la verrait donc plus, mais il pouvait rendre une dernière visite aux jumeaux.

Sa première patiente ayant rendez-vous à 9 h 30, il avait

le temps de passer à la nurserie avant de gagner sa clinique, située au coin de Rodeo Drive et de Monica Boulevard.

Les demandes de consultations et d'interventions chirurgicales étaient de plus en plus nombreuses, pourtant il n'était pas passionné par son métier. Il y consacrait la plus grande partie de son temps et il se savait très compétent, mais l'excitation n'y était pas.

L'accouchement de Claudia, dans l'ascenseur, lui avait rappelé combien son ancienne profession lui manquait.

Une fois à la nurserie, il discuta un instant avec le néonatalogiste présent.

— Luca va mieux ? demanda-t-il. Le canal artériel commence à se fermer ?

— C'est en bonne voie, répliqua le médecin en consultant le dossier de Luca sur l'écran de son ordinateur. Je pense qu'on interrompra le traitement dans un jour ou deux.

Patrick sourit au minuscule bébé vêtu d'une couche et de petits chaussons bleu pâle fournis par le Mercy Hospital.

— Et Thomas ? Il progresse, lui aussi ?

— Oui. Nous n'avons pas de problèmes majeurs avec lui. Bien sûr, ils doivent tous les deux prendre du poids avant de quitter l'hôpital, mais ils sont chaque jour un peu plus solides.

— C'est agréable à entendre.

— Je vous laisse leur rendre visite, dit le médecin avant de s'éloigner pour s'occuper d'autres petits patients.

Patrick resta un long moment à contempler les bébés. Trois jours s'étaient écoulés, depuis leur naissance. Trois jours depuis qu'il avait fait la connaissance de leur merveilleuse mère. Quel avenir les attendait, de l'autre côté du monde ? Si la situation avait été différente, il aurait demandé à Claudia l'autorisation de passer les voir à Londres, mais il n'était pas question qu'il y remette les pieds !

Il ne vit pas le temps passer… Etre avec eux lui procurait une joie inattendue mais bienvenue. Ayant caressé leurs petits fronts, il s'apprêta à partir.

— Qu'est-ce que vous faites ici ?

En se redressant, Patrick croisa le regard de Claudia et fut incapable de déchiffrer son expression.

— Je suis passé faire mes adieux aux garçons. Vous m'avez fait comprendre que vous ne souhaitiez pas me revoir, alors j'ai voulu leur rendre une dernière visite. Je ne pensais pas m'attarder aussi longtemps, mais je ne vous dérangerai plus.

Claudia observa l'homme qui se tenait près de ses bébés. Elle l'avait vu en train de les contempler comme s'il était leur père, ce que leur géniteur n'aurait jamais fait. Elle avait aussi remarqué la façon dont il avait touché leurs petits visages.

L'homme qui avait exigé d'elle qu'elle signe un accord de confidentialité ne leur témoignerait jamais un tel amour ou une telle sollicitude.

Ignorant toute logique, elle fit ce qu'il lui paraissait soudain le plus juste :

— S'il vous plaît, Patrick, restez un peu plus longtemps si vous en avez envie.

Patrick s'empressa d'accepter, et il profita de cette autorisation les jours suivants. Entre le petit déjeuner et sa première consultation, il venait au Mercy Hospital pour s'asseoir près des jumeaux et de Claudia. Il savait peu de chose sur elle, mais son passé avait fait d'elle la femme qu'elle était et il ne demandait rien de plus. Il se sentait vivant rien qu'en la côtoyant.

Pouvait-il aller plus loin ?

Pouvait-il espérer faire partie de cette petite famille ?

Il doutait d'être jamais prêt à sauter le pas, mais Claudia réussissait à lui faire croire que c'était possible. Il s'efforçait d'oublier que ce bonheur serait de courte durée puisqu'elle repartirait bientôt pour Londres. Alors, il profitait de chaque moment passé avec elle et refusait d'analyser la nature exacte de leur relation.

De toute façon, Claudia ne pouvait pas quitter Los

Angeles tant que ses fils devaient rester à l'hôpital. Cela leur donnerait un peu plus de temps pour apprendre à se connaître. Si tout se passait bien, elle pourrait même prolonger son séjour.

Le destin interviendrait peut-être une seconde fois pour les réunir…

Patrick se lava les mains avant d'entrer dans la nurserie et découvrit que Claudia était déjà là. Incapable de réprimer un large sourire, il s'approcha du trio.

— Comment vont mes petits hommes préférés et leur maman, ce matin ?

Claudia leva les yeux vers lui.

— Nous nous portons très bien, merci. En fait, le médecin a dit que les jumeaux pourraient sortir plus tôt que prévu, peut-être dans quatre semaines.

— C'est magnifique !

A l'idée qu'ils sortiraient si vite de sa vie, Patrick éprouva une brusque sensation de vide. Bien qu'il soit ravi d'apprendre que les jumeaux progressaient bien, la nouvelle anéantissait ses espoirs d'un rapprochement avec Claudia. S'il ne leur restait plus que quatre semaines, il devait tirer le meilleur parti de chaque minute.

— J'ai un petit aveu à vous faire, lui dit-il un matin, pendant qu'ils prenaient un peu l'air dans le jardin après avoir vu les jumeaux.

— De quoi s'agit-il ? demanda-t-elle, très détendue.

— Je suis navré que vous ayez accouché dans un ascenseur et que vos fils et vous ayez supporté une telle épreuve, mais je ne regrette pas que vous soyez entrée dans *mon* ascenseur, ce jour-là.

Le cœur de Claudia se mit à battre plus vite et elle dut lutter contre son désir que les choses aillent plus loin. Patrick vivait à Los Angeles et elle allait repartir pour

Londres, c'était suffisant pour en déduire qu'une relation amoureuse ne les mènerait nulle part.

— Croyez bien que je m'en réjouis aussi, répliqua-t-elle sur un ton léger. Si je m'étais retrouvée avec un livreur de pizzas, mes enfants et moi n'aurions pas survécu… Et le malheureux livreur serait mort de peur.

— Il aurait peut-être su gérer la situation.

— Là, vous dites des bêtises !

Elle se tourna vers Patrick, dont l'expression était sombre.

— Je suis sérieux, Claudia, dit-il en lui prenant la main. Je suis content d'avoir été là, mais pas seulement parce que je vous ai aidée à mettre vos enfants au monde. Je suis très heureux de vous avoir rencontrée.

Le ton de sa voix, l'intensité de son regard et le contact de sa main contre sa peau la firent frissonner. Elle éprouvait la même chose que lui, mais elle ne pouvait le lui dire ou baisser la garde de peur d'être blessée une seconde fois.

Elle n'était pas loin de tomber amoureuse, pourtant elle devait lui faire comprendre que rien n'était possible entre eux.

Retournant sur leurs pas, ils arrivèrent devant la porte de la nurserie et s'écartèrent pour laisser passer une infirmière qui en sortait au même instant. Claudia sentit brusquement la chaleur du corps musclé de Patrick contre le sien. Frissonnant de la tête aux pieds, elle mit quelques secondes à se calmer et ferma les yeux pour ne pas plonger dans ceux, si proches, de Patrick. Elle finit cependant par se tourner vers lui et découvrit que leurs bouches n'étaient qu'à quelques centimètres l'une de l'autre. Il aurait suffi qu'il se penche un peu pour qu'elles se frôlent.

Elle en avait terriblement envie, mais pas question de céder à ses impulsions ! Elle quittait l'hôpital. Elle avait loué un appartement de l'autre côté de la ville et bien que les visites quotidiennes de Patrick et ses explications médicales aient constitué un merveilleux soutien, elle devrait dorénavant se débrouiller seule.

Tant mieux si Patrick continuait de rendre visite aux

jumeaux, mais elle devait cesser de fantasmer sur leur relation.

Sa place était à Londres, celle de Patrick à Los Angeles, c'était clair, net et définitif !

Elle attendit qu'ils soient seuls et qu'il se soit assis près d'elle, pour annoncer :

— J'ai quelque chose à vous dire.

— Je suis tout ouïe.

— Comme je m'en vais demain, je pense que c'est notre dernière soirée ensemble.

— Vous quittez cet hôpital, pas le pays, Claudia. Il n'y a pas de raison pour tirer un trait sur nos rencontres.

— J'ai loué un appartement pour un mois.

— Vous avez trouvé une location ? J'aurais pu vous aider !

Patrick était surpris qu'elle n'y ait pas fait allusion auparavant. Il avait prévu de l'assister dans ses démarches ou même de lui proposer l'hospitalité. Sa maison était bien trop grande pour une seule personne et elle aurait pu occuper la chambre d'amis, mais c'était trop tard.

— J'ai bien pensé que vous me le proposeriez, mais je ne voulais pas abuser encore de votre gentillesse. Un agent immobilier m'a déniché un logement situé à la périphérie de la ville, mais ça pourra aller pour un mois.

Comprenant son désir d'indépendance, Patrick ne protesta pas.

— Je viendrai sans doute voir les jumeaux pendant que vous travaillerez, c'est pourquoi j'ai l'impression que nous ne nous croiserons plus, continua Claudia. Mais je serais ravie que vous veniez voir les enfants, si vous le souhaitez. Ils sourient chaque fois que vous êtes là.

— Je doute qu'ils me reconnaissent, et c'est probablement à cause des gaz. Mais merci de m'autoriser à leur rendre de petites visites.

Claudia se mit à rire.

— C'est très important, pour moi.

— Et vous êtes aussi très importante pour moi.

— Vous ne me connaissez pas vraiment.

— Après ce que nous avons partagé, je dirai au contraire que nous nous connaissons plutôt pas mal. Nous avons survécu à une situation dramatique. Cela crée des liens.

— Vous êtes quelqu'un de bien, Patrick, pourtant nous pouvons seulement être amis.

Patrick lui prit les mains, mais il ne la lâcha pas lorsqu'elle chercha à se libérer.

— Nous pouvons être tout ce que vous voulez jusqu'à la date de votre départ.

Qu'est-ce qu'il lui proposait ?

De coucher avec lui tant qu'elle vivait à Los Angeles ?

Et ensuite ?

Claudia sentit les larmes lui monter aux yeux et elle ne pouvait pas les mettre sur le compte de ses hormones…

— J'adore passer du temps avec vous, poursuivit Patrick. Après tout, nous sommes deux expatriés qui se sont retrouvés à l'autre bout du monde et qui apprécient leur compagnie mutuelle. A moins que ce ne soit pas réciproque ?

Elle prit une profonde inspiration.

— Si, bien entendu, mais…

— Je ne vois pas pourquoi il y aurait des « mais. »

— Vous ne me facilitez pas les choses.

— En effet. Je vous trouve extraordinaire et ce serait stupide que nous nous fassions nos adieux alors que nous habitons dans la même ville, du moins pendant encore un mois.

— Selon moi, ça ne rime à rien.

— Je ne suis pas d'accord et je souhaiterais que nous nous accordions mutuellement ce plaisir jusqu'à ce que vous preniez l'avion pour Londres.

*
* *

Patrick n'ignorait pas que leur relation, quelle que soit sa nature, devrait prendre fin. Il ne remettrait jamais les pieds en Angleterre pour des raisons qu'il ne pouvait pas révéler à Claudia. Sa famille s'y trouvait et il n'avait pas l'intention de les revoir un jour… Pas après ce qu'il s'était passé.

— Comment comptez-vous vous rendre à votre nouveau domicile, demain ?

— En taxi.

— Je pourrais vous y emmener. Je n'ai aucune arrière-pensée, rassurez-vous, ajouta-t-il très vite. J'opère dans l'après-midi, mais je suis libre comme l'air le matin. Qu'est-ce que vous choisissez ? Un taxi malodorant ou un chauffeur particulier ?

— Tous les taxis ne sentent pas mauvais, répliqua Claudia avec un sourire.

— Pas tous… Mais pourquoi courir ce risque ?

— D'accord, merci.

— Très bien. On se voit donc demain, dit-il en se levant pour partir.

8.

Patrick frappa à la porte de Claudia en milieu de matinée.

— Quelqu'un a besoin d'un taxi puant ?

— Entrez, répondit-elle.

Elle ne savait toujours pas comment elle avait fait son compte pour accepter sa proposition, et cette pensée l'avait perturbée toute la nuit. Elle appréhendait de se retrouver seule avec lui en dehors de l'hôpital… Dans le monde réel.

— Je suis presque prête, expliqua-t-elle. Comme je ne suis pas sûre de pouvoir revenir ce soir, je suis restée un peu plus longtemps avec Thomas et Luca.

— Inutile de vous presser… Je n'ai pas mis le compteur.

En sortant de la salle de bains, sa trousse de toilette à la main, elle cessa de respirer à sa vue. Il était superbe et elle était certaine que son sourire aurait fait fondre un iceberg.

Après avoir déposé ses affaires dans sa valise, elle revint sur ses pas pour se brosser les cheveux.

— J'ai écrit le numéro de la rue sur le morceau de papier qui est sur le lit, dit-elle depuis la salle de bains.

Jetant un coup d'œil à l'adresse, Patrick fronça les sourcils. Ce quartier était dangereux et, malgré son désir de ne pas franchir les limites fixées par Claudia, il devait la mettre au courant. Mieux valait cependant attendre un peu…

L'indépendance de Claudia confinait à l'entêtement, mais il espérait qu'elle changerait d'avis dès qu'elle aurait vu son futur logement. En l'attendant, il régla le GPS de son téléphone. Il connaissait la direction, mais il aurait été bien incapable de trouver la rue.

Elle sortit de la salle de bains vêtue d'une jolie robe bain de soleil bleue qui lui arrivait aux genoux et mettait en valeur sa peau de porcelaine.

— Vous êtes ravissante.

— Merci. Alli a eu la gentillesse d'aller chercher mes affaires chez le gardien de mon ancien immeuble et de m'acheter cette robe.

— On y va ? demanda-t-il en prenant la valise.

Un peu plus tard, à l'accueil, Claudia se dirigea vers un guichet et déclina son identité.

— Combien vous dois-je ? demanda-t-elle.

La jeune secrétaire tapota quelques touches sur son clavier et regarda l'écran.

— Rien. Tout a été réglé.

— Vous en êtes certaine ?

— Parfaitement. Votre compagnie d'assurances s'est occupée de payer votre opération, votre séjour à l'hôpital et celui de vos enfants.

Soulagée de l'apprendre, Claudia suivit Patrick jusqu'au parking. Un instant plus tard, ils roulaient dans une voiture de sport dont Patrick avait abaissé la capote et l'air frais faisait du bien à Claudia, après la climatisation de l'hôpital.

Ils parlèrent des jumeaux et un peu des opérations que Patrick devait effectuer dans l'après-midi, si bien que le temps passa vite. Lorsqu'ils approchèrent de leur destination, Claudia se sentit devenir nerveuse… Le quartier ne ressemblait pas à ce qu'elle avait espéré.

Finalement, ils s'arrêtèrent devant une maison en piteux état. C'était pire que ce que Patrick avait craint. Le chauffeur de taxi ne se serait sans doute pas attardé une seconde après avoir déposé Claudia, et il se réjouissait d'avoir insisté pour l'accompagner. La clôture en fil de fer barbelé était rouillée et, en dehors des mauvaises herbes qui s'étaient frayé un chemin dans le béton, il n'y avait aucune verdure dans la petite cour de devant.

Jetant un coup d'œil de côté à Claudia, Patrick constata qu'elle faisait grise mine, mais elle défit sa ceinture de sécurité sans un mot.

— Vous n'êtes pas obligée d'entrer, vous savez ? dit-il.

— Ne dites pas n'importe quoi ! J'ai versé des arrhes à l'agent immobilier et j'emménage aujourd'hui. Vue de l'extérieur, cette maison n'est pas très jolie, mais l'intérieur est peut-être très bien. D'ailleurs, je ne l'achète pas, je la loue seulement pendant un mois.

Patrick resta silencieux, mais il frissonna lorsqu'ils marchèrent sur le trottoir lézardé pour gagner la maison aux murs d'un bleu fané qui semblait avoir été abandonnée depuis des années. Après avoir poussé la barrière, Claudia sortit la clé remise par l'agent immobilier, puis elle ouvrit la porte de bois et franchit le seuil, suivie de près par Patrick.

L'entrée était plongée dans une semi-obscurité. Claudia tendit la main vers un interrupteur mural, mais rien ne se produisit. Levant les yeux vers le plafond, ils constatèrent qu'il n'y avait pas de globe. Un fil électrique pendait, mais il manquait une douille.

— J'achèterai ce qu'il faut, dit Claudia en entrant dans la pièce la plus lumineuse, au bout du petit couloir.

C'était la cuisine, elle aussi en piètre état. Un linoléum gris pâle troué à plusieurs endroits recouvrait le sol. Il y avait une petite table et deux chaises en osier, dont l'une était percée. Le réfrigérateur faisait un bruit d'enfer et la fenêtre donnait sur une cour remplie d'épaves de voitures. Il n'y avait ni rideau ni store et les plaques électriques étaient crasseuses.

— C'est seulement pour quelques semaines en attendant que les jumeaux puissent prendre l'avion, dit Claudia. Ce n'est pas comme si je les amenais ici.

Toujours silencieux, Patrick la suivit dans la salle de bains. La douche avait été installée dans une baignoire aux parois incrustées de calcaire et, là encore, il n'y avait pas de rideau. Le miroir était cassé et recouvert de moisissure. Si la vitre de la petite fenêtre était opaque, elle était fendillée, et il ne serait visiblement pas difficile de la forcer.

— Voyons la chambre, dit Claudia sur un ton léger.

Elle entra dans la plus grande des deux chambres. Il y avait un lit à deux places, pas de tête de lit et une couverture bleue qui ne parvenait pas à masquer le creux dans le matelas. Une penderie dont la porte était entrouverte avait été installée près de la fenêtre. Un voilage crème taché dissimulait en partie le store sale qui s'affaissait par endroits. Claudia foula la moquette brune et souillée pour fermer la porte de la penderie et elle découvrit que la poignée était cassée.

— De toute façon, je ne compte pas vider ma valise, dit Claudia. Je ne vais pas faire la difficile.

— Claudia, vous n'envisagez quand même pas de vivre ici ?

— Bien sûr que si ! Quand j'avais une vingtaine d'années, j'ai parcouru l'Europe, mon sac sur le dos. Ce sera une aventure du même genre. Allons chercher mes affaires et, ensuite, vous pourrez repartir.

— Vous restez ?

— Oui.

— Alors, je reste avec vous. Nous serons colocataires. Moi aussi, j'ai pas mal bourlingué en Europe à vingt ans et je compte bien vivre cette aventure avec vous. Jetons un coup d'œil à ma chambre, j'espère qu'elle est aussi jolie que la vôtre.

— C'est ridicule !

— Pas plus que votre entêtement.

— C'est différent !

— Je ne suis pas d'accord avec vous. Si vous vous installez ici, j'en fais autant. Nous risquerons tous les deux nos vies et connaîtrons le même inconfort.

Secouant la tête, Claudia suivit Patrick dans la seconde

chambre qui se révéla aussi sordide que la première. Bien entendu, il n'y avait pas de globe et pas de douille.

— On dirait que nous allons devoir acheter un peu de matériel, dit Patrick.

Il tapota le lit à une place, n'osant se demander depuis quand la couverture orange n'avait pas été lavée. Remarquant alors que ce qu'il avait pris pour une commode était en réalité une armoire à classement, il se mit à rire.

— Je vais même pouvoir ranger les dossiers de mes patients pour travailler le soir.

— Ne vous moquez pas de moi.

— Pas le moins du monde ! Si c'est assez bon pour vous, ça l'est pour moi aussi.

— Je n'ai pas besoin d'un baby-sitter.

— Je pense plutôt vous servir de garde du corps.

Posant ses mains sur ses hanches, Claudia le foudroya du regard.

— Ce n'est pas aussi dramatique que ça ! Je traversais ce quartier en voiture pour me rendre au studio, tous les jours, et je n'ai jamais rien remarqué d'inquiétant.

— Vous passiez ici la nuit tombée ?

— Non, mais en fin d'après-midi et tôt le matin.

— Eh bien, nous allons passer la nuit ici et si tout se passc bien, nous en rediscuterons, mais je pense que sitôt le soleil couché, vous comprendrez que ce n'est pas un endroit où vous pouvez habiter. Il y a des gangs, dans le coin.

— J'ai une idée ! s'écria Claudia. Pourquoi ne pas demander à un voisin ce qu'il pense du quartier ?

Exaspéré, Patrick passa les doigts dans ses cheveux. Claudia était aussi têtue qu'elle était belle et intelligente.

— Allons-y, mais si vous obtenez la réponse que je crois, j'espère que vous serez d'accord pour que nous partions.

Claudia ne répondit pas. Le visage neutre, elle sortit de la maison suivie de Patrick. Ils firent quelques pas sur le trottoir avant de voir le propriétaire de la casse en train de verrouiller son portail.

— Excusez-moi, je me demandais si vous pourriez me parler du voisinage, dit Claudia. J'envisage de louer la maison qui se trouve à côté de la vôtre.

L'homme fit la grimace.

— Ecoutez, jeune dame, vous voyez ces deux chiens ?

Patrick et Claudia baissèrent les yeux vers les deux grosses bêtes noires qui attendaient le signal de leur maître pour patrouiller dans la cour.

— Ils ne sont pas là pour faire joli, continua l'homme. Je ne vivrais pas ici pour tout l'or du monde. Je me tire tous les jours à 15 heures, mais j'ai quelques clients qui veillent sur ma casse. Comme je travaille sur leurs voitures, ils veulent s'assurer qu'elles seront toujours là demain.

— Vos chiens pourraient peut-être assurer ma sécurité ? suggéra Claudia. Ils feront peur à tous ceux qui voudront rentrer chez moi par effraction.

— Certainement pas, à moins que vous ne vouliez vivre dans mon bureau. Désolée, mademoiselle, mais si vous habitez ici, vous ne pourrez compter que sur vous-même. Mais vous seriez bien folle de le faire.

Sur ces mots, l'homme grimpa dans sa camionnette et démarra. Immédiatement, les deux chiens se précipitèrent vers la grille en montrant les crocs.

Claudia fit un bond en arrière.

— Alors ? s'enquit Patrick. Vous voulez qu'on aille voir quelqu'un d'autre, ou nous partons maintenant et nous trouvons une autre solution ?

— D'accord, j'ai compris, vous avez gagné ! répliqua Claudia, penaude.

— Pour de bon ?

— Oui. Cet homme a confirmé vos soupçons et j'admets que la maison n'est pas aussi bien que le prétendait l'agent. Je n'arrive pas à croire qu'il m'ait menti !

Quelques minutes plus tard, ils roulaient en direction de Beverly Hills.

— Je ne resterai chez vous que le temps de passer quelques coups de fil et me trouver une autre location, dit Claudia. S'il le faut, je dormirai ce soir dans un hôtel.

— Comme vous voulez, mais ma maison est assez grande pour deux.

— C'est gentil de votre part, mais non merci.

Un instant plus tard, Patrick s'engageait dans une rue bordée de hauts palmiers et de maisons aux pelouses parfaitement tondues. Bientôt, la voiture ralentit avant de s'arrêter dans un tournant. De lourdes portes noires actionnées électriquement s'ouvrirent avec lenteur et se refermèrent derrière eux.

Patrick remonta l'allée centrale jusqu'au manoir qu'il appelait son foyer depuis deux ans. La propriété comportait aussi un court de tennis, une piscine chauffée, un Spa et un immense garage, mais il n'y fit pas allusion. Il devait admettre que la chirurgie esthétique payait bien, mais il avait travaillé dur pour être reconnu comme l'un des meilleurs par la clientèle très particulière de Hollywood.

Il aida Claudia à sortir de la voiture avant d'ouvrir la porte d'entrée.

— Entrez, je vais prendre votre valise.

— Vous devriez peut-être la laisser dans votre coffre puisque je ne vais pas rester.

Réprimant un sourire, il se demanda si elle avait toujours été aussi farouchement indépendante. Quoi qu'il en soit, elle avait le droit de prendre ses propres décisions. Il espérait seulement qu'elle s'abstiendrait de recourir à une agence immobilière douteuse.

— Je vais quand même la prendre au cas où vous auriez besoin de quelque chose.

Une fois à l'intérieur, Claudia regarda autour d'elle… Tout était absolument magnifique ! Au milieu du hall, il y avait un grand patio avec un bassin de pierre et une fontaine. Dehors, elle apercevait une grande étendue d'eau, sans doute une piscine, et en toile de fond, les collines de Hollywood.

— Je vous laisse visiter, dit Patrick. La chambre d'amis est au rez-de-chaussée, troisième porte à gauche. Si vous voulez prendre une douche ou vous reposer, ne vous gênez pas. Ce soir, je vous emmènerai à l'hôpital pour voir les garçons.

— Vous êtes trop gentil… Et trop généreux.

— Claudia, c'est une grande maison. J'y vis seul et vous y êtes la bienvenue si vous voulez rester ici jusqu'à votre départ. Je préférerais cette solution plutôt que de vous savoir en train de vous faire des *amis* dans ce quartier miteux. A propos, ne recommandez cet agent immobilier qu'à vos pires ennemis, ajouta-t-il en lui adressant un clin d'œil.

Claudia nageait en pleine confusion…

L'homme le plus beau et le plus chevaleresque qu'elle avait jamais rencontré lui ouvrait sa maison. Elle lui devait déjà la vie et elle n'aurait pas demandé mieux que de rester auprès de lui, mais c'était impossible.

Elle n'était pas encore prête à accorder sa confiance à un homme. Elle devrait se montrer sensée et raisonnable, comme Harriet.

Après avoir trouvé la chambre d'amis, elle ôta ses chaussures et s'assit sur le lit. Le matelas était confortable et, soudain, elle se sentait très fatiguée. Elle s'étendit et ferma les yeux sans penser à dormir, et décidée à appeler un autre agent immobilier.

Bien entendu, elle passerait la nuit dans un hôtel.

Quand Patrick revint, il n'y avait aucune lumière dans la maison, mais il distingua la valise de Claudia, toujours dans l'entrée. Ne sachant si elle se trouvait encore dans la maison ou si elle avait pris un taxi pour se rendre à l'hôpital, il alluma une lampe. Un instant plus tard, il découvrait une Claudia assoupie dans la chambre d'amis.

Il faisait encore chaud dehors, mais l'air conditionné

maintenait une certaine fraîcheur dans la maison. Comme elle ne portait qu'une robe légère, il tira la couverture sur elle puis s'en alla sans bruit.

Elle était épuisée et il n'avait pas l'intention de la réveiller. Il décida donc d'appeler l'hôpital pour prendre des nouvelles des jumeaux.

Son appel fut immédiatement transmis au néonatalogiste de garde.

— Docteur Spencer, je viens juste de lire les notes que mes collègues ont rédigées dans la journée. J'ai tenté en vain de joindre Mlle Monticello.

— Elle se repose, c'est pourquoi je vous téléphone. Je lui transmettrai les nouvelles.

— Thomas progresse bien, comme il l'a fait dès le premier jour. Le canal artériel de Luca semble se fermer de lui-même. On lui fera un échocardiogramme demain, mais le Dr Wilson pense interrompre le traitement. Dans deux heures, les jumeaux vont être nourris à la sonde et, ensuite, ils dormiront, alors il est inutile que leur maman se déplace. Mieux vaut qu'elle se repose.

Patrick remercia le jeune médecin avant de raccrocher. Il monta ensuite dans sa chambre pour enfiler un short et un T-shirt. Il allait faire quelques brasses dans la piscine et, ensuite, il préparerait le dîner pour eux deux.

Il n'espérait pas qu'il se passe quoi que ce soit entre eux, mais il était inutile de nier que Claudia s'était glissée dans son cœur. De toute façon, pour l'instant, il ne voulait pas penser à l'avenir.

Dans un coin reculé de son esprit, demeurait l'espoir qu'elle changerait d'avis et resterait aux Etats-Unis.

Une odeur de cuisine réveilla Claudia. L'espace d'un instant, elle se demanda où elle était, puis la mémoire lui revint brutalement.

La chambre était plongée dans la pénombre et elle sentit la chaleur d'une couverture sur elle. Comme elle ne se rappelait pas s'en être couverte, elle supposa que Patrick était rentré et avait eu cette attention.

Prenant conscience qu'elle n'avait pas appelé l'agence, elle se redressa. L'horloge de son téléphone portable indiquait qu'il était près de 19 heures.

— Espèce de cruche, marmonna-t-elle.

Se frottant le front, elle continua de se maudire. Maintenant, elle allait devoir trouver un hôtel avant sa visite aux jumeaux.

Elle s'assit sur le bord du lit et chercha ses chaussures des yeux. Après les avoir enfilées, elle sortit dans le couloir et se dirigea vers la lumière qu'elle apercevait à l'extrémité. Il ne lui restait plus qu'à remercier Patrick pour son hospitalité avant d'appeler un taxi.

Dans la cuisine, Patrick était en train de touiller un plat qui paraissait délicieux avec une cuillère de bois. L'étau qui comprimait le cœur de Claudia se desserra, mais ses pensées étaient toujours aussi confuses. Lorsque Patrick se tourna vers elle, des picotements lui taquinèrent la nuque puis le visage, et elle fut certaine qu'elle était en train de virer à l'écarlate.

— Bonsoir, belle endormie, dit-il, les yeux pétillant de malice. La sieste a été bonne ?

Claudia s'efforça d'ignorer que son cœur battait la chamade.

— Oui, merci, mais vous auriez dû me réveiller. J'ai dormi bien trop longtemps et je vais devoir trouver un hôtel avant d'aller voir mes bébés.

Patrick baissa le feu sous la casserole, puis il pivota de nouveau pour la regarder. Il portait un T-shirt moulant et un short long qui mettaient en valeur son corps musclé. Ses pieds bronzés étaient nus sur le carrelage de terre cuite.

— J'ai téléphoné pour avoir de leurs nouvelles et on m'a dit qu'ils allaient très bien tous les deux. On a dû les nourrir et ils devraient dormir pendant quatre heures, à partir de maintenant.

— J'aurais dû être là pendant qu'on les nourrissait, dit Claudia, en colère contre elle-même.

— Il est important que vous vous reposiez, Claudia… En fait, j'ai prévenu le service que vous ne viendriez que demain matin.

— De quel droit avez-vous pris cette décision à ma place ? s'écria Claudia, furieuse.

— Je l'ai fait en tant que médecin, répliqua calmement Patrick. Ainsi que je vous l'ai dit plus d'une fois, vous devez reconstituer vos forces. Quel bien cela fera-t-il à vos enfants si vous vous évanouissez le jour même de votre sortie ?

— Mais je veux être avec eux !

Patrick se tourna vers la cuisinière en secouant la tête. Il avait beau admirer la force de Claudia, il déplorait qu'elle soit assez têtue pour négliger sa propre santé.

— Je suis tout ce qu'ils ont au monde, ajouta-t-elle.

Ce n'était pas la première fois qu'elle faisait allusion au fait que les jumeaux ne pouvaient compter que sur leur mère.

— Eh bien, on ira les voir après le dîner.

— Il est inutile que vous m'emmeniez. Je dois d'abord retenir une chambre d'hôtel, dit-elle, les bras croisés sur sa poitrine.

— Claudia, je sais à quel point vous tenez à votre indépendance, mais vous devez prendre soin de vous. Et puisque vous ne semblez pas comprendre que c'est important, je suis plus qu'heureux de faire le job à votre place.

— Je suis capable de m'occuper de moi toute seule. C'est ce que je ferai quand je retournerai à Londres dans quelques semaines.

Les paroles de Claudia poignardèrent Patrick. Ce n'était peut-être pas son intention, mais c'était réussi.

— Vous marquez un point.

Il se focalisa de nouveau sur son plat. Depuis des années, il évitait d'écouter son cœur et, s'il en croyait la réaction de Claudia, il ferait aussi bien de continuer. Profondément déçu, il mit les pâtes dans l'eau bouillante.

— Si vous voulez dîner avec moi avant d'appeler votre

taxi, vous êtes la bienvenue, mais je comprendrai que vous souhaitiez partir tout de suite.

Claudia aurait voulu qu'ils se rencontrent dans des circonstances différentes, avant qu'un autre homme ne l'ait blessée aussi cruellement. Patrick semblait réunir toutes les qualités qu'elle recherchait chez un homme.

— Je ne veux pas exercer de pression sur vous, Claudia, ajouta-t-il en se tournant vers elle. J'ai juste tenté de vous aider, mais je ne vous forcerai jamais à faire quoi que ce soit ou à rester ici contre votre volonté.

L'espace d'un instant, Claudia ne sut que répondre. Jusqu'à maintenant, Patrick s'était toujours conduit en gentleman… Et elle était certaine que cela ne changerait pas, à moins qu'elle ne l'invite à modifier son comportement.

Une fois de plus, elle avait dramatisé et elle s'était montrée grossière envers lui.

La première fois, sa réaction avait pour origine l'aversion que lui inspiraient les hommes. Avec le recul, elle admettait que Patrick ne méritait pas d'être puni à la place d'un autre.

Mais aujourd'hui, autre chose l'incitait à repousser son sauveur. Ce n'était pas la faute de ce dernier si elle commençait à avoir des sentiments pour lui…

— Si l'invitation tient toujours, je resterai pour le dîner, Patrick… Mais seulement pour le dîner.

9.

En suspendant ses vêtements dans le dressing, Claudia espéra avoir pris la bonne décision.

Depuis son arrivée à Los Angeles, sa vie avait été profondément modifiée… Et pas dans le bon sens, à part la naissance des jumeaux. Elle avait toujours hâte de rentrer en Angleterre, mais les sentiments contradictoires que lui inspirait Patrick modifiaient la donne.

Ferait-il encore partie de sa vie quand elle aurait quitté Los Angeles, ou deviendrait-il un souvenir ? Un doux souvenir, certes, mais rien de plus…

Lorsqu'elle pensait à lui, elle s'efforçait de rester rationnelle. Ils se connaissaient depuis peu de temps, mais le lien qui les unissait était unique.

Ainsi qu'il le lui avait dit, il n'avait exercé sur elle aucune pression et il lui avait même suggéré de retenir une chambre dans l'un des hôtels proches du Mercy Hospital. Du coup, elle s'était sentie plus à l'aise. Elle avait même fini par accepter son invitation et s'était excusée d'avoir été aussi impolie.

— Je vous paierai le prix d'une chambre d'hôtel, lui avait-elle dit pendant qu'ils débarrassaient la table.

— Ce sera un dollar par nuit.

— Je suis certaine que les hôtels de Beverly Hills sont bien moins onéreux ! plaisanta-t-elle. Non, sérieusement, j'insiste…

— Voici le contrat que je vous propose. Depuis mon arrivée aux Etats-Unis, je n'ai pas retrouvé mes toffees préférés aux amandes. Si vous en dénichez quelque part, nous serons quittes. Vous pourrez même m'en envoyer depuis l'Angleterre. Il n'y a pas de date limite, juste la promesse qu'un jour je puisse déguster mes caramels.

— Des confiseries anglaises en échange de votre hospitalité dans une maison aussi belle ?

— Vous trouvez ça trop cher ? s'enquit-il avec un sourire.

Le cœur de Claudia se mit à battre plus vite. Fermant les yeux, elle s'efforça de bloquer toutes les pensées que lui inspirait son propriétaire.

Les portes-fenêtres donnant sur la véranda étaient ouvertes et la brise tiède de juillet était merveilleuse après l'air conditionné de l'hôpital. Claudia se leva lentement pour savourer l'atmosphère embaumée. Pour s'éloigner de Patrick et s'éclaircir les idées.

Les rayons de lune allumaient des reflets argentés sur la surface de la piscine. C'était la soirée parfaite. La maison parfaite. L'homme parfait.

Assis sur le canapé, Patrick suivit Claudia des yeux. Elle était pieds nus et sa chevelure courte brillait à la lueur de la lune. Parfois, elle paraissait apaisée, mais à d'autres moments, elle était visiblement torturée... Et si vulnérable ! Il réprima l'envie de la rejoindre pour la prendre dans ses bras et lui jurer que tout irait bien.

Il aurait voulu guérir ses blessures passées et la protéger de tout mal. Mais il ignorait ce que l'avenir leur réservait à tous les deux. Il savait peu de chose sur Claudia, en dehors du fait qu'elle avait perdu ses parents.

Où avait-elle fait ses études ?

Pourquoi avait-elle accepté ce stage à Los Angeles ?

Et pourquoi le père de ses enfants avait-il rompu tout lien avec elle ?

Etrangement, tout cela n'avait pas grande importance. Ce n'était pas son passé, sa famille ou sa carrière, qui l'attiraient. C'était son attitude face à la vie, sa force, son indépendance et sa beauté.

Et son amour pour ses enfants.

Le lendemain matin, Claudia se réveilla tôt et se rendit dans la cuisine, vêtue de la plus courte de ses chemises de nuit. Elle pensait préparer le petit déjeuner et se changer avant que Patrick ne se lève. Une façon de le remercier pour son hospitalité…

Mais Patrick était déjà dans la cuisine et elle cessa un instant de respirer à sa vue. Il était en train de découper des fruits et des légumes qu'il plaçait ensuite dans un grand bol. Près de lui, se trouvait un robot ménager ultramoderne, mais ce n'était pas ce qui intéressait le plus Claudia dont le regard était irrésistiblement attiré par le torse dénudé de Patrick et le short qu'il portait assez bas, sur les hanches.

S'efforçant d'échapper à la fascination que ce corps parfait exerçait sur elle, Claudia se tourna vers le patio où se trouvaient un banc de musculation et des poids.

— Bonjour, Claudia. J'espère que vous avez bien dormi.

Elle toussota pour s'éclaircir la voix. Regrettant d'avoir choisi une tenue aussi courte, elle se frotta les bras comme si elle avait froid.

— Bonjour… A ce que je vois, vous vous affairez déjà dans la cuisine.

— Oui. J'aime bien me lever de bonne heure et faire un peu de gym. Vous avez des chaises longues, dehors, alors ne vous gênez pas pour profiter du soleil.

— Le soleil…, répéta-t-elle en évitant toujours de poser les yeux sur lui.

— Je prépare une boisson à base de chou, de carottes et de fruits. Je ne voulais pas brancher le mixeur tant que vous dormiez car il fait autant de bruit qu'une tondeuse à gazon. Vous en voulez un verre ? C'est très bon pour la santé et il y en a pour deux.

— Je voulais préparer votre petit déjeuner ! Vous en avez déjà fait tellement pour moi…

Patrick se lava les mains à l'évier, puis il enfila le T-shirt qu'il avait posé sur le dossier d'une chaise.

— Je me lève toujours à l'aube et j'aime bien avaler un petit déjeuner liquide, après le sport. Cela me donne de l'énergie pour toute la journée et, aujourd'hui, une succession d'opérations m'attend. Vous en voulez ?

— Volontiers, merci.

Claudia prit un siège, se réjouissant intérieurement qu'il se soit rhabillé.

— Alors ? Quelle starlette veut un bonnet D, aujourd'hui ?

Patrick était en train de verser les fruits dans le robot, mais il s'interrompit pour répondre à la question.

— J'ai deux reconstructions mammaires à la suite d'ablations : une jeune mère d'une trentaine d'années et une patiente plus âgée qui vient de fêter son soixantième anniversaire.

Claudia se sentit stupide.

— Je suis désolée.

— Ne le soyez pas. Tout le monde fait ce raisonnement.

— Je me suis montrée condescendante et j'ai fait une généralisation rapide. Pardonnez ma bêtise ! J'aurais dû savoir que vous ne vous borniez pas à refaire des nez.

— Merci. La plupart des gens ne prennent pas la peine de s'excuser, alors ne vous en voulez pas trop. Et pour être honnête, je fais ma part d'interventions purement esthétiques. Beaucoup de femmes rêvent de seins plus gros et c'est en les satisfaisant que je peux effectuer des opérations à bas prix pour ceux qui en ont vraiment besoin.

— C'est super !

— Oui… Et j'ai aussi une jolie maison, alors ne me mettez pas sur un piédestal.

Mais il avait beau dire, dans l'esprit de Claudia, Patrick Spencer était un homme bien, qu'elle ne descendrait pas de son piédestal de sitôt.

*
* *

Un matin, après le départ de Patrick pour la clinique, Claudia pensa qu'elle devait dédommager la personne qui lui avait fait de généreux cadeaux quand elle était encore à l'hôpital.

— Je suis désolée, madame, mais il m'est impossible de divulguer l'identité de l'expéditeur. Je souhaiterais vous aider, mais la politique du magasin me l'interdit. En revanche, vous pouvez échanger un article, si vous le désirez.

— Non, merci, tout est parfait.

— Nous nous flattons d'offrir à nos clientes une lingerie stylée et de bonne qualité.

Le ton de la jeune femme était un peu prétentieux, à l'image du quartier chic où se situait le magasin.

— J'ai une idée, dit Claudia. Pourrais-je acheter un bon cadeau de la même valeur que ce qu'on m'a envoyé ? Si la personne en question a un compte chez vous, vous devriez avoir son adresse e-mail. Vous ne briserez pas la confidentialité puisque vous ne me fournirez aucun détail, et vous aurez doublé votre vente.

Il y eut un court silence à l'autre bout du fil.

— Cette personne voudra peut-être savoir qui le lui a envoyé.

— Pas de problème ! Vous pouvez lui dire que c'est moi.

La négociation terminée, Claudia donna le numéro de sa carte de crédit. La somme était bien plus importante qu'elle ne l'avait imaginé, voire extravagante, mais puisqu'elle ne payait pas de loyer, elle pouvait se le permettre.

Claudia regardait ses petits garçons grandir jour après jour. Désormais, elle pouvait les prendre dans ses bras et leur donner le biberon. Le vingtième jour, on les transféra de la néonatalogie à la nurserie de la maternité.

Chaque fois qu'elle les berçait, Claudia se sentait plus heureuse et apaisée qu'elle ne l'avait jamais été. Elle aurait voulu ne jamais les lâcher… Lorsqu'elle caressait leur peau douce ou plongeait dans leurs grands yeux confiants, elle savait que rien ne manquait à son bonheur.

A chaque étape de leur progression, son cœur chantait et elle s'imaginait en train de décorer le sapin de Noël avec eux ou contemplant leurs petits visages illuminés de joie quand ils déballeraient leurs cadeaux d'anniversaire.

Au fil des jours, elle percevait des différences, entre eux. Thomas était un peu plus gros, sa bouche plus pleine, ses cheveux plus épais et raides. Ceux de Luca étaient bouclés et c'était un bébé tout fin.

Elle arrivait le matin de bonne heure et elle s'en allait juste après le coucher du soleil quand les bébés étaient prêts à s'endormir. Ils étaient nourris deux fois dans la nuit, à 23 heures et à 3 heures du matin, mais le personnel insistait pour qu'elle se repose et ne revienne que le lendemain.

La première fois qu'elle fut autorisée à leur donner le bain, des larmes de joie jaillirent de ses yeux. Elle était toujours un peu nerveuse lorsqu'elle les plongeait dans l'eau tiède avant de les envelopper dans une serviette blanche toute douce. Ensuite, elle pouvait les garder contre elle plus longtemps.

Quand il fit moins chaud, Patrick suggéra qu'ils fassent un pique-nique tous les quatre. Au début, Claudia était pleine d'appréhension, mais lorsqu'elle vit la couverture blanche et le panier bien fourni, elle eut un large sourire. Ensemble, ils allèrent chercher les jumeaux après leur repas et les installèrent à l'ombre, à côté du petit étang qui occupait un coin du jardin.

Le clapotis de l'eau et les gros poissons rouges qui évoluaient tranquillement étaient relaxants.

— Je crois qu'ils aimeront pêcher, dit Patrick.

— Et qu'est-ce qui vous le fait penser ?

— C'est juste un pressentiment.

Il n'ajouta pas que si les jumeaux avaient été ses fils, il leur aurait appris à pêcher.

A le regarder faire des mines et gazouiller avec eux, Claudia fut persuadée qu'il ferait un père merveilleux.

Claudia prenait chaque jour des photos de ses enfants avec son téléphone, consciente qu'elles lui rappelleraient plus tard le chemin parcouru. Elle décida d'en faire développer deux pour Patrick. Il méritait bien de garder un souvenir d'eux... La perspective d'être séparée de lui par un océan l'attristait, mais elle n'y pouvait rien.

Elle s'arrêta dans un drugstore pour acheter deux cadres d'argent. Plus tard, en entrant dans la chambre de Patrick pour déposer les portraits sur sa table de chevet, elle se sentit étrangement chez elle.

La pièce était masculine, mais en même temps chaude et accueillante. Des rideaux gris sombre encadraient la fenêtre et une moquette gris pâle recouvrait le sol. Le lit et la commode étaient noirs et trois grands dessins au fusain étaient accrochés aux murs. Le couvre-lit était du même gris que les rideaux. C'était une chambre d'un goût simple et parfait.

En sortant, elle jeta un dernier regard au lit. Etait-il aussi confortable que le sien ? Et lorsqu'il dormait, Patrick rejetait-il ses couvertures ?

Patrick passait à l'hôpital plusieurs fois par semaine et Claudia avait des palpitations chaque fois qu'il prenait l'un des jumeaux dans ses bras. Elle ne pouvait s'empêcher de remarquer qu'il était totalement absorbé par le bébé qu'on lui confiait. Il ne le quittait pas des yeux une seconde et il bavardait avec lui comme s'il avait été capable de le comprendre. Claudia devait se répéter qu'il n'était pas leur père, mais il lui était parfois difficile de s'en souvenir.

Patrick lui prêtait son 4x4 pour qu'elle puisse se rendre à l'hôpital sans avoir à prendre de taxis. Il voulait qu'elle se sente indépendante, tout en ayant le sentiment qu'elle était chez elle. Et cela marchait… Elle lui était extrêmement reconnaissante, d'autant qu'il n'en profitait pas pour faire pression sur elle.

Trois soirs par semaine, elle cuisinait pour lui. De son côté, il continuait de se lever tôt et de préparer des smoothies. Parfois, elle dînait à l'hôpital pour rester plus longtemps avec les jumeaux. Par ailleurs, Patrick avait décidé qu'ils passeraient ensemble la soirée du vendredi à l'hôpital. Il apportait des « fish and chips » préparés par un anglais expatrié qui avait ouvert un café sur Melrose. Son établissement était toujours bondé et Patrick faisait une queue d'une demi-heure. Ensuite, Claudia le retrouvait dans le parc et ils dégustaient leurs poissons grillés et leurs frites.

Ce serait bientôt leur cinquième vendredi… Le dernier.

Claudia partait pour Londres dans moins d'une semaine et, bien qu'elle soit pressée de rentrer chez elle, elle savait que ses adieux à Patrick seraient les plus pénibles de toute sa vie.

Un soir, ils étaient assis dans le patio et Claudia sirotait son thé glacé en contemplant les étoiles.

Ses parents auraient-ils apprécié l'homme qui se trouvait près d'elle ? Elle était certaine que oui et cela lui donnait envie de lui en révéler davantage sur elle.

— Y a-t-il quelque chose que vous voudriez savoir sur moi ? lui demanda-t-elle. Je vis chez vous et vous ne m'avez jamais posé aucune question.

— Je sais que vous avez une sœur qui travaille en Amérique du Sud. Et aussi, que vous avez fait un stage à la télévision.

— Vous n'avez pas l'impression que nous évitons d'aborder un sujet important ?

— Lequel ?

— Vous ne m'avez jamais demandé qui était le père des jumeaux.

Patrick l'observa un instant avant de répondre.

— Je n'avais pas à le faire, Claudia. Je me suis toujours

dit que si vous vouliez m'en parler, vous le feriez. Mais je vous respecte et, si vous préférez vous taire, vous avez vos raisons.

Claudia lui sourit. Dans une ville où tout le monde voulait tout savoir sur tout le monde, cette réponse était rafraîchissante. Elle avait souvent eu envie de se confier à lui, ces dernières semaines, mais elle avait eu peur que son opinion sur elle change s'il savait la vérité.

— J'ai compris que tout était fini entre vous, conclut Patrick.

— Il est parti dès qu'il a su que j'étais enceinte. Il n'est même pas resté assez longtemps pour découvrir que j'attendais des jumeaux. Son avocat m'a fait savoir qu'il refusait qu'on inscrive son nom sur le certificat de naissance, et qu'il renonçait à ses droits parentaux. Actuellement, il est…

— Je n'ai pas besoin d'en apprendre davantage, l'interrompit Patrick d'une voix chargée de colère. A moins que vous ne bénéficiiez de la protection de témoins et que vous cherchiez à échapper à une menace, je ne veux rien savoir d'un homme pour qui je n'ai aucun respect.

— Je ne suis pas un témoin protégé, dit Claudia en souriant.

— Tant mieux… Le reste n'a aucune importance.

Claudia hocha la tête. Jusqu'à maintenant, elle avait soigneusement évité de confier à quiconque que le père de ses fils était marié… Et encore moins à Patrick !

Ne le fais pas, lui murmura une petite voix dans sa tête.

— Je pensais qu'il était quelqu'un de bien, quand je l'ai rencontré.

— Claudia, un homme qui vous abandonne enceinte est un salaud. J'espère ne jamais le rencontrer parce que je lui casserais certainement la figure.

La colère sourde qui faisait vibrer la voix de Patrick surprit Claudia. Soudain, il lui rappela son père, qui aurait sans doute réagi de la même façon.

Jamais elle ne s'était sentie aussi protégée depuis la mort de ses parents…

— Je ne m'attendais pas à une telle réaction de votre part.

— Je ne supporte pas les lâches et les imbéciles. Cet homme réunit ces deux défauts.

Claudia craignait que la vérité change l'opinion que Patrick avait d'elle, mais elle prit brusquement conscience qu'elle voulait la lui dire.

— C'est plus compliqué que ça… Le père des jumeaux est marié.

— Quoi ! Ce type est encore plus immoral que je le pensais. Comment a-t-il osé vous le cacher ?

— Vous présumez que je ne le savais pas ?

— Claudia, je sais que vous ne vous seriez jamais engagée avec un homme marié. Cela ne vous ressemble pas et il est clair qu'il s'est soigneusement abstenu de vous le dire.

— C'est vrai. Mais j'aurais dû poser davantage de questions. J'ai été naïve…

— Il est sans doute coutumier du fait et il ne vous l'aurait pas avoué.

— Peut-être.

— Cette ville est remplie de prédateurs à qui j'ai souvent donné un coup de jeune. Des acteurs, des producteurs, des agents.

— C'est un producteur renommé dans l'industrie des feuilletons sentimentaux. Je travaillais avec lui et j'ignorais qu'il était marié. Son épouse est une actrice peu connue et elle avait un contrat de l'autre côté de l'océan. Elle a dû rentrer à Los Angeles à peu près au moment où j'ai découvert que j'étais enceinte. Il a quitté notre appartement le jour même et je n'ai plus eu de nouvelles de lui depuis… Sinon par son avocat.

Patrick, qui brûlait d'envie d'attirer Claudia contre lui, regardait droit devant lui. S'il plongeait dans ses yeux, il craignait de la prendre dans ses bras et de ne jamais la laisser partir.

Depuis qu'il avait fait sa connaissance, six semaines auparavant, il soupçonnait qu'elle avait été blessée et, maintenant, il savait par qui. Le père des jumeaux était l'homme qui lui avait infligé cette blessure au cœur.

Il la désirait plus qu'il n'avait jamais désiré aucune autre femme, mais il devait attendre qu'elle soit prête. Si cela n'arrivait jamais, tant pis ! Mais si elle lui faisait comprendre qu'elle le voulait aussi, il ferait passionnément l'amour avec elle. Il s'efforcerait de guérir ses peines passées… Si elle le lui permettait.

— Il paiera le prix fort toute sa vie, en refusant de connaître ses fils, dit-il.

Claudia ouvrit la bouche pour répondre, mais rien ne vint. Patrick ne lui avait pas posé de questions, il n'avait pas douté d'elle un seul instant et elle se demandait pourquoi un homme aussi merveilleux était entré dans sa vie.

Sans réfléchir, elle se pencha pour lui déposer un baiser sur la joue, mais il se tourna au même moment, et elle sentit la douceur de ses lèvres sous les siennes.

C'était un baiser inattendu, mais elle ne voulait pour rien au monde y mettre fin. Elle se pressa contre le corps musclé, submergée par le désir.

Les mains de Patrick frôlèrent son dos et elle sentit les battements sourds de son cœur sous le tissu de sa chemise. Quand il glissa la langue dans sa bouche, elle crut mourir de plaisir.

Sans avertissement, il se leva lentement, la prit par la main et lorsqu'elle fut debout, il la souleva dans ses bras. Claudia noua les mains autour de son cou tandis qu'il la portait dans sa chambre où il lui retira ses vêtements avant de se déshabiller lui-même.

Cette nuit-là, ils se donnèrent l'un à l'autre corps et âme.

10.

Le soleil matinal filtrait à travers les volets, éclairant Claudia et Patrick qui reposaient sur le lit, enlacés. Quand elle ouvrit les yeux, elle vit le beau visage de Patrick à quelques centimètres du sien. Il était encore endormi et elle sentait son haleine tiède sur sa peau.

Se dégageant doucement de son étreinte, elle s'assit au bord du lit et se mit en quête de ses vêtements. Elle finit par les voir, éparpillés sur le sol.

— Tu cherches quelque chose ?

Elle se tourna vers Patrick qui la regardait.

— Je voudrais m'habiller.

— Je pense que tu ne vas pas en avoir besoin tout de suite.

Les yeux brillants, il l'attira contre lui.

Une heure plus tard, l'odeur du café réveilla Claudia. Après qu'ils avaient fait une nouvelle fois l'amour, elle avait glissé dans un merveilleux sommeil. Patrick parut sur le seuil, vêtu d'un jean et torse nu. Il s'était rasé et ses cheveux humides étaient rejetés en arrière.

— Pourquoi ne m'as-tu pas réveillée ? demanda-t-elle.

Il la rejoignit en quelques pas et l'embrassa tendrement.

— Parce que tu as besoin de dormir, ma chérie. Tu peux te doucher et, ensuite, nous prendrons le petit déjeuner dans le patio.

— Tu me gâtes horriblement !

— Je l'espère bien.

— Je voudrais être à l'hôpital pour nourrir et baigner les bébés.

— Pas de problème. Il est encore tôt, nous avons le temps de manger et d'y aller ensemble.

Puis il disparut, la laissant dans le lit encore chaud.

Un peu plus tard, Claudia et Patrick étaient assis sur le canapé du patio. Couvant d'un regard amoureux l'homme qui avait capturé son cœur, elle s'amusait à tracer du bout de l'index des cercles sur son torse.

— Il y a une chose que j'aimerais savoir, dit-elle. Pourquoi as-tu changé de spécialité ?

— J'ai trouvé un autre domaine qui me plaisait… Bien payé, en plus.

— Je le sais, et j'apprécie que tu ne te contentes pas de modifier les nez et les seins des starlettes. Mais tu étais très bon dans ta partie, et…

— Tu ne m'as vu en action qu'une seule fois, et je pense que ton jugement est un peu partial.

— Pas du tout ! Les jumeaux et moi te devons la vie, Patrick.

— Tu étais la patiente parfaite.

Claudia se mit à rire. Parfois, le souvenir de son accouchement était effrayant. A d'autres moments, elle considérait qu'elle avait eu une chance inouïe.

— Tu veux dire que j'ai été odieuse, avec toi.

— Au début, peut-être, mais quand le travail a commencé, tu as été plus courageuse qu'aucune femme que j'aie connue.

— En tout cas, j'ai choisi l'endroit le plus inadéquat pour accoucher.

— Tu n'y étais pour rien.

— C'est vrai…

Patrick la fit taire en posant ses lèvres chaudes et douces sur les siennes. Lorsqu'il la lâcha, la tête de Claudia tournait, son cœur battait la chamade et il lui fallut un moment pour retrouver sa respiration.

La plus grande confusion régnait dans son esprit, sauf en ce qui concernait l'homme qui se trouvait auprès d'elle. Elle l'aimait, mais elle savait aussi que l'avenir était incertain. Ils n'avaient pas non plus de passé commun puisqu'ils ne se connaissaient que depuis un mois.

Restait le présent…

— Allons à l'hôpital pour voir tes fils. Ils ont dû prendre du poids dans la nuit et ils seront bientôt prêts à rentrer à la maison.

Ces mots attristèrent Claudia, mais elle sourit à Patrick qui l'aidait à se lever. Il venait de lui rappeler que la maison, pour ses enfants et elle, c'était Londres. Celle de Patrick, en revanche, se trouvait à Los Angeles.

Leur idylle ne serait que cela… Une brève liaison.

Dans la voiture, Claudia jeta un coup d'œil de côté à Patrick dont les mains étaient posées sur le volant. Les mêmes mains qui avaient caressé sa peau quelques heures auparavant et lui avaient donné un tel plaisir qu'elle aurait voulu que cela ne s'arrête jamais.

Quoi que l'avenir leur réserve, elle voulait en savoir davantage sur son séduisant obstétricien. Cela impliquait qu'elle comprenne la décision qu'il avait prise dix ans auparavant. Elle voulait pouvoir répondre aux questions que ses fils lui poseraient. Et même s'ils n'en posaient pas, elle voulait tout savoir sur Patrick.

C'était un homme merveilleux, pourtant elle devinait qu'il cachait quelque chose derrière ses lunettes noires. Qu'est-ce qui avait bien pu le pousser à s'installer à l'autre bout du monde pour tout recommencer de zéro, laissant derrière lui sa famille et ses amis ?

— Patrick, est-ce que je peux te demander quelque chose ? dit-elle doucement lorsqu'ils furent tout près du Mercy Hospital.

Il se tourna vers elle et lui adressa un sourire qui la fit fondre.

— Ça dépend.

— Ça dépend de quoi ?

— Est-ce que je pourrai invoquer le cinquième amendement si je ne veux pas répondre ?

— Mais tu n'es pas un citoyen américain !

— En effet, je suis anglais... Mais je suis ici depuis assez longtemps pour utiliser leurs échappatoires constitutionnelles.

Elle le fixa un instant sans mot dire.

— Tu sais quoi ? Nous reprendrons cette conversation ce soir.

— Je suis d'accord, dit-il en entrant dans le parking de l'hôpital.

Ils étaient assis dans le patio, encore vêtus de leurs maillots après une dernière baignade nocturne, quand Claudia aborda une nouvelle fois le sujet.

— Je pense que tu sais tout ce qu'il y a à savoir, à mon propos, commença-t-elle en rejetant en arrière ses boucles humides.

Il lui déposa un baiser sur la nuque.

— Où veux-tu en venir, exactement ? Parce que j'adorerais poursuivre cette conversation dans ma chambre.

— Moi aussi... Dans une minute. Mais d'abord, je veux en revenir à la question que je souhaitais te poser ce matin.

— Il le faut vraiment ? demanda-t-il en s'écartant.

— Mais tu ne sais même pas ce que je veux te demander.

— Je te propose de laisser le passé où il est... Je n'en ai pas besoin pour être heureux.

Claudia se redressa pour lui faire face.

— Quel est le problème, avec ta famille ?

— J'invoque définitivement le cinquième amendement.

Son sourire était forcé, mais elle voulait savoir ce qu'il lui cachait. Les mensonges d'un homme avaient déjà changé le cours de sa vie et elle ne commettrait pas une seconde fois l'erreur de faire confiance à un beau visage.

— Patrick, j'ai besoin d'en savoir un peu plus sur toi. C'est important pour moi. J'ai joué cartes sur table, avec toi. Tu sais tout de moi, le bon comme le mauvais, et tu as quand même voulu de moi dans ton lit. Accorde-moi le même crédit.

Patrick comprit que Claudia n'abandonnerait pas. Peut-être avait-elle le droit de savoir. Et si elle comprenait les raisons qui l'avaient éloigné de l'Angleterre, elle accepterait peut-être de rester à Los Angeles.

S'il refusait de se confier à elle, en revanche, il risquait de la perdre.

— Très bien… Je n'ai plus aucun contact avec ma famille depuis douze ans.

— C'est triste ! Je ne pourrais pas imaginer ma vie sans Harriet.

— Contrairement à toi, je vis très bien sans mes proches.

— Tu as essayé de comprendre vos divergences ?

— C'est plus grave que de simples divergences. J'ai reconstruit ma vie et je ne veux pas revenir là-dessus. J'ai définitivement tiré un trait sur mon passé.

Ce n'était pas tout à fait vrai. Il ne se passait pas un seul jour sans qu'il pense à sa mère. Il se demandait où elle était et ce qu'elle faisait. Son neveu devait avoir une douzaine d'années, maintenant, et il ne l'avait pas vu grandir. Mais il n'avait eu d'autre choix que de s'en aller et de les laisser vivre leur vie sans lui.

— Je ne veux pas rouvrir des blessures, mais je voudrais comprendre pourquoi tu ne retourneras jamais dans le pays qui t'a vu naître, dit Claudia.

Patrick se leva, puis prenant les mains de Claudia, il la fit se redresser.

— Rentrons et oublions cette conversation. Je te demande

juste d'admettre que je ne veux pas revivre mon passé. Ma famille et moi avons rompu tout contact. Fin de l'histoire.

Cette nuit-là, Claudia se blottit dans les bras de Patrick, mais ils ne firent pas l'amour. Elle dormit très mal, inquiète à l'idée que des événements suffisamment graves l'avaient incité à quitter son pays et sa famille, puis à changer de profession.

Qui était l'homme étendu auprès d'elle ? Avait-elle commis une énorme erreur en lui donnant une partie de son cœur ?

Au matin, elle se leva sans le réveiller et prit une douche. Elle ne voulait pas insister davantage pour obtenir des réponses, mais elle allait mettre fin à leur liaison. L'honnêteté et la franchise ne pouvaient pas être à sens unique. Bien sûr, il ne lui avait rien promis, mais elle ne pouvait envisager l'avenir avec un homme qui n'avait pas les mêmes valeurs qu'elle.

Si elle restait à Los Angeles avec les jumeaux pour fonder une famille avec Patrick, rien ne lui prouvait qu'il ne les quitterait pas du jour au lendemain si la vie commune lui paraissait trop difficile.

Elle rassembla ses affaires et, posant sa valise devant l'entrée, elle s'assit dans le patio pour attendre que Patrick se réveille.

Vêtu d'un short et d'un T shirt, il apparut sur le seuil, le visage grave.

— J'ai l'impression que tu ne laisseras pas tomber, dit-il.

— Non, mais si j'y suis obligée, c'est nous, que je laisse tomber.

Regardant autour d'elle, elle secoua la tête à la vue de la belle maison qu'ils avaient partagée pendant un mois.

— Je me suis trop précipitée… Je ne te connaissais pas vraiment quand j'ai emménagé ici, et je n'aurais pas dû coucher dans ton lit, ces deux dernières nuits. Nous sommes trop différents.

— Je ne vois pas en quoi.

— Je donnerais n'importe quoi pour que ma mère soit encore en vie, et tu n'as pas parlé à la tienne depuis des années pour une raison que tu refuses de m'expliquer, si bien que je ne peux pas le comprendre. Au fil du temps, nous nous découvrirons davantage de différences et je ne veux pas embarquer mes fils dans quelque chose qui ne durera peut-être pas. Comment savoir si tu ne nous quitteras pas un jour sans un regard en arrière ? Ma vie est à Londres, là où ma famille a vécu, et là où je retrouverai ma sœur.

— Tu ne penses pas que nous avons un avenir commun ?

— Pas quand tu refuses de partager ton passé avec moi. Un passé qui a profondément modifié la personne que tu étais.

Patrick s'assit en face d'elle. Les yeux baissés vers le sol, il se passa les doigts dans les cheveux. S'il ne voulait pas perdre Claudia, il n'avait pas d'autre choix que de lui révéler toute la vérité.

— C'était il y a douze ans, très exactement le 7 août, un vendredi soir, commença-t-il. J'étais interne en obstétrique à l'hôpital de Durham et j'adorais mon travail. On m'a appelé pour un accouchement à haut risque.

Comme Claudia se taisait, Patrick continua :

— Il était tard, environ 22 heures, quand une jeune femme s'est présentée aux urgences. Elle avait perdu les eaux et allait accoucher d'un bébé prématuré.

— Tu as dit qu'on t'avait appelé. Tu n'étais pas de garde ?

— Non. J'avais une nuit de congé et je me trouvais avec des amis de l'école de médecine dans un pub. L'un d'entre nous avait obtenu un poste en Nouvelle-Zélande et nous fêtions l'événement. L'hôpital m'a appelé pour me dire que l'obstétricien titulaire était parti pour Londres où il assistait à un congrès de gynécologie obstétrique et il ne devait revenir que le lendemain matin.

— Mais si tu étais au pub, tu avais bu ? demanda Claudia, les sourcils froncés.

— Normalement, la réponse aurait été oui, mais ce soir-là, j'avais terminé mon service avec une migraine. Comme le lendemain matin, je devais entamer la journée par une intervention chirurgicale, j'avais décidé de m'en tenir à la bière de gingembre. Je regrette encore de ne pas avoir consommé d'alcool car j'aurais été obligé de refuser. Au lieu de ça, je suis retourné à l'hôpital… Vers ce qui devait marquer la fin de ma carrière en obstétrique.

Claudia se mordilla la lèvre inférieure.

— Je ne comprends toujours pas. Tu n'as rien fait de mal !

— En effet, mais certaines personnes n'ont pas été de cet avis. C'était la seule explication qu'ils avaient pour comprendre ce qu'il s'était passé au bloc. Ils n'admettaient pas qu'une grossesse à haut risque implique un accouchement à haut risque. Quoi qu'il en soit, j'ai effectué une césarienne. Le placenta s'était étendu au-delà des parois utérines et, en dépit de toutes mes précautions, la patiente a fait une hémorragie. J'ai sorti le bébé, mais elle saignait tellement que je ne voyais pas à quel endroit commencer les ligatures vasculaires, et malgré tous les efforts de l'équipe, nous l'avons perdue. Personne n'aurait rien pu faire, mes collègues le savaient parfaitement et ils me l'ont dit et répété. Mais le jury était dans la salle d'attente et, pour être franc, j'étais moi-même le plus sévère des jurés. Avant même de les avoir vus, je me suis considéré comme un coupable.

— Mais pourquoi ? Tu n'avais commis aucune faute et tous les médecins l'attestaient.

— Je m'en voulais d'avoir été incapable de la sauver. Quant aux proches, leur chagrin s'est mué en colère quand on leur a dit que j'avais bu de l'alcool à peine une heure avant l'intervention.

— Pourquoi ne t'es-tu pas battu ? Tu pouvais sûrement faire quelque chose ! Tout cela est si injuste ! Tu as fait ce qu'il fallait en retournant à l'hôpital, tu as essayé de sauver cette femme, et la famille t'a condamné sans preuves.

— Mon univers a explosé. J'avais du chagrin, moi aussi, mais comme ils avaient besoin d'un bouc émissaire, j'ai considéré que c'était à moi de supporter ce fardeau.

Patrick se tut un instant. Il avait omis le fait le plus important de cette tragédie. Celui qui avait totalement changé sa vie…

Le cœur lourd, il ferma les yeux.

— La jeune femme qui était morte… C'était ma sœur.

11.

— Ta sœur est morte en mettant au monde son enfant ?

Incapable de parler, Patrick hocha la tête.

— Et ta famille a pensé que tu étais responsable de son décès ? Je ne comprends pas… Normalement, les membres d'une même famille se soutiennent.

Patrick se sentit obligé de les défendre.

— Personne ne savait que Francine… Franny comme nous l'appelions tous depuis son enfance faisait une grossesse à haut risque, si bien que tout le monde a pensé que sa mort était due à une négligence.

— Mais ton beau-frère devait bien être au courant ?

— Non. Je suppose qu'elle n'a pas voulu nous inquiéter. Nous étions encore sous le coup d'une autre tragédie, survenue quelques mois auparavant, alors elle s'efforçait de nous protéger.

— Quelle sorte de tragédie ?

— Mon jeune frère, Matthew, était mort six mois avant.

Claudia porta la main à sa bouche.

— Oh ! non !

— Nos parents étaient divorcés depuis longtemps et ma mère nous avait élevés toute seule. Un samedi, elle est montée dans la chambre de Matthew pour le réveiller car ses copains l'attendaient au rez-de-chaussée. Ils devaient passer la journée à Brighton. Elle l'a trouvé au lit, ce qui était inhabituel, car il était du genre lève-tôt. Elle a tapoté ses jambes sans obtenir de réponse, alors elle a écarté les couvertures et découvert qu'il saignait du nez et de la bouche. Ma mère a appelé ses amis à l'aide puis elle a téléphoné pour avoir une ambulance dans l'espoir que les infirmiers pourraient faire quelque chose. Mais lorsqu'ils sont arrivés à l'hôpital, son décès a été déclaré.

Claudia se demanda si Matthew avait été victime d'une overdose, mais une telle question aurait été cruelle et inutile. Les détails étaient sans importance : Patrick avait perdu son jeune frère dans des conditions tragiques.

— L'autopsie a révélé un anévrisme des artères pulmonaires, expliqua Patrick. L'une d'entre elle a éclaté, ce qui signifie qu'il s'est noyé dans son propre sang. C'est très rare et rien ne le laissait présager. Au plan médical, Matthew était une sorte de bombe à retardement depuis très longtemps.

— Je suis tellement désolée !

Claudia ne trouvait pas d'autres mots. Pas un seul ne paraissait approprié après la tragédie qu'elle venait d'entendre.

— Ma mère souffrait affreusement et mon père a assisté à l'enterrement, mais, ensuite, il a gardé ses distances. C'est alors que Franny nous a annoncé qu'elle était enceinte d'un garçon, ce qui a procuré un peu de joie à ma mère et à toute la famille. Ma mère s'est focalisée sur cette naissance et je pense que Franny craignait de l'inquiéter. Je comprends qu'elle ait voulu la protéger, mais elle aurait dû se confier à moi. J'aurais pu lui assurer les meilleurs soins prénataux et elle se serait préparée à l'intervention chirurgicale.

— Elle n'a jamais mis son mari au courant de ses visites à l'obstétricien ?

— Non.

— Quc vos proches l'aient su ou non, je ne comprends toujours pas pourquoi ils t'ont tenu pour responsable de sa mort.

— C'est pourtant ce qu'ils ont fait, même quand je leur ai expliqué la gravité de son état.

— Mais ils n'avaient aucune connaissance médicale, et t'accuser n'avait aucun sens !

— N'oublie pas qu'on m'avait vu au pub. Ils ont occulté mes explications pour se concentrer sur mes beuveries supposées.

— Pourquoi ne pas avoir fait un test ?

— Je n'y ai pas pensé la nuit de sa mort puisque je savais que je n'avais pas bu. Il ne m'est pas venu à l'esprit de me couvrir contre d'éventuelles allégations formulées le lendemain par la famille de mon beau-frère. L'un de ses cousins m'avait vu au pub, et j'ai eu beau leur répéter que j'étais sobre, ils ne m'ont pas cru.

— Mais tes amis ne pouvaient pas corroborer ton histoire ?

— Ils ont essayé, mais les autres se sont imaginé que mes potes médecins faisaient front pour me couvrir.

— Et ton beau-frère les a crus ?

— Il était fou de chagrin et il a sauté sur la première explication venue. En plus, quelqu'un lui a montré une petite vidéo prise pendant une fiesta quelconque... On me voyait en arrière-plan ! A partir de là, tout était réglé. Je venais de perdre ma sœur, moi aussi, et j'étais incapable de discuter.

— Et le reste de ta famille ?

— Ma mère était un véritable zombie et elle croyait ce qu'on lui disait. La version officielle était que ma négligence lui avait pris sa fille bien-aimée.

— Mais tu avais tenté de la sauver en ignorant tout de ses antécédents médicaux. Je sais que ça ne lui rendait pas sa fille, mais elle avait un petit-fils.

Patrick se passa une main dans les cheveux.

— J'étais jugé sans procès et mis au ban de la société. J'ai compris qu'il n'y avait pas de retour en arrière possible et je suis parti. C'était mieux pour tout le monde.

— Tu en es sûr ?

— Les deux familles étaient accablées de chagrin et je ne me sentais pas la force de discuter, alors j'ai pris la décision de m'en aller. Au cas où quelqu'un aurait souhaité en savoir davantage, j'ai laissé le nom de l'obstétricien de Franny, mais personne ne l'a jamais appelé. C'était leur choix de me condamner, et le mien de m'exiler.

— C'est tellement injuste !

— Sans doute, mais c'est ainsi.

— Qu'est devenu ton neveu ?

— Will, mon beau-frère, l'a appelé Todd, comme son propre père. Todd a eu douze ans en août. Il est grand, bien bâti, et c'est un bon élève.

— Tu as parlé avec ton beau-frère ?

— Non, mais j'ai un copain d'université qui habite tout près de chez lui. Ses garçons fréquentent la même école que Todd, alors il me tient au courant. J'ai ouvert un compte à son nom et je verse de l'argent pour ses études. Pendant un certain temps, Will a cessé de travailler pour élever son fils et, ensuite, il a dû redémarrer au bas de l'échelle. J'ai estimé que je lui devais bien ça.

Patrick se tut un instant avant de conclure :

— Maintenant, tu sais pourquoi j'ai choisi de vivre ici. C'est mieux pour tout le monde.

— Je peux comprendre que tu aies eu besoin de t'éloigner, mais bien que leur comportement à ton égard soit presque impardonnable, c'est quand même ta famille. Tu te rends compte ? Ta mère a perdu sa fille et ses deux fils en l'espace de quelques mois !

— Je ne suis pas mort.

— Non, mais tu n'es plus dans sa vie. Pour une mère, le chagrin est le même.

— Je ne suis pas d'accord ! Tout comme Will, elle a choisi de ne jamais me contacter.

— Ton départ a peut-être renforcé ses doutes à propos de ce qu'il s'était passé. Pendant ces douze ans, tu aurais pu revenir n'importe quand pour éclaircir la situation.

— Je n'ai pas envie de remuer toute cette boue. Je

me suis fait une nouvelle vie et la chirurgie plastique me convient parfaitement.

— Si j'ai bien compris, tu as renoncé à l'obstétrique parce que tu n'avais pas pu sauver ta sœur ?

— Oui, je faisais des cauchemars durant lesquels je la voyais étendue sans vie sur la table d'opération.

— Pourtant, tu n'étais pas fautif !

— Je ne pouvais pas supporter de me sentir de nouveau aussi impuissant. Je ne voulais plus jamais revivre ça.

— Mais tu l'as fait… Avec moi. Et tu m'as sauvée. Tu ignorais que je faisais une grossesse à risques, mais tu m'as gardée en vie.

— Non. Les infirmiers sont arrivés à temps, c'est tout.

— Tu sais très bien que sans toi, je serais morte !

— Bon, d'accord, mais je ne veux pas faire marche arrière. Mon travail actuel me satisfait, j'habite aux Etats-Unis et je ne remettrai plus jamais les pieds en Angleterre.

— Oui, mais la chirurgie plastique n'est pas ta vocation première.

— On ne peut pas toujours avoir ce qu'on veut, Claudia.

— Tu n'as jamais envisagé de retourner à Durham pour faire face à tes accusateurs et leur dire la vérité ?

Patrick leva les yeux au ciel d'un air exaspéré.

— Je n'en ai aucune preuve. Je n'ai aucun argument pour me défendre et ils les ont tous pour m'accuser.

Claudia haussa les épaules.

— Mais tu as abandonné ta carrière… Et ta vie… A cause de mensonges.

— Je n'ai rien abandonné du tout, répliqua Patrick d'une voix dure. J'ai fait ce qu'il fallait pour que ce soit plus facile pour tout le monde.

— Pourquoi ne pas affronter le passé maintenant ? Tu pourrais reconstruire ta vie à Londres. Je suis certaine que ta mère donnerait n'importe quoi pour te serrer dans ses bras. Tu es le seul enfant qui lui reste.

— Je ne peux pas et je ne le veux pas.

Les sourcils froncés, Claudia scruta le visage de Patrick.

— Je veux juste dire que tu pourrais peut-être t'expliquer, demander à tes pairs d'exposer les faits. L'obstétricien de Franny pourrait s'asseoir près de ta mère et lui dire la vérité.

— C'est trop tard.

— Il n'est jamais trop tard. Une mère ne s'éloigne jamais totalement de son enfant.

— Je n'en suis pas si sûr.

— Moi, si. Je ne pourrais pas imaginer une seule journée sans Thomas et Luca dans ma vie. Je partirais à l'autre bout du monde pour être avec eux et je pense que tu en ferais autant pour ton neveu. Tu as choisi d'abandonner sans combat.

— On surestime l'intérêt du combat.

— Pas moi ! J'ai besoin d'un homme qui se battra pour sa famille.

Se levant d'un bond, Patrick gagna la fenêtre. Claudia le fixa en silence, profondément affectée par ce qu'elle venait d'apprendre.

— Tout cela s'est passé il y a longtemps, insista-t-elle. Ta mère est sans doute plus forte, aujourd'hui. Tu ne crois pas qu'elle a le droit de connaître la vérité ?

— Laisse tomber, Claudia.

— Tu m'engages à *nous* laisser tomber ?

Il frotta sa mâchoire crispée et, lorsqu'il se tourna vers elle, Claudia remarqua son regard fatigué.

— C'est toi qui choisis.

12.

Le lendemain matin, Patrick se réveilla après une nuit agitée et peuplée de cauchemars. Il savait que toutes ses raisons de se lever avaient disparu.

Claudia était partie… Après avoir fait sa valise, elle avait appelé un taxi. Elle lui avait dit où il pourrait la joindre s'il changeait d'avis et voulait discuter.

Mais il n'avait pas l'intention de la contacter. Elle avait raison… La place de Claudia était avec Harriet. La famille tenait une place importante, dans ses valeurs.

Quant à lui… Il avait appris à s'en passer. Sa mère et son beau-frère lui manquaient et, parfois, il aurait souhaité de tout son cœur voir son neveu grandir.

Mais c'était impossible. Les blessures étaient cicatrisées en apparence, mais il ne tenait pas à les rouvrir en se rendant en Angleterre.

Claudia oublierait ce qu'ils avaient partagé et elle irait de l'avant, mais il n'était pas certain de pouvoir en faire autant. Claudia et ses enfants avaient apporté plus de joie et de bonheur dans sa vie qu'il ne le croyait possible. Elle représentait tout ce dont il rêvait chez une femme… Et il l'avait laissée partir !

Mais il ne pouvait tout simplement pas lui accorder ce qu'elle lui demandait. Comment pourrait-il affronter sa mère et son beau-frère de nouveau ? Par où commencerait-il ? Lui en voulaient-ils toujours autant ?

Ce chagrin, dans les yeux de sa mère… Son regard

si vide… Il l'avait tellement blessée qu'il ne pouvait pas revenir en arrière.

Mieux valait laisser le passé où il était.

Regardant autour de lui, Patrick s'attarda un instant sur les portraits encadrés de Thomas et de Luca. Et près de ces photos, il y avait les boucles d'oreilles de Claudia.

Patrick fut soudain submergé par les souvenirs.

Lorsqu'ils s'étaient rencontrés pour la première fois dans l'ascenseur, il avait aussitôt compris que, chez elle, l'intérieur était accordé à l'extérieur. Il avait été témoin de l'amour immense qu'elle portait à ses bébés, et des semaines plus tard, quand ils avaient fait l'amour, il avait bénéficié de cette immense capacité à aimer.

Et il l'avait laissée partir !

Et si elle avait raison ?

Certes, il avait choisi la voie de la facilité, mais elle lui convenait. Sortant péniblement du lit, il gagna la salle de bains, ne sachant trop ce qu'il allait faire de sa journée de congé puisqu'il ne pouvait plus rendre visite à Thomas et à Luca. Il allait devoir s'habituer à vivre sans eux.

Après une douche rapide, il enfila un jean et un polo puis il se mit en quête d'une occupation qui pourrait le distraire et décida de passer à son cabinet. Ses cheveux étaient encore humides, et il ne s'était pas rasé, mais à cette heure, il ne croiserait personne. Il avait toujours de la paperasserie en retard et des e-mails à vérifier.

En entrant dans son garage, il vit le 4x4 que Claudia conduisait et il se souvint d'appeler une concession pour le vendre. Il n'avait pas envie que cette voiture lui remette en mémoire ce qu'il avait perdu, chaque fois qu'il la verrait.

La circulation était fluide, ce matin-là, et il arriva à la clinique en moins de dix minutes. Dans le parking, il salua l'homme de ménage qui s'apprêtait à repartir au volant de sa camionnette.

Patrick prit ensuite l'escalier qui menait au premier étage où se trouvait son bureau. Il y régnait un tel silence qu'il regretta le départ de l'homme de ménage… Le bruit de l'aspirateur aurait peut-être noyé les doutes qui le tourmentaient.

Il feuilleta les papiers empilés sur son bureau puis les lettres et les e-mails que sa secrétaire, Anita, avait imprimés et mis de côté, comme n'étant pas urgents. Il ne s'en était pas occupé depuis des semaines, mais il lui faisait confiance.

Leur lecture ne suscita pas en lui le moindre enthousiasme. Ni l'invitation pour un gala caritatif et encore moins une proposition d'essai de pilotage d'une somptueuse berline.

Il repéra alors une enveloppe provenant d'un luxueux magasin situé sur Rodeo Drive, tout près de la clinique. Il en sortit un chèque cadeau dont le montant lui parut très élevé.

Le lui avait-on envoyé par erreur ?

Soudain, il se figea, les sourcils froncés. C'était dans cette même boutique que sa secrétaire avait commandé des articles pour Claudia, plusieurs semaines auparavant. Mais ce don bien trop généreux ne pouvait constituer un simple remerciement.

Retournant la carte qui accompagnait le chèque, il lut le message qui lui était adressé :

« Cher Docteur Spencer,

» Mlle Monticello a insisté pour remercier notre “client anonyme”. Nous ne lui avons pas révélé votre identité, mais elle voulait absolument que nous vous fassions parvenir ce chèque-cadeau d'un montant équivalent à la somme que vous avez dépensée pour elle. Nous espérons qu'une ravissante jeune dame de vos amies pourra en profiter dans notre boutique dans un proche avenir.

» Bien cordialement.

» Camille et tout le personnel. »

Patrick rejeta la tête en arrière pour fixer le plafond.

Comme il avait été stupide !

Ainsi Claudia, qui ignorait toujours l'identité de la

personne qui lui avait envoyé les articles dont elle avait besoin, avait tenu à rembourser un inconnu. Elle aurait pu passer son chemin sans un regard en arrière, mais elle était tellement fière et honnête qu'elle avait trouvé le moyen de régler sa dette.

Dans cette ville, la plupart des gens ne cherchaient qu'à prendre, mais Claudia voulait juste donner. La somme était élevée, elle avait peu d'argent, mais elle avait fait ce qu'il lui semblait juste.

Et il avait laissé partir cette femme extraordinaire !

Malgré la déception que lui avait infligée un homme, elle avait baissé sa garde pour le laisser entrer dans sa vie et dans son cœur. Et comment l'avait-il récompensée ?

Il s'était montré aussi cruel que le père de ses enfants. Peut-être même plus puisqu'il savait ce qu'elle avait enduré.

Il fixa la porte, les dents serrées. Prenant une profonde inspiration, il ressentit une puissante montée d'adrénaline.

Il n'était pas certain de mériter que Claudia et les jumeaux fassent partie de sa vie, mais il allait lutter pour devenir digne d'eux. A la pensée que le certificat de naissance des bébés ne portait pas le nom de leur père, il souhaitait plus que tout jouer ce rôle dans leur vie, les guider et les aimer… Si Claudia le lui permettait.

Cela impliquait une réconciliation avec sa propre famille, mais même si elle le repoussait, il voulait reprendre le cours de son existence à Londres… Avec Claudia, Thomas et Luca.

Il se précipita hors de la pièce. Il devait prouver à Claudia qu'il était prêt à se battre pour elle et les garçons !

Il n'avait qu'une chose à faire pour aller la retrouver : acheter un billet d'avion pour Londres.

Claudia s'apprêtait à payer sa chambre et à quitter l'hôtel. Elle avait enfin cessé de pleurer. Patrick Spencer serait le dernier homme pour qui elle gâcherait ses précieuses larmes. Dorénavant, elle se concentrerait sur ses fils et abandonnerait tout espoir d'aimer. Thomas et Luca combleraient largement sa vie. Elle leur donnerait tout ce dont ils avaient besoin et elle les regarderait grandir.

Devenus hommes, elle espérait qu'ils trouveraient le vrai amour et qu'ils seraient heureux.

Laissant échapper un soupir, elle s'approcha de la réception.

— Bonjour, mademoiselle Monticello, vous venez régler votre note ?

La réceptionniste, coiffée d'un chignon impeccable, était vêtue d'un tailleur brun et elle portait des lunettes à monture en écaille de tortue. Son sourire était agréable mais professionnel.

— En effet. Est-ce que vous pouvez ajouter une bouteille de limonade que j'ai prise dans le minibar de la chambre 303 ?

La réceptionniste consulta l'écran de son ordinateur et remit sa facture à Claudia qui lui tendit sa carte de crédit. Comme toujours quand elle était nerveuse, elle voulut jouer avec une boucle d'oreille, mais elle ne trouva rien. Elle porta la main à son autre oreille… Rien !

Depuis deux jours, elle les avait complètement oubliées !

Elle se rappela soudain qu'elle les avait laissées sur la table de chevet, dans la chambre de Patrick.

— C'est ça, que tu cherches ?

Pivotant sur elle-même, Claudia se retrouva nez à nez avec un Patrick échevelé. Au creux de sa main tendue, il y avait ses bijoux.

Patrick se tourna vers la réceptionniste.

— Je souhaiterais parler en privé avec Mlle Monticello, dit-il. Vous avez une pièce disponible ?

— Nous avons un espace business, répondit la jeune femme en ajustant ses lunettes. Vous pouvez utiliser une salle de réunion.

Il regarda autour de lui pour repérer l'endroit.

— Merci…

— Il est inutile de la remercier parce que je n'ai aucune

intention d'y aller, intervint Claudia. Je n'ai rien à te dire, Patrick. Je m'en vais aujourd'hui et, entre nous, c'est terminé.

— J'ai énormément de choses à te dire, au contraire, et je voudrais le faire à l'abri des oreilles indiscrètes.

N'osant pas protester devant la réceptionniste, Claudia laissa échapper un soupir, mais elle emboîta le pas à Patrick qui se dirigeait déjà vers la porte indiquée par l'employée.

A chaque pas sur le sol dallé d'inspiration mexicaine, elle éprouvait une douleur qui renforçait sa volonté d'en finir au plus vite et de ne plus jamais revoir Patrick. Elle lui en voulait de l'avoir rendue aussi vulnérable. Elle allait l'écouter et, ensuite, elle partirait avant que son cœur l'emporte sur sa raison.

Il referma doucement la porte derrière eux.

— J'ai énormément de choses à te dire, Claudia, mais je vais commencer par des excuses.

— C'est inutile.

— Mais tu les mérites. Je n'aurais jamais dû te laisser sortir de ma vie et je te demande de me pardonner. J'ai été un imbécile et c'est toi qui as raison. Je dois me battre pour ce qui est important, c'est-à-dire toi et ma famille. Je ne veux pas te perdre et je ferai ce qu'il faut pour ça, quel que soit le prix… Du moins, si tu m'y autorises.

— Qu'est-ce que ça veut dire, « si je t'y autorise » ? Qu'est-ce que tu veux me faire comprendre, exactement ?

— Je veux vivre avec toi et tes fils.

— Je t'ai déjà dit que je ne resterais pas à Los Angeles.

— Je le sais et ce n'est pas ce que je te demande, dit Patrick en lui prenant les mains. Je veux retourner à Londres avec toi et faire ce que j'aurais dû faire depuis des années. Je veux mettre les choses au point avec ma famille… En tout cas, essayer.

Oscillant entre le trouble et la joie, Claudia ne lui retira pas ses mains.

— Tu es sérieux ?

— Je ne l'ai jamais été davantage.

— Mais pourquoi maintenant ? Qu'est-ce qui t'a fait changer d'avis en deux jours ?

— J'ai eu le temps de réfléchir, de comprendre à quel point tu me manquais. A quel point vous me manquiez, toi et les garçons.

— Et quand comptes-tu aller voir ta famille ?

La voix de Claudia ne trahissait pas l'allégresse qui montait en elle. Elle n'osait pas croire qu'il voulait vivre avec elle et elle craignait d'avoir le cœur brisé.

— Dès que j'aurai trouvé un successeur pour mon cabinet, je m'installerai définitivement à Londres. Et tu as raison… L'obstétrique était ma vocation première. Je veux m'y consacrer et honorer le souvenir de ma sœur sans oublier pour autant ce qu'il s'est passé.

— Tu souhaites vraiment reprendre le cours de ta vie antérieure ?

— Ce ne sera pas tout à fait pareil, mais si tu es à mon côté, je me battrai.

— C'est un engagement énorme ! Tu penses pouvoir t'adapter à ces changements ?

— J'en ai besoin.

— Eh bien, on se reverra à ton arrivée…

Claudia espérait que ce n'était pas une fausse promesse. Elle devinait qu'il lui faudrait du temps pour céder son cabinet et sa clinique. Il avait donc tout le temps de changer d'avis.

— Tu me verras plus tôt que ça puisque j'ai réservé une place dans ton avion. Il te faudra de l'aide, avec les bébés, d'abord pendant le voyage et, ensuite, pour t'installer chez toi.

— Tu pars avec moi ce soir ?

Patrick sortit un billet de la poche arrière de son pantalon.

— Si tu es d'accord.

Un grand sourire aux lèvres, Claudia se jeta dans ses bras. Au terme d'un long baiser, il s'écarta pour plonger son regard dans le sien.

— Je t'aime, Claudia Monticello, plus que je n'ai aimé

ou n'aimerai personne. Tu m'as donné la force de me battre pour obtenir ce que je veux. Tu es aussi ma raison de me lever chaque matin. Je ne conçois pas l'existence sans toi, et si tu acceptes de m'épouser, tu feras de moi le plus heureux des hommes.

Des larmes de bonheur voilèrent les yeux de Claudia.

— J'accepte de devenir ta femme, docteur Spencer.

Epilogue

— Papa ! crièrent ensemble Thomas et Luca en courant pour accueillir Patrick.

Thomas était un peu plus grand que Luca, mais ils avaient tous les deux d'épais cheveux noirs et de larges sourires qui fendaient leurs petits visages ronds.

— Comment s'est passé votre premier jour d'école ? demanda Patrick. Ça vous a plu ?

Tout en parlant, il les prit tous les deux dans ses bras et les cala chacun sur une hanche tandis qu'ils nouaient leurs petits bras autour de son cou.

— Je préfère être à la maison avec maman et toi, dit Luca en posant la tête sur le torse de son père.

— Moi aussi, papa, mais il y a une tortue, dans la classe, alors c'était quand même bien.

— Oui, j'aime beaucoup la tortue, enchaîna Luca. Je pense que je vais en demander une au Père Noël.

— Et maman t'a acheté tes caramels préférés, aujourd'hui ! s'écria Thomas. Les spéciaux, avec du chocolat autour.

Juste à cet instant, Claudia arriva dans l'entrée de leur belle maison de Knightsbridge où ils habitaient depuis près de cinq ans.

Patrick sourit à sa vue. Elle était aussi ravissante que le jour de leur mariage et il adorait les petites attentions qu'elle avait pour lui, comme lorsqu'elle lui achetait ses confiseries favorites ou qu'elle l'embrassait chaque jour avec la même ardeur que la première fois.

Il reposa les deux garçons et leur ébouriffa les cheveux avant qu'ils ne sortent en courant pour jouer dehors.

Claudia noua ses bras autour du cou de Patrick et l'embrassa.

— Comment s'est passée ta journée, mon chéri ?

— Pas trop mal, mais elle vient de s'améliorer de façon significative, dit-il en la serrant contre lui.

Claudia se blottit dans les bras de son mari. Chaque matin, elle se réveillait encore plus amoureuse que la veille de l'homme qui lui avait rendu confiance en l'amour.

— Est-ce que tu as mis au monde de beaux enfants ? demanda-t-elle.

— Deux, répliqua-t-il avec fierté. Et je déclenche demain l'accouchement d'une de mes patientes dont le bébé a été conçu in vitro. Elle est en retard, aussi je l'ai fait admettre aujourd'hui. La famille tout entière est sur les dents et très excitée.

— Tant mieux ! J'ai passé une très bonne journée, moi aussi. Harriet et Matteo ont terminé les travaux entrepris dans leur cuisine et ils nous invitent à dîner samedi prochain. Matteo a construit un bac à sable pour leurs enfants, alors ils pourront s'en donner à cœur joie, tous les quatre.

— Super ! Matteo est vraiment très habile de ses mains. Il pourra peut-être m'aider à en fabriquer un autre pour les garçons.

— Et Will a appelé ! Il viendra dimanche avec Todd et ta mère pour un barbecue. Todd ira à l'université dans deux ans et il veut ton avis. Il voudrait faire sa médecine, comme son oncle, et se spécialiser en obstétrique.

— D'accord, je ferai de mon mieux pour l'en dissuader.

— Tu n'en feras rien ! Où serais-je, aujourd'hui, si tu n'avais pas choisi cette spécialité ? Mais dis-lui bien de toujours avoir sa trousse médicale avec lui quand il prendra l'ascenseur. Il faut qu'il soit prêt à tout, si une femme enceinte s'y trouve avec lui.

— Y compris à tomber amoureux.

— Exactement ! répliqua Claudia en levant un regard adorateur vers son mari.

La serrant un peu plus fort, il l'embrassa de nouveau.

— Est-ce que je t'ai dit que je suis l'homme le plus heureux du monde et que je ne pourrais pas t'aimer davantage ?

— Tu ne me l'as pas dit aujourd'hui, docteur Spencer... Mais tu y as peut-être fait allusion une ou deux fois, ces dernières années.

— Une ou deux fois ? répéta-t-il en riant.

Les mains de Patrick caressèrent le dos de Claudia avant de se poser sur ses reins.

— Eh bien, je te prouverai à quel point je t'aime après le coucher du soleil, quand nos garçons seront au lit.

Main dans la main, ils traversèrent le hall d'entrée, souhaitant que le soleil se couche de bonne heure, ce soir-là.

Et toutes les nuits du reste de leur vie.

Blanche

Retrouvez en octobre,
dans votre collection

Blanche

Retrouvailles à Hollywood Hills, d'Amalie Berlin - N°1286

SÉRIE : HOLLYWOOD HILLS CLINIC - 7/8

En apercevant Liam Carter, son amour de jeunesse, la chercher du regard depuis le bord de la piscine dans laquelle elle effectue ses longueurs quotidiennes, Grace n'a qu'une envie : disparaître instantanément. Car voilà six ans qu'ils ne se sont plus parlé. Six ans que Grace tente, en vain, d'oublier ce play-boy devenu star de cinéma. Alors quand Liam lui explique qu'il a besoin d'elle pour guérir, suite à la stupide blessure qu'il s'est faite lors de son jogging matinal, Grace ressent un violent pincement au cœur : elle aurait tant aimé que Liam veuille la revoir pour elle, et non pour ses compétences en médecine…

Pour le bonheur de Leo, de Tina Beckett

SÉRIE : HOLLYWOOD HILLS CLINIC - 8/8

Mettre sur pied un partenariat avec la clinique Bright Hope ? James n'y verrait aucun problème, si celle-ci n'était pas dirigée par Mila Brightman, la femme qu'il a abandonnée devant l'autel quelques années plus tôt. Mila qui, il le sent dès leur première entrevue, ne lui a jamais pardonné sa trahison… Cependant, quand ils découvrent un soir Leonardo, un orphelin livré à lui-même, James reprend espoir. Car, immédiatement, Mila se tourne vers lui et lui demande de l'aider à recueillir le petit garçon. James accepte, soulagé. Enfin, il va pouvoir prouver à Mila qu'il a changé, et qu'il est désormais prêt à s'engager !

Le mystérieux inconnu de minuit, de Susan Carlisle - N°1287

SÉRIE : MARIAGES À SAVANNAH - 1/2

Se pourrait-il que… ? Stupéfaite, Ashley dévisage l'homme qui vient de s'avancer pour la protéger de Marco, un chef de gang qui lui pose problème. Oui, elle en est sûre : le Dr Keifer Bradford, le nouveau médecin engagé par la ville de Savannah pour mettre de l'ordre dans le quartier défavorisé de Southriver, n'est autre que l'inconnu aux yeux verts qui a osé l'embrasser lors d'un bal costumé il y a quelques mois ! Un souvenir fort agréable même si, sur le coup, cette incartade l'avait mise hors d'elle – tout comme la présente intervention de Keifer alors qu'elle avait la situation en main. Toutefois, Ashley ne peut le nier : elle n'est pas insensible au fait que Keifer ait voulu l'aider, et brûle de goûter de nouveau à ses baisers…

Inavouables sentiments, de Lynne Marshall

SÉRIE : MARIAGES À SAVANNAH - 2/2

Pour rien au monde Charlotte ne manquerait son rendez-vous du vendredi avec le Dr Jackson Hilstead : il suffit que le médecin entre dans la pièce pour que son cœur batte la chamade ! Pourtant, elle le sait, elle doit s'efforcer de ne pas accorder trop de place à son fantasme. Comment, en effet, cet homme brillant, charismatique et séduisant en diable pourrait s'intéresser à elle ? Lorsque son fiancé l'a quittée, Charlotte s'est promis de bien retenir la leçon : désormais, elle se méfiera de ses sentiments.

HARLEQUIN

Leur mission : sauver des vies.
Leur destin : trouver l'amour

HARLEQUIN
www.harlequin.fr

Blanche

Un bébé pour le Dr White, de Sue MacKay - N°1288

Jusqu'à présent, le Dr Harper White considérait Cody Brand comme un infirmier sympathique et consciencieux. Pas comme son sauveur potentiel ! Pourtant, le jour où elle se fait agresser par un dangereux malfaiteur, elle ne peut que remercier le ciel d'avoir placé Cody sur son chemin ! D'autant que, très vite, elle se rend compte qu'en plus d'avoir un physique d'athlète Cody fait preuve d'une gentillesse qui la fait fondre. De quoi mettre à l'épreuve ses plus fermes résolutions de rester célibataire… Sauf que, d'instinct, Harper sait que Cody n'est pas pour elle. Un homme comme lui ne peut rêver que de fonder une famille… Ce que, à son plus grand désespoir, elle ne pourra jamais lui offrir.

Jamais sans lui, d'Amy Ruttan

Reece Castle… En revoyant son amour de jeunesse, aussi beau et séduisant qu'autrefois, Vivian est désemparée. Pourquoi a-t-il fallu qu'elle tombe sur lui, alors qu'elle est de retour à Nashville depuis quelques heures à peine ? Bien sûr, elle le sait, Reece lui en veut toujours. Comment pourrait-il en être autrement, alors qu'elle lui a laissé une simple lettre de rupture le jour de son départ ? Pourtant, elle est curieusement blessée face à son attitude glaciale envers elle. Se pourrait-il qu'elle soit en fait… toujours amoureuse de lui ?

La joie d'une infirmière, de Wendy S. Marcus - N°1289

Une minute, une heure, une nuit dans les bras du Dr Jared Padget : Allison, infirmière au Madrin Memorial, n'imaginait pas que cette parenthèse passionnée bouleverserait son existence à jamais. D'autant que Jared était censé quitter l'hôpital et sortir de sa vie le lendemain de cette folle étreinte. Seulement voilà, le lien qui l'unit à Jared semble à présent plus solide que jamais. Car elle vient non seulement d'apprendre qu'il a décidé de rester au Memorial pour une nouvelle mission, mais elle a aussi découvert qu'elle attend un enfant de lui…

Un si troublant confrère, de Lucy Clark

Pour tourner la page après une séparation douloureuse, le Dr Melora Washington accepte un poste à Tarpanii, un petit village du bush australien. Loin de l'agitation de la grande ville, elle pourra, espère-t-elle, se ressourcer, et exercer en toute sérénité son métier de chirurgien, qu'elle aime tant. Mais, à peine arrivée, elle tombe sous le charme du très sexy Daniel Tarvon, son nouveau collègue - un homme en tous points semblable à celui qui l'a trahie -, exactement le type d'homme qu'elle s'est promis d'éviter…

HARLEQUIN

Leur mission : sauver des vies.
Leur destin : trouver l'amour

HARLEQUIN
www.harlequin.fr

OFFRE DE BIENVENUE

Vous êtes fan de la collection Blanche ?
Pour prolonger le plaisir, recevez gratuitement

◆ **1 livre Blanche gratuit** ◆
et 2 cadeaux surprise !

Une fois votre colis de bienvenue reçu, si vous souhaitez continuer à recevoir nos romans Blanche, cela se fera automatiquement. Vous recevrez alors chaque mois, 3 volumes doubles inédits de cette collection au tarif unitaire de 6,95€ (Frais de port France : 2,05€ - Frais de port Belgique : 4,05€).

➡ LES BONNES RAISONS DE S'ABONNER :

Aucun engagement de durée ni de minimum d'achat.
◆
Aucune adhésion à un club.
◆
Vos romans en avant-première.
◆
La livraison à domicile.

➡ ET AUSSI DES AVANTAGES EXCLUSIFS :

Des cadeaux tout au long de l'année.
◆
Des réductions sur vos romans par le biais de nombreuses promotions.
◆
Des romans exclusivement réédités notamment des sagas à succès.
◆
L'abonnement systématique et gratuit à notre magazine d'actu ROMANCE.
◆
Des points fidélité échangeables contre des livres ou des cadeaux.

➡ REJOIGNEZ-NOUS VITE EN COMPLÉTANT ET EN NOUS RENVOYANT LE BULLETIN !

BZ6F09
BZ6FB1

N° d'abonnée (si vous en avez un)

Mme ☐ Mlle ☐ Nom : .... Prénom : ....

Adresse : ....

CP : Ville : ....

Pays : .... Téléphone :

E-mail : ....

Date de naissance :

☐ Oui, je souhaite être tenue informée par e-mail de l'actualité d'Harlequin.

☐ Oui, je souhaite bénéficier par e-mail des offres promotionnelles des partenaires d'Harlequin.

Renvoyez cette page à : Service Lectrices Harlequin – BP 20008 – 59718 Lille Cedex 9 - France

Date limite : **31 décembre 2016**. Vous recevrez votre colis environ 20 jours après réception de ce bon. Offre soumise à acceptation et réservée aux personnes majeures, résidant en France métropolitaine et Belgique. Prix susceptibles de modification en cours d'année. Conformément à la loi Informatique et libertés du 6 janvier 1978, vous disposez d'un droit d'accès et de rectification aux données personnelles vous concernant. Il vous suffit de nous écrire en nous indiquant vos nom, prénom et adresse à : Service Lectrices Harlequin - BP 20008 - 59718 LILLE Cedex 9. Harlequin® est une marque déposée du groupe Harlequin. Harlequin SA – 83/85, Bd Vincent Auriol – 75646 Paris cedex 13. Tél : 01 45 82 47 47. SA au capital de 1 120 000€ - R.C. Paris. Siret 31867159100069/APE5811Z.

COUP DE CŒUR

HARLEQUIN

Vous n'avez pas le temps de lire tous les romans Harlequin ce mois-ci ?

Découvrez les 4 meilleurs avec notre sélection :

COUP DE CŒUR

HARLEQUIN

www.harlequin.fr

HARLEQUIN

La romance sur tous les tons

Toutes nos actualités et exclusivités sont sur notre site internet.

E-books, promotions, avis des lectrices, lecture en ligne gratuite, infos sur les auteurs, jeux-concours... et bien d'autres surprises !

Rendez-vous sur

www.harlequin.fr

facebook.com/LesEditionsHarlequin

twitter.com/harlequinfrance

pinterest.com/harlequinfrance

HARLEQUIN
www.harlequin.fr

HARLEQUIN

OFFRE DÉCOUVERTE !

Vous souhaitez découvrir nos collections ? Recevez **votre 1er colis gratuit* avec 2 cadeaux surprise !** Une fois votre colis de bienvenue reçu, si vous souhaitez continuer à recevoir nos romans, cela se fera automatiquement. Vous recevrez alors chaque mois vos romans inédits en avant première.

Vous n'avez aucune obligation d'achat et cette offre est sans engagement de durée !

*1 livre offert + 2 cadeaux / 2 livres pour la collection Azur offerts + 2 cadeaux.

☛ COCHEZ la collection choisie et renvoyez cette page au
Service Lectrices Harlequin – BP 20008 – 59718 Lille Cedex 9 – France

Collections	Références	Prix colis France* / Belgique*
❑ **AZUR**	ZZ6F56/ZZ6FB2	6 romans par mois 27,59€ / 29,59€
❑ **BLANCHE**	BZ6F53/BZ6FB2	3 volumes doubles par mois 22,90€ / 24,90€
❑ **LES HISTORIQUES**	HZ6F52/HZ6FB2	2 romans par mois 16,29€ / 18,29€
❑ **ISPAHAN**	YZ6F53/YZ6FB2	3 volumes doubles tous les deux mois 22,96€ / 24,97€
❑ **MAXI****	CZ6F54/CZ6FB2	4 volumes multiples tous les deux mois 32,35€ / 34,35€
❑ **PASSIONS**	RZ6F53/RZ6FB2	3 volumes doubles par mois 24,19€ / 26,19€
❑ **NOCTURNE**	TZ6F52/TZ6FB2	2 romans tous les deux mois 16,29€ / 18,29€
❑ **BLACK ROSE**	IZ6F53/IZ6FB2	3 volumes doubles par mois 24,34€ / 26,34€
❑ **SEXY**	KZ6F52/KZ6FB2	2 romans tous les deux mois 16,65€ / 18,65€
❑ **SAGAS**	NZ6F54/NZ6FB2	4 romans tous les deux mois 30,85€ / 32,85€

*Frais d'envoi inclus, pour ISPAHAN : 1er colis payant à 13,98€ + 1 cadeau surprise.

Par la suite, colis à 22,96€ (24,97€ pour la Belgique).

**L'abonnement Maxi est composé de 4 volumes Hors-Série.

N° d'abonnée Harlequin (si vous en avez un) |_|_|_|_|_|_|_|_|

Mme ❑ Mlle ❑ Nom : ____________________

Prénom : ____________________ Adresse : ____________________

____

Code Postal : |_|_|_|_|_| Ville : ____________________

Pays : ____________________ Tél. : |_|_|_|_|_|_|_|_|_|_|

E-mail : ____________________

Date de naissance : ____________________

❑ Oui, je souhaite recevoir par e-mail les offres promotionnelles des éditions Harlequin.

❑ Oui, je souhaite recevoir par e-mail les offres promotionnelles des partenaires des éditions Harlequin.

Date limite : 31 décembre 2016. Vous recevrez votre colis environ 20 jours après réception de ce bon. Offre soumise à acceptation et réservée aux personnes majeures, résidant en France métropolitaine et Belgique, dans la limite des stocks disponibles. Prix susceptibles de modification en cours d'année.Conformément à la loi Informatique et libertés du 6 janvier 1978, vous disposez d'un droit d'accès et de rectification aux données personnelles vous concernant. Par notre intermédiaire, vous pouvez être amenée à recevoir des propositions d'autres entreprises. Si vous ne le souhaitez pas, il vous suffit de nous écrire en nous indiquant vos nom, prénom et adresse à : Service Lectrices Harlequin BP 20008 59718 LILLE Cedex 9. Service Lectrices disponible du lundi au vendredi de 8h à 17h : 01 45 82 47 47 ou 33 1 45 82 47 47 pour la Belgique.

Harlequin® est une marque déposée du groupe Harlequin. Harlequin SA – 83/85, Bd Vincent Auriol – 75646 Paris cedex 13. SA au capital de 1 120 000€ – R.C. Paris. Siret 31867159100069/APE5811Z.

Composé et édité par HARLEQUIN

Achevé d'imprimer en août 2016

BLACK PRINT

Barcelone

Dépôt légal : septembre 2016

Pour l'éditeur, le principe est d'utiliser des papiers composés de fibres naturelles, renouvelables, recyclables, et fabriquées à partir de bois issus de forêts gérées selon un système d'aménagement durable. En outre, l'éditeur attend de ses fournisseurs de papier qu'ils s'inscrivent dans une démarche de certification environnementale reconnue.

Imprimé en Espagne